诉尽相思

上 君不知

随宇而安 著

广东旅游出版社
GUANGDONG TRAVEL & TOURISM PRESS
悦读书·悦旅行·悦享人生

中国·广州

图书在版编目（ＣＩＰ）数据

诉尽相思君不知．上／随宇而安著．— 广州：广东旅游出版社，
2019.3

ISBN 978-7-5570-1589-3

Ⅰ．①诉… Ⅱ．①随… Ⅲ．①长篇小说－中国－当代
Ⅳ．① I247.5

中国版本图书馆 CIP 数据核字（2018）第 280833 号

出　版　人：刘志松
总　策　划：邹立勋
责　任　编　辑：梅哲坤

广东旅游出版社出版发行
（广东省广州市环市东路 338 号银政大厦西楼 12 楼）
邮编：510060
邮购电话：020-87348243
广东旅游出版社图书网
www.tourpress.cn
湖南关山美印有限公司印刷
（湖南省宁乡县金洲镇关山社区）
880 毫米 ×1230 毫米　32 开
9 印张
239 千字
2019 年 3 月第 1 版第 1 次印刷
定价：39.80 元

目录
CONTENTS

第一章　**轮回九世**　001

第二章　**修行之路**　017

第三章　**蓬莱仙宗**　035

第四章　**神鹿仙草**　054

第五章　**拜见师尊**　070

第六章　**昆仑血玉**　088

第七章　**天道安排**　105

第八章　**师尊教导**　122

1

第 九 章　　怀苏师兄　　138

第 十 章　　欺负师尊　　157

第十一章　　观战受伤　　173

第十二章　　神女下凡　　192

第十三章　　放心不下　　209

第十四章　　他的劫数　　229

第十五章　　琅嬛古地　　245

第十六章　　心魔作乱　　264

第一章

轮回九世

剐龙台上，风雷聚，阴阳变，众神各立其位，高高在上，面无表情，俯视着台上铁链缠身的青龙。

三昧真火淬炼而成的捆仙索刺穿全身经脉，原本琉璃般的龙鳞血迹斑斑、黯然失色，唯有高傲的龙首不肯屈服，依旧高高扬起，横眉怒视众神。

九重天外，传来一声威严的质问："罪龙苏漓，你可认罪？"

青龙哈哈大笑，不掩鄙视，女子的声音铮然如出鞘之剑鸣："我无罪可认，天帝又何必明知故问！"

天外之声再次传来，天帝轻轻一叹，似是有些惋惜："你既执迷不悟，那只能听从天道处罚，剥夺神位打入轮回了。"

苏漓冷笑一声："反正我也当够了这索然无味的上神，轮回就轮回，不如喝了忘川水，当个快快乐乐的凡人！"

天帝沉声宣判："罪龙苏漓，违反天道，私自降雨，扰乱四时，现处以三千天雷之刑，挫骨扬灰。与巫族余孽逐渊相恋，罪加一等，龙魂打入轮回道，生生世世不得善终！"

苏漓闻言，脸色微变："欲加之罪，何患无辞？你禁止天下水神行云布雨，导致天下大旱三十年，凡间生灵涂炭，易子而食，我为苍生降雨，何罪之有？我与逐渊清清白白，你贵为天帝，坐视三界，又是哪只眼睛看见我与逐渊有私情？"

"此事乃逐渊亲口认罪，本君断不会栽赃于你。"天帝冷然答道。空中一片云缓缓化成了水镜，镜中一黑衣男子披头散发，看不清面目，无数恶鬼生食其肉，手脚白骨外露。

苏漓身上的锁链猛地一震，牵扯得她浑身剧痛。苏漓目眦欲裂，一声凄厉的怒吼震碎水镜："天帝无道！"

话音未落，一道天雷便当头劈下，生生劈断她额前的龙角，鲜血喷涌而出，染红了她的双眼。

她是真龙之身，寻常之力不能伤她分毫，唯有天雷，无坚不摧。仙人受劫，只九道天雷便难以承受，更何况是三千天雷？雷影如鞭落下，每落一道在她身上，便有龙肉被割下，剧痛传遍全身。苏漓止不住地颤抖起来，嘴角咬出了血，却始终不肯出声求饶。

轰！轰！轰！

重重雷影，如银蛇乱舞，众神的目光渐渐变了，为龙女的硬气而心惊。

半截身子已经现出了白骨，苏漓的气息逐渐变得微弱，她却放声大笑，连天帝也忍不住睁开了眼看她。

苏漓染血的双眸亮如星辰，锐利如锋芒，她吐了口血沫，虽然雷声轰鸣，却依然让九天之神听清了她的话。

"众神无道，涂炭人间，这神，不配为神！这天，不配为天！区区天雷之刑，就想让我屈服吗？"

苏漓看了看落在身侧的焦黑龙肉，昂首冷笑数声："我曾听夸'天上龙肉，地上驴肉'，驴肉我倒是吃过，却不知这龙肉滋味如何，想来此后再没有这种机会了，今日我便请众神尝尝！"说罢露出白骨的龙尾在地上重重一砸，震得剐龙台裂开数道石缝。数百块焦黑的龙肉从地上弹起，砸向空中众神，众神一时惊愕，竟避让不及，被砸了个正着。

只听苏漓放声大笑，在众神或惊或怒的目光中，她低头咬起一块落在身前的龙肉，咀嚼几下，吞入腹中。

"好！好！好！"她带着强烈的恨意咀嚼着焦黑的肉块，仿佛吃的不是自己的肉，而是天帝的肉，她恨恨道，"此仇此恨，此番滋味，我苏漓，记住了！"最后一道天雷劈碎了她的灵池，一缕青色的龙魂从体内缓缓抽离，这天上地下，六合之内，再无苏漓，再无漓江上神。

然而那惨烈的一幕，永久地镌刻在众神心头。

三千年后，梧桐树下，苏漓又一次在那样的梦里苏醒，将前尘往事一点点忆起，屈指算了算，自己死去的时间已经和活着的时间一样长了。这八世轮回，于她而言，就像一场醒不过来的梦，活得不那么真实。于人而言，三千年极长，然而作为龙神，她自认为还嫩得像棵水葱。

苏漓是何时出生的，她自己无从知晓，只知道被发现的时候是大荒历八十年，不周仙翁自漓江畔拾得一颗泛着流光的碧绿巨蛋，扔在淮苏山孵化百年，一条青色小龙终于破壳而出。

龙为万兽之王，生来高贵，不仅仅是因为神通广大，更重要的是生育率极低。很多龙终其一生可能有成千上万个伴侣，也未必能生下一个龙子，而不周山之战中，龙族死伤无数，所存数量就更少了，因此每一条出生的小龙都弥足珍贵。从小小一颗蛋开始便精心呵护着，穷天材地宝供养着，还没出生就取了名字入了族谱。

苏漓却是唯一一个例外，不周仙翁在漓江捡到个蛋的时候，怎么也没想到会孵出一条琉璃般碧透的小龙。一开始，他以为自己是不小心偷了谁家放在那里的龙，吓得冷汗出了一身，找来香车法器装着小龙，天上地下一家家地问："谁家丢了龙啊？要不要出来看一看？"这么转得仙尽皆知，也没谁出来认。

不周仙翁擦了擦冷汗：什么世道啊，龙都有野生的啦？

龙族对待子嗣是十分重视的，是自己的，绝对不允许丢弃，不是自己的，也不可能瞎认。苏漓找妈妈就这样失败了，只多了一个爷爷，还多了一个私生龙的坏名声。

不周仙翁跟其他神仙比起来，除了年纪大一点，简直一无是处，穷困潦倒，连自己都养不活，更何况养一条高贵的龙。据说东海龙宫的小龙都是上品仙草喂养，没被认领的小龙跟着不周仙翁只能过着吃草根的日子。不周仙翁将她留在了淮苏山，指着个丰神俊朗的仙人说："小龙儿，叫怀苏师兄，是你师兄将你孵出来的，你以后便跟了他吧。"

可怜苏漓当时不过几个月大，话也不大会说，只能"呜呜"两声聊表谢意。那人脸上带着柔柔的笑意，一如拂过山冈的春风，还带着些微花草的芬芳。他将还是龙身的她拢进怀里，温凉的指腹摸了摸她只冒出粉粉一截的龙角，笑道："我养了许多的灵兽，却还是第一次看到这样有灵性的小龙，师父可曾给她取过名字？"

不周仙翁叨叨道："为师听说凡间有个地方的人在哪里生便在哪里取名，这小龙儿既然是江边生的，不如就叫江边龙吧。"

怀苏见怀里的小龙身子一僵，了然，笑道："她不同意这个名字。"

不周仙翁道："小孩子家懂什么！"

怀苏微笑着说："她既然是在漓江边所生，又将在淮苏长大，便叫苏漓吧。"

苏漓，苏漓……

她甚是喜欢这个名字，也喜欢抱着她的那个人，忍不住拿稚嫩的龙角在他胸前蹭了又蹭，引来他一阵轻笑。

轮回三千年，她经常想起怀苏，若当时出事时怀苏在她身边，一切是不是就不一样了？怀苏定然会护着她，不让旁人伤她分毫。当时怀苏与菩提仙翁去了一处秘境，若他回来了，找不到苏漓，是不是会心急？若他知道苏漓已经身死形灭，永入轮回，是否会伤心？他……会不会来红尘中寻她？

可她等了三千年，也没有等到……

曾以为自己好歹也算活得潇潇洒洒，死得轰轰烈烈，可到如今，天上地下，六合八荒，竟是一点她活过的痕迹也没有了，一个想着她的人也没有了，想到这点，她心里便有些难过。

第九世轮回里的苏漓，很多事情都想得更透彻更明白了，唯有一件事她还是捉摸不透。

苏漓问门前的梧桐树："你说说，你为何修行？"

那梧桐树已长了数百年，十六年前经历了一次天劫，被劈落了一大半的树干，谁都以为这树是活不成了，不料枯木又长出了枝芽，青葱更胜从前。只有苏漓知道，这梧桐经历过一次天劫，已然成了精，有了灵性。

听了苏漓的问话，那梧桐摇了摇枝叶，发出沙沙的声音。

"为了渡劫成仙？"

苏漓叼着片叶子躺在树枝上，听了梧桐的话，笑得从树梢跌落，好一会儿才忍住了笑。

"成仙？成仙有什么意思？"苏漓吐掉了叶子，不屑地摇了摇头，"宁可成妖，也别成仙。"

梧桐不解地摇了摇叶子。

苏漓双手环胸，轻轻叹了口气："你知道我原身是什么吗？"

梧桐自然不知。

苏漓说："我是龙族中血脉最纯正的真龙，一出生就是妖王，五百岁成年便是大妖王，在无尽海域呼风唤雨，风光无限。我天资卓绝，修行起来一日千里，一千岁的时候便渡过九重雷劫，飞升天界，被封为漓江上神。"

梧桐发出了一声羡慕的轻叹。

苏漓斜睨了它一眼，轻笑着摇了摇头："你知道吗？这就是我一直想不明白的事，你说我没成神的时候，还是无尽海域的小霸主，怎么封了神，反而沦落成掌管一条小江的水神了？上神，说得好听，下了场雨就被挫骨扬灰打入轮回，还生生世世不得好死。你说我如果还是在无尽海域里当小霸王，他天帝敢跟整个无尽海域对抗，拿三千天雷劈我吗？"

梧桐树毕竟不是菩提树，哪怕开了灵智也想不通这个深奥的问题。

苏漓仰头望天，那天上万里无云，无遮无拦，却也看不见什么神仙。

"轮回九世，我大概想明白了一件事，那就是神仙不过是一个骗局，不过是天帝用来约束强者的枷锁。"苏漓望着远方，目光苍凉，"位列上神又如何？我不过下了场雨就身死形灭，被贬为凡人；统领百万水军的天将，跟神女多说了一句话，就被贬成猪了。"

梧桐听得瑟瑟发抖。

"天帝为了折磨我，还让我每一世都恢复记忆，让我带着记忆活着，活在不知道哪一日会被逐渊所杀的恐惧中，他想让这种恐惧磨灭我的棱角，煎熬我的灵魂。没错，我是活得胆战心惊，如履薄冰，我身边的任何一个人都可能是逐渊转世，他有时候是女人，有时候是老人，防不胜防啊……不过那又怎么样呢？"苏漓冷哼一声，"我也不会真的怕了，所幸我恢复了记忆，便可继续修行，只不过我修行不为成仙，只为成妖，总有一天，我要回无尽海域去当我的小霸王。"

梧桐轻轻点头，表示鼓励。

苏漓笑着拍了拍梧桐的树干道："如果有那一天，我就把你移植到东海灵泉，那里灵气充沛，不用百年你便能化为人形了。"

梧桐也不去细想这件事的难度和可能性，只是听到苏漓这样说，便高兴得摇起了树枝，送给苏漓好几片叶子。

"看啊，那个怪力女又在撞树了！"

右后方传来一个尖细的女声，苏漓听得皱起了眉头，不耐烦地扭头望去，果然又是那个女人——苏家的表小姐符云笙。

苏漓这一世恢复记忆的契机，大概可以算符云笙一份功劳，如果不是符云笙故意在雷雨之夜把她骗出去，她恐怕也没有那么快恢复记忆。不过苏漓也不会无聊到去感激对方，毕竟符云笙只是坏心办了好事，符云笙在她眼里不过是个乳臭未干的小姑娘，使的都是一些上不得台面的小伎俩，也只有恢复记忆前的她会被骗到。

说起之前的自己，苏漓都忍不住想同情一下。出身尚书府的小姐，看起来是件不错的事，可惜不是所有的小姐都可以称为千金，尚书府只有一个千金小姐，那就是嫡出的苏允凰。据说她出生时天生异象，紫气东来，国师预言天命贵女降生于苏府，让刚出生的苏允凰一时成为帝都炙手可热的红人。她满月之日，苏府的门槛几乎被达官贵人们踏破，连平民百姓也里三层外三层围得满满的，只想分得一点尚书府的米粥，沾沾贵气。

而同一天出生的苏漓，却没有这样的命。苏允凰在大厅里接受众人的祝福、帝王的赏赐，而早产的苏漓，瘦巴巴的一小团，眼睛都不大睁得开，蜷缩在阴暗的小屋里汲取母亲身上的温度。她不过是个上不了台面的庶女，本就不受主母待见，连名字也是尚书大人随手指了个字取的，就取名为苏俏。然而这不是最低谷，她的人生还有下坡路。一岁的时候，她被确诊为痴呆儿，从此以后就成了这个府里人人可以践踏欺压的二小姐。

苏家二小姐力大无比，不会说话，只会哭和笑。到了五岁，亲娘病逝，她的处境就更加可悲了，虽然养在嫡母名下，但嫡母一心只顾着苏允凰，哪里会分半点心神照顾她？只有和亲娘同村而来的苏嬷嬷能照顾她一二，其他下人虽不敢明着欺辱她，但平日里不是怠慢便是无视，从未将她当成主子。苏俏虽然傻，却也模模糊糊地知道没有人喜欢她。直到八岁时遇到了温文尔雅的三皇子，他给了她一块桂花糕，她从此死心塌地认定了他，一心追逐着三皇子的脚步。

于是，苏二小姐单恋三皇子这件事，帝都贵人圈里几乎无人不知，无人不晓，可谓丢脸丢得轰轰烈烈。

当今皇帝有许多儿子，其中翘楚无疑是大皇子楚湘和三皇子楚丹，两位皇子自懂事起便围在苏允凰身边献殷勤。但苏允凰冷若冰霜，这么多年也没有对哪个皇子示好过，反而是蠢蠢呆呆的二小姐，被三皇子楚丹温柔俊美的表象所迷，不顾旁人的眼光，向楚丹表白。

一般闺阁女子，就算暗恋哪个公子，胆大的也只是让心腹婢女偷偷传书，用词还得十分隐晦，哪里有大庭广众之下大声说出来的？因此，当苏俏顶着一张傻笑的脸盘当众对三皇子大声说"三皇子，我想和你成亲"的时候，三皇子的内心几乎是崩溃的。

三皇子顾及形象自然不能恶言恶语拒绝，只能说："苏二妹妹你是个好人，只是年纪还小，不懂得什么是成亲，等你长大再说吧。"

苏俏哪里懂得什么叫婉拒，还以为三皇子真的是要等她长大呢，于是更是痴心一片，不改其志。可怜三皇子对苏允凰费尽心机，恨不得黏到她身上去，却被苏俏吓得退避三舍，不敢近前。

苏俏这回出事，也跟三皇子脱不了干系。

原来三皇子俊美非凡，媚眼乱飞之下，自然伤及无辜，惹得多少少女春心荡漾。其中最甚的，便是苏家主母的侄女，太师符家的小孙女符云笙。苏允凰天纵之姿让三皇子折腰也就罢了，这苏二傻算什么东西，也好意思往三皇子跟前贴？符云笙气得牙痒痒，便着人给苏俏递了个字条，假借三皇子的名义约她后半夜出来看星星。可这一夜哪里有星星啊，只有电闪雷鸣、倾盆大雨，也只有苏俏这样的傻子才会在雨里淋了一宿。

第二日一早，符云笙出来溜达的时候便看到了失魂落魄地从外面回来的苏俏，再看对方浑身湿透，惊诧于她的痴傻，嘴上便不留情面地讽刺了起来。未料身子如铁打的苏俏没被暴雨击倒，却被符云笙几句话刺激得鼻血狂喷。符云笙吓得去了半条命，连忙让下人将苏俏抬回房间收拾了。

尚书大人平日里虽然对这个庶女不闻不问，但如今要是不管不顾把人害死了，怎么也说不过去。

符云笙让人遣了个大夫过来，大夫一番望闻问切，得出二小姐气血两盛、无比健壮的结论，符云笙这才松了口气。过了几日，听身边下人说苏俏淋了场雨，好像把脑子淋清醒了，说起话来条理清晰，一点也不像个傻子，符云笙将信将疑，便领了贴身丫鬟过来打探，可还没走到苏俏的住所，就看到她在外面捶树，还把叶子都捶落了下来。

怎么看都还是那个傻子嘛，符云笙松了口气，鄙夷地撇了撇嘴：

"你就算嫉妒允凰，也犯不着拿这棵树出气。"

苏漓双手环胸，似笑非笑地扫视了她一眼，摇摇头走开。

符云笙望着苏漓的表情，愣了一下，总觉得有些怪异，忙追上前，大声喝道："苏俏，我和你说话，你没听到吗？"

苏漓猛地停下脚步，符云笙反应不及，一头撞上了苏漓的后背，撞得趔趄着倒退了两步，柳眉倒竖，气红了脸。

苏漓身量在女子中算是超群挺拔的，符云笙比苏漓小了一岁，个头却还未及苏漓下颌，只能仰着头看她。只见苏漓半侧过身子居高临下地俯视她，眼角带着一丝不屑掩饰的讥诮，淡淡道："若论辈分，你还得叫我一声二表姐吧，直呼我的名字，这就是你们符家的家教吗？"

符云笙听得苏漓的讽刺，吓得瞪圆了眼睛，这哪里是傻子会说的话？符云笙指着苏漓喊了好几声"你你你"，这才反应过来自己被奚落了，登时跺脚骂道："你算什么东西，也配让我喊你表姐？"

苏漓轻笑一声，眼波流转，说道："你问我配不配，我可以诚心诚意地告诉你，我呸！"

符云笙被苏漓刹那间流露出的风情震了一下，心头涌上一种说不出的感觉，明明还是那张脸，怎么感觉不一样了？

苏俏的面容算不上十分美貌，加上平日总是挂着一副痴痴呆呆的笑容，便让人看着心生不喜，这一时间变化之大，竟让符云笙不知所措，不知该惊还是该怒。

符云笙的贴身丫鬟见小姐嘴巴微张，一副苏二傻上身的模样，忙悄悄碰了碰她的手臂。

符云笙这才回过神来，装腔作势道："哎哎！苏俏，别以为你姓苏就真的是千金小姐了，你敢欺辱我们符家，你小心我跟姑母说，看她怎么收拾你！"说着狠狠地一跺脚，扭着腰肢往后院方向去了。

苏漓无奈地耸了耸肩，料想一会儿即将到来的狂风暴雨，倒也不怎么放在心上。

身为龙神的苏漓或许称得上不谙世事，但这九世为人，倒是让她学会了不少东西，如今再看符云笙，只觉得不过是个跳梁小丑，实在不值得放在心上。

这一世，她可是要修行的人，怎么可能跟一个小姑娘玩"宅斗"呢？

符云笙离开不一会儿，嫡母眼前的小丫鬟便冷着张脸来传唤苏漓。

说告状就告状，符云笙也是个说一不二的姑娘啊。苏漓不禁觉得有些好笑，面上不带半分恐惧忐忑，一副闲庭信步的悠闲模样，倒令小丫鬟吃了一惊，忍不住多看了她几眼。

二小姐，果然和以前不太一样了……

苏漓虽看似悠闲，却走得不慢，不一会儿便到了嫡母的住所，尚在门外便听到符云笙捏着尖尖细细的声音在撒娇卖嗔，一派天真娇憨的可爱模样。

小丫鬟先进门通报了一声，门内的笑声便骤然停了下来。待苏漓得了允许走进门去，便看到一对中年男女坐在上首，符云笙立在一旁。男的相貌堂堂，官威极重，正是苏漓这一世的生父——尚书苏明矾，而女的自然是她的嫡母符氏。

苏漓寻思着这父母虽没有给过她什么好脸色，但好歹也生养了她十六年，不说山珍海味供着她，起码也让她衣食无忧。想到这养育之恩，苏漓便也心甘情愿地给他们行了个礼，问了一声安。

苏明矾淡淡地"嗯"了一声，忍不住多看了苏漓两眼。他一直觉得这个女儿是自己一生最大的败笔，往日一看到她痴痴傻傻的笑脸便觉得心烦，但今日一见，却似乎与往日不同，好像女儿身上的傻气少了许多，看着也顺眼了许多。

符氏却不觉得顺眼，冷冷哼了一声，拍了一下桌子，沉声道："你跪下！"

苏漓眨了一下眼，故作无辜道："母亲为何动怒叫女儿下跪，女儿不明白。"

符氏冷着脸道:"笙儿说你出言侮辱符家,可有此事?"

苏漓脸上一片茫然,摇摇头道:"绝无此事啊,笙儿表妹为何污蔑我?"苏漓转头看向符云笙,一脸诚挚道,"笙儿表妹是不是对我有什么误会?"

符云笙见她这模样便气上心头,上前一步,指着她的鼻子怒道:"你说我符家没有教养,可有此事?"

苏漓断然摇头否认道:"我不曾说过这样的话,若有说过,我便遭天打五雷轰!我知道笙儿表妹不喜欢我,但也不该这样污蔑我。"苏漓说着顿了一下,转头向苏明矾与符氏一揖,诚恳地道,"请父亲母亲明鉴,母亲素来是知道女儿为人的,女儿自幼丧母,若无母亲抚养,哪有今日?女儿对母亲敬重爱戴,又怎么会出言侮辱母亲家族?笙儿表妹向来不喜欢我,我也是知道的,今日笙儿表妹这么污蔑我,其实我也有错。"

符氏听了苏漓前头一番话,脸上冷意已是去了不少。苏允凰七岁起便被国师收入门下,在家时日少,倒是这个庶女天天晨昏定省,无一日荒废,她虽然不怎么喜欢苏漓,却也不能否认苏漓的孝顺。而符云笙刁蛮任性,她心里也是有数的,只不过这个侄女嘴甜会说话,一直把她哄得舒舒服服的,她下意识便信了这小侄女的话,此时再冷静想想,便也生出疑心了。

"你说你有错,错在哪里?"符氏淡淡问道。

苏漓扫了符云笙一眼,低头道:"今日女儿与笙儿表妹在园中偶遇,笙儿表妹咄咄逼人,女儿笨嘴拙舌,不愿与表妹争执,便沉默避走。谁知笙儿表妹不依不饶,追了上来,还对我出言讽刺,问女儿是个什么东西。女儿自知愚钝,不及允凰姐姐万一,不能为家族争光,平日也让父亲母亲操心甚多,但我好歹也是苏家的女儿,自幼养在母亲身前,母亲待我也与亲生无异,女儿若是个'什么东西',那父亲母亲又是什么呢?女儿受辱不要紧,却不能忍受父亲母亲因我受辱,因此便纠正了笙儿表妹,让她唤我一声二表姐,哪知惹怒了笙儿表妹,竟让她到母亲跟前告状。"苏漓说到这里，眼眶微红，轻声叹道，"又让母亲为女儿操心了，是女儿的不是。"

符云笙听了一番颠倒是非的话，整个人都惊呆了，指着苏漓的鼻子气得手抖，却说不出反驳的话，因为她说的……好像真的是这么回事！

苏明矶看了一眼面色坦然的苏漓，又看了一眼支支吾吾的符云笙，心下就对事情有了判断，冷哼一声，沉声道："行了，这件事我明白了。"

符氏脸上也不太好看，符云笙说到底是她娘家人，今日她偏信符云笙，险些冤枉了苏漓，此时苏明矶定然是有了不满。夫妻多年，符氏了解自己的丈夫，这个二女儿虽然不得他的欢心，但好歹也是自己的女儿，自己管教女儿是天经地义，但旁的人欺负女儿，就是不给他面子。

符云笙看苏明矶脸色不善，顿时有几分胆怯，只觉得自己有说不出的委屈，眼眶都红了，忙辩解道："姑父，不是这样的，你听我说……"

符氏一把按住了她的手，打断她道："够了够了，不过是小姑娘之间闹别扭，这件事就算了。笙儿，这件事你确实做得不对，也怪我往日没有纠正你，长幼有序，你应该称俏儿一声表姐。"

符氏说着给符云笙打了个眼色，符云笙咬着下唇，不情不愿地对苏漓说道："二表姐，是笙儿错了。"

苏漓一脸欣慰与大度，说道："我没有怪笙儿表妹，表妹年纪尚小，言语有失无妨，知错能改，善莫大焉。"

苏明矶抬起眼，细细看了苏漓一会儿，说道："今日见你说话颇有条理，倒不像以往颠三倒四。"

符氏也狐疑地打量起苏漓来。她和苏明矶不一样，苏明矶跟苏俏相处说话的时间少，她却是几乎天天见到苏俏，往日里苏俏总是笑得多，说得少，哪像今日这般说话清晰，有条不紊。

苏漓不紧不慢地回道："回父亲的话，女儿前几日淋了一场雨，病了一场，昏昏沉沉间像是想通了许多事，病好之后，整个人觉得清醒许多，过去十六年，竟像是做了一场梦。"

苏明矶与符氏对视一眼，看到对方眼中的惊异，苏明矶问道："可叫大夫看过？"

苏漓道："女儿自幼身体强壮，因此并未叫过大夫，也只是病了一日便痊愈了，怕母亲为我担忧，是以连母亲也未告知。"

"你从小不曾生病，没想到这次生病却是因祸得福了。"苏明矶点了点头，说着脸上也泛出一丝笑意，"不过这事非同小可，一会儿还是让大夫仔细替你看看。"

前几日那场大雨着实吓人，电闪雷鸣，大雨倾盆，打在身上都让人痛。苏明矶想起十六年前两个女儿降世的那一天，也是这样一场罕见的狂暴雷雨，心生疑惑：难道这二女儿也是个有福分的人？

苏明矶往日里很少注意这个女儿，此时仔细看，竟是有些顺眼。之前她时常面带傻笑，让人觉得粗鄙，现在收起那副痴蠢的模样，顾盼间竟颇有动人风姿，加之她身姿挺拔，气质更是不俗，竟与苏允凰有姐妹之相了。

苏明矶年轻时也是有名的美男子，越看越觉得这个女儿像自己。符氏没有苏明矶这种莫名其妙的自信，但看着苏明矶一脸满意的模样，她也不敢明着找晦气，只寻思着过后再慢慢查究一番。

便在这时，符氏的小丫鬟满面欣喜地跑进来回报道："老爷，夫人，大小姐回来了，已经进了二门了！"

听了这话，符氏登时喜形于色道："真的回来了？快快，你快叫厨房准备大小姐爱吃的菜！"

苏允凰七岁那年，国师发现她天赋惊人，收为亲传弟子，自此便赴盘龙观修行，只有初一和十五才会回家，而且不是每个月都回，但苏家每个月这两日总是做足了准备，只等大小姐回家。

在苏漓的记忆里，上一次苏允凰回家，好像已经是三个月前的事了，因此，这次苏允凰回家，对苏家上下来说都是一件难得的喜事。符云笙选在这日来苏家，也是为了与苏允凰见上一面。

　　符氏有些坐不住了，携着符云笙走出了门翘首以盼，不过片刻便看到一个白色的身影穿花拂柳而来，只那远远一抹身影便让人心醉神驰，仿若神妃仙子落入红尘。

　　苏漓对苏允凰印象浅淡，因为自己原本那个性格，是不敢直视苏允凰的，几个月难得见一次面，见面时又是低着脑袋吃东西，难得苏允凰与她说一句话，她便受宠若惊，诚惶诚恐，真是往事不堪回首。此时，苏漓也是打起十二分精神，想要好好看一看这个传说中神仙般的人物。

　　眼见着苏允凰一步步走近，在苏漓瞳孔中越来越清晰，苏漓忍不住一声惊叹："美人……"

　　其他人的注意力都放在苏允凰身上，并未听到苏漓这声轻叹，只有苏允凰耳尖，一下子捕捉到了这声叹息，眉梢几不可见地轻轻一挑，抬眼看向苏漓。只这一眼，便让苏漓浑身一个激灵，如同炎炎夏日里饮了一杯清凉甘露，感觉妙不可言。

　　苏允凰一身素白的修士服装，看似简单，然而布料用的是贡品，袖口的暗纹更是繁复无比，非绣娘辛苦一月不能成。这一切都是符氏精心为她准备的。苏允凰平日里专注修行，对身外之物丝毫不在意，身上无一丝脂粉香气，只有淡而清冽的芳草香。以苏漓的见识，自是瞬间便分辨出来这是凝心草的气味。一般修士在修行打坐之时都会点燃凝心草，因为这种气息有助于内功修行，苏允凰身上沾染了这种气息且不散，可见修行之勤。

　　苏漓对上苏允凰的视线，不闪不避，笑意吟吟地回望，朝她轻轻点了个头。苏允凰眼底闪过一丝诧异，也朝她点头示意。这么一看，她倒并不似传说中的冷漠难接近。

　　符氏等人早已迫不及待，围了上去嘘寒问暖。苏漓自忖身份存在差别，识趣地站到一旁，默默欣赏起美人来。苏允凰肌肤白净，如玉如瓷，眼眸漆黑却澄澈，神态看似淡漠却不显得无情，侧过头说话时，露出一截修长的脖颈和白嫩的耳尖，竟是连耳洞都不曾打过，实在是稀罕。

苏漓活了几千年，见过的美人没有上万也有几千，但苏允凰仍是令她惊艳了一番。美人风姿绰约，脱俗出尘，让人忍不住心生倾慕却又不敢存亵渎之心，便是天界神女也不过如此。

群妖谱上说，龙本性贪且淫，这话说得倒是不错。龙族最爱的莫过于亮晶晶的宝石和娇滴滴的美人，苏漓见了美人就移不开眼这个毛病，几千年都改不过来，唯一改变的，就是她的审美标准越来越高，寻常美人入不得她法眼。

几人在院子里寒暄了几句，符氏便拉着苏允凰的手柔声道："这外头晒，咱们入内坐着慢慢细说，好几个月没见你，这些日子你过得如何，你多跟母亲说说。"

苏允凰轻轻点头，顺从地进了屋。

符氏房中的丫鬟一个个浑身是劲，里里外外忙个不停，将冰块摆满屋子四角，暑热顿时降下来不少。

苏允凰饮了杯雨前龙井，便对符氏说道："上次离家前我便说过，师父不日将闭关修行，这些日子我在盘龙观中，一为护法，二为守观，半月前师父顺利出关，我今日才得空回家。"

苏明矶沉吟片刻，问道："你可知国师如今修为在什么层次？"

苏允凰道："这倒不是什么秘密，师父如今已经是元婴九重身，为了进一步修行，过段时间将会和我们一同前往蓬莱仙岛。"

听到"蓬莱仙岛"四个字，不仅符云笙，连苏漓也是眼前一亮。

如今神州分裂成五片区域，烨国居于南方，离得最近的便是蓬莱仙宗。蓬莱仙宗乃南方第一大宗派，近两千个国家争取两万个考核名额，而最终录取的人数只在一千左右，可谓难如登天。

即便如此，苏明矶对自己这个女儿还是充满了信心的。什么皇子妃、皇后，他都不放在眼里，他的女儿可是要问道寻仙的强者，若成元婴，那起码能庇护一族五百年；若成法相，自立一国也不在话下；

若是渡劫飞升，那就是他都不敢想象的境界了。

可惜烨国不过是实力中下的小国，元婴强者不过寥寥数人，资源也贫乏，苏允凰已算是幸运，自幼由国师亲传，修行速度远胜常人，但要更进一步，只有进神州最好的五大宗门。

苏明矶道："听闻这次蓬莱仙宗只给了我们烨国六个考核名额，但蓬莱仙使又特意嘱托，其中一个名额给我们苏府，你可知道此事？"

苏允凰点头道："我听师父提过，师父说这个名额大概是为我而留，但仙使可能不知我师父本就是蓬莱仙宗客座长老之一，我既为师父亲传弟子，无须再通过宗门考核便已经入蓬莱仙籍，因此这个考核名额，我是不需要的。"

"这……"苏明矶也没有料到这种情况，顿时皱起眉来，"蓬莱仙宗的入门考核定在下月十五，而我们烨国须在下月初一摆下擂台赛，定下这五个名额，若你无须考核，这个名额又该如何处置？"

苏允凰也皱眉不语。

符云笙却突然开口道："表姐，可否将那个名额给我啊？"

苏允凰诧异地抬起眼看向符云笙，后者一脸讨好道："仙使既给了烨国六个名额，若少了一人也是浪费。我与苏家关系亲近，又是修士，若由我替了这个名额，想必仙使那里也说得过去。如果实在不行，我也愿过继到姑母名下。"

人人听得惊呆，苏漓暗自咋舌：这个小姑娘年纪轻轻的，居然这么不要脸！她当下道："苏家不是还有我这个女儿吗？"

几个人又齐刷刷地转过头来看着苏漓。

符云笙咬着牙心想：这个苏俏也太不要脸了！

第二章
·
修行之路

苏允凰不掩诧异，道："你也想要这个考核名额，可你从未修行过，底子太差，只怕过不了考核。"

符云笙连忙点头附和道："就是就是，我的资质虽然远不及允凰表姐，但如今也是炼气七重了，而苏……二表姐连炼气也未曾入门，怎么可以去参加考核？让蓬莱仙使知道了，岂不是要说我们烨国轻视了蓬莱仙宗？而且这会让其他国家看轻了我们烨国，说我们烨国无人才。"

苏明矶沉吟道："允凰和笙儿都言之有理，你虽然是我的女儿，但你毫无修行根基，怎可参加考核？"

苏漓正色道："父亲怎可断言我毫无修行资质？"

苏明矶扫了她一眼，摇头说道："你可还记得七岁那年，国师大人亲自为允凰检测天赋，当时国师也看过你的？允凰的灵池有如百顷天湖，深不可测，更兼具双灵根，可谓千年难得一见，而你……"苏明矶忍不住又叹了口气，"你说你看到了一片大海，却没有看到灵根，你可知这意味着什么吗？"

苏漓还没来得及说话，符云笙便鄙夷地看了她一眼，抢答道："她看到的根本不是灵池，她连入定自视都做不到。我们人族天生有灵池灵根，资质再差的人也有小小一洼灵池和废灵根，而最差的人，就连入定自视都做不到，做不到入定自视，还怎么修行？"

苏漓不以为意，微微笑道："可是我今时不同往日了呀。"

苏明矶闻言，眼神一动，心思也活络了起来。不错，当年的苏漓还痴痴傻傻，与如今判若两人，说不定……

"我不同意。"符氏突然开口说道，"这个名额可是给允凰的，怎么能轻易让给别人？"

苏允凰皱了一下眉头，不解地看向符氏。

符氏拉过苏允凰的手往旁边走了几步，压低了声音耳语道："你外祖可是派人打听了，国师大人在我们烨国虽然地位超高，但在蓬莱仙宗一般。蓬莱仙宗何等庞然大物，元婴强者不在少数，国师大人在蓬莱仙宗只是客座长老之一，蓬莱仙宗真正掌权的却是七位守山长老，你若能被那七位长老收到门下，才真正是一飞冲天。我和你外祖商量过了，寻个由头跟国师大人说说，你与国师大人解除师徒名分，重新投入蓬莱仙宗，经过考核，想办法让守山长老收为亲传弟子。"

苏允凰听着符氏的话，眉头越皱越紧，脸色也越来越冷："一日为师，终身为父，师父于我有恩，我怎能为了前程而背叛师父？母亲今日让我为了前程不认师父，难道他日还能为了前程不认生身父母吗？做人须有底线，修道亦然，否则便会走火入魔，落得身死魂灭的下场。这种事莫说师父答不答应，即便他答应了，我也不会应允。若让蓬莱仙宗知道我苏允凰是此等小人，只怕顷刻便要逐出门墙。这件事我就当没听过，母亲也千万不要再想了！"

符氏一心为了女儿着想，哪里想到会被苏允凰怼回来，脸上一阵青一阵白。这个女儿是她最大的骄傲，可女儿跟她不一条心，也是她最大的遗憾。

苏允凰说这番话并没有压低声音，因此苏漓也是听得一清二楚，对这个姐姐不由得多了三分敬意，原来她不只是人美，心地也不错。

苏允凰本就对蓬莱仙宗的考核名额不放在心上，听了母亲的话之后，更是坚定了信念，于是转头对苏漓说道："这个名额本就是苏家的，陛下不敢挪给他人，你既然想要，我便会为你争取，但首先还得看看你是否有那般修行资质，不如我再引导你入定自视一番，看你的灵池灵根如何。"

符氏见苏允凰主意已决，气得跺了跺脚，却又无可奈何。

苏漓喜上眉头，对苏允凰道："那妹妹就先谢谢姐姐了。"

苏允凰屏退下人，让苏漓在椅子上坐定，便伸出洁白修长的右手，五指张开，悬于她前额处。苏漓闭上眼，便感受到一股威压如水波般在自己额前缓缓荡漾开来，将她笼罩其中，推入无边黑暗。

"睁开眼。"一个声音仿佛来自天外，引导着她睁开双眼。

眼前的光由暗转亮，最后，一幅波澜壮阔的巨幕在眼前拉开。

苏漓七岁那年没有说谎，也没有看错，自己确实看到一片汪洋。一个人灵池的大小，意味着对天地灵气感悟能力的大小，灵池越大则能感悟到的范围越广，能汲取的灵气越多。但世人怎么肯信一个傻子能感悟到如汪洋无尽的天地灵气呢？据说最强的修道强者的灵池也不过如奔腾大江，更何况她确实没有灵根。灵根是修行的根基，纳入体内的灵气经过千锤百炼方能化为己用，催生灵根，生出灵叶灵花，最后元婴自灵花中孕育而出，若没有灵根，又如何修行？

苏漓的神识潜入海中，这片汪洋好似无穷无尽，又深不见底，而所谓的灵根，也不见踪迹。

可是谁说没有灵根就不能修行了？

早在记忆苏醒之日，苏漓便入定自视过了，没有灵根于她而言不过是少了一种修行方式而已。她为龙身时养在淮苏山，师兄怀苏乃古神一族，藏有修行典籍无数，她闲来无事也看了不少，这具身体根骨极佳，适合自己这一世修行的倒是有好几种，只不过如今人族式微，见识短浅，以为没有灵根便是废人罢了。

待苏漓的神识自灵池中抽离出来后，苏允凰问苏漓道："你可看到灵池灵根了？"

苏漓点了点头道："看到了。"

"什么模样？"

苏漓说："宛若一口古井，而灵根，是绿色的。"

苏允凰恍然道："古井灵池吗？倒也不错，绿色灵根应是水灵根，至于灵根品质，我无法为你判断，听说蓬莱仙宗考核时便会检测灵根品质。"

符云笙见苏允凰似乎已经有意要将名额给苏漓，急忙道："她就算有灵池灵根，也从未修行过，连炼气一重也没有，又怎么可能通过考核呢？"

符氏也帮腔道："是啊，老爷，若让俏儿去，也是浪费了一个名额。"

苏漓淡淡一笑，转头对苏允凰道："姐姐，你对蓬莱仙宗最为熟悉，应该知道入门考核的难度吧，难道炼气七重就很有把握通过考核吗？"

苏允凰毫不犹豫地摇了摇头，道："便是炼气九重，也是极难入门的。"

苏漓道："那给笙儿表妹浪费和给我浪费，又有什么区别呢？"

"你！"符云笙气得小脸通红。

苏漓笑道："这个名额既是给我们苏家的，那再给其他人就不合适了。笙儿表妹既然愿意放弃自己的家族来争取这个名额，那我也与你公平竞争，如何？"

符云笙气呼呼地道："怎么公平竞争？"

苏漓道："下月初一的擂台赛，比武决定最后的五个考核名额。如果笙儿表妹能够凭借自身实力胜出，自然就不需要这个名额了，如果实力不济输了还想要这个名额，那我便与表妹比武，你若胜了我，这个名额便让给你。"

符云笙闻言眼睛一亮："当真？"

苏漓话里话外讽刺她，她听着虽然不舒服，但听苏漓愿意与她比武争名额，顿时高兴起来。苏漓虽然自小生就一身怪力，但她自忖炼气七重，怎么也不可能输给苏漓，更何况还能当着那么多人的面打苏漓的脸。

苏漓笑吟吟道："自然当真，父亲母亲与姐姐都在这里，可以做证。"

苏允凰道："既然你们两个都同意，那我便为你们做个见证。"

苏明矶和符氏听苏允凰如此决定，也只能跟着点头了。

苏漓走出门的时候还听到符氏在叹气，她似乎还想说什么，却又不敢开口。

苏漓习惯性地用手指轻叩脸颊，脑中思绪纷杂，一个念头突然闪过，将她一双眼睛都照亮了起来。

这苏允凰也很是有趣呢……她该不会是逐渊君转世吧？

这个念头一生出来便像扎了根，怎么都挥之不去了。

苏漓自认跟逐渊君清清白白，天帝说她跟逐渊君相恋触犯天条，怎么看都是欲加之罪，何患无辞。

那时苏漓镇守漓江，说是镇守，其实多半时间是在睡觉，除非天帝降旨要她降雨，否则她便是以沉睡代替修行，毕竟龙族寿命悠长，而她自认还在长身体的阶段。没想到那些年天帝认为楚王无道，竟数十年不降雨。

苏漓一觉便睡了三十年，直到被人吵醒。

楚地百姓素来有祭祀求雨的风俗，那一年不知是哪个族老想出了馊主意，要献祭生灵向漓江水神求雨。这实则是大忌，献祭之术传自巫族，洪荒之后便被禁绝，楚地族老未必知道献祭之术的真正方式，却还是找了几个年轻貌美的女子说要送给水神享用以换取风调雨顺。

这种无效的献祭并不能和苏漓沟通，惊醒苏漓的，是逐渊君。当时的逐渊君身为一方首领，深受万民敬仰爱戴，可即便如此，他也无法为他们带来雨水和丰收，因此他们才避着逐渊君偷偷举行了祭祀，却被逐渊君赶到制止。

苏漓依然记得逐渊君当时背对着怒吼的漓江，傲然而立，铮然有声："从来没有什么神明，若有神明，他便该慈悲宽容，泽被苍生，而不是以此勒索要求上供，否则他与地痞流氓、街头恶霸又有什么区别？有供奉便降雨，无供奉便大旱，这种神即便有也是恶神，这种恶神便不配得到供奉！"

被这样指着鼻子骂是恶神，苏漓活了三千年还是头一次遇到，然而她并不觉得愤怒，只是十分新奇。于是她展露了真身，数十丈长的巨龙凌翔于海上之时，所有凡人都吓得跪地求饶，只有逐渊君傲然站立，不改风姿，与她对视。她忽然起了恶劣的玩性，将逐渊君卷起带入龙宫之中，在他面前显露了人形，忍着笑意故作正经道："吾乃漓江水神，你也看到了，我是个女仙，要美貌女子做祭品何用？既然献祭，自然是要年轻俊美的男子才是……"

龙宫中的宝物神光氤氲，将她的容颜也映得朦胧了起来。逐渊君晃神了片刻，眼中才恢复了清明，甚至多了一丝难以辨明的心思。

当时苏漓还没有看明白，后来经历了这么多世轮回，才悟出了几分逐渊君的心思。怀苏常说，她虽活了一把年纪，却长年深居简出，不谙世事，心思仍是单纯，最易心软，也最易受人蒙骗。苏漓原还不以为然，直到大祸临头，才后悔没将怀苏的话放在心上。逐渊君是个聪明人，或许早已看出了她好骗，所以骗她上了岸，说是带着她体察民间疾苦，让她看这楚地万民身陷苦难之中。她慢慢地心生不忍，终于答应了他降下甘霖，解救苍生。

苏漓原想着，不过是一场雨罢了，她救了这么多人，怎么说也是大功德吧，楚王无道，又关百姓什么事呢？就算犯了错，大不了功过相抵，不要奖赏罢了。她的师兄可是古神怀苏，谁敢真罚她呢？

哪知怀苏正好被菩提老祖请去了方外古地，那里自成一界，时间流速也与这边不同，两边完全无法通信，苏漓被捉之时，连向怀苏求救也无法。没有任何会审，她直接被押上了剐龙台。

苏漓活了三千年，有怀苏庇护着，总是懒得动脑筋，但她也不是真不通世事。天帝那番匆忙的作为，分明有其他阴谋，但她心想自己不过是一条龙，哪怕法力比别的龙更高一些，也没有什么可以图谋的，只怕是冲着她背后的师兄去的吧。

可她即便知道其中阴谋，也什么都做不了了，失了肉身，又被打入轮回，也不知道师兄现在怎么样，有没有找过她。

至于那逐渊君，她因他降雨受罚，而他因她污了清名，受轮回之苦，也算是扯平了吧。她当时嘴上调戏了对方几句，却是一点情思也没有动过，逐渊君对她也从未表示过什么，现在回想起来，她甚至有些记不清逐渊君的容貌了，只觉得那应该是个高大俊朗、深沉内敛的男子，否则自己怎么可能跟他上岸体察民情呢？

苏漓今日见了苏允凰，不知为何竟想起了逐渊，记忆中那人秉性也是出奇地正直，让她忍不住生出逗弄之心。回想过去几世的经历，其实逐渊转世为女人，也不是不可能。

她甚至自己编排好一出姐妹阋墙、相爱相杀的折子戏了。

苏允凰因多月未曾回家，而下次离家前往蓬莱仙宗又不知几年才会回来，因此这次回家便多住了几天，让符氏着实高兴了一番。而符云笙听说了，便也带了衣物过来在苏府住下，日日缠着苏允凰答疑解惑。苏允凰为人看起来似乎冷漠疏离，却是有问必答，不见不耐烦，符云笙在她的指导下竟进步了许多。

闻风而来的不只是符云笙，还有另外两个极其重要的人物。

这日苏漓在内院修行之时，便又看到那两块狗皮膏药了。

黑色的那块是大皇子楚湘，蓝色的那块就是三皇子楚丹。苏允凰难得回家一趟，作为苏允凰最忠实最有实力的追求者，他们自然不甘落于人后，在得知苏允凰归家的第二天一早，便穿得人模人样地来苏府拜访了。

苏允凰醉心修行，又哪里有那么多时间陪两个皇子风花雪月？因此两人在院中等了一个上午，符云笙又别有用心地陪着，居然也能说一个上午的话，喝一个上午的茶。苏漓摇头想，人族的寿命不过短短数十载，这些庸人浪费起来竟是丝毫不心疼。

符云笙面带桃花色，正歪着脑袋故作天真地与三皇子说着什么，眼角余光漫不经心地往院中一扫，骤然呆住——

只见苏俏一身束身打扮，正绕着院子发足狂奔。

"你……你这是干什么？你疯了不成？"符云笙登时站了起来指着苏俏，瞪大了眼睛问。苏俏这般毫无仪态，简直丢尽了苏家的脸！

苏漓淡然瞥了她一眼，决定不理会她，继续跑步，这具肉身的根骨虽好，但是几乎未曾打磨过，须得好好淬炼一番方能见光华，可惜眼下她毫无资源，只能靠最基本的方法炼体了。

如果她的记忆没出错，蓬莱仙宗的入门考核有三关，第一关就是体形：太瘦的不要，太胖的不要，太丑的不要。当然，如果有自认为内秀的，还可以击鼓鸣冤让神通高手来看看气象——如果确实资质不凡，倒也可以考虑收下；若是资质太差，那就打一顿扔出去。若因此错过几个天资优秀的丑八怪，蓬莱仙宗也是不会感到可惜的。

蓬莱仙宗毕竟乃南方第一大宗派，就是这么霸道，就是这么看脸。

这规定，据说还是开山祖师定下的呢。

苏漓捏了捏自己的脸，又捏了捏自己的腰，这一个月任务繁重啊，哪里有时间跟符云笙过家家呢？

符云笙见苏漓"鄙视"地看了她一眼就要跑开，顿时气上心头，刚想发作，便瞥到一旁坐着的三皇子，硬生生忍下了，眼珠子一转，生了坏主意，提声道："二表姐，大皇子殿下和三皇子殿下在这里，你还不过来行礼，难道要让姑父姑母知道你坏了苏家的家教吗？"

苏漓顿住脚步，心下笑道：这小姑娘好生记仇。

符云笙见苏漓停了脚步，眼底闪过一丝得逞的笑意："二表姐，你平日里不是最想见三皇子殿下吗？怎么今日见了殿下在此竟然转身就跑？"

三皇子本来就有些尴尬，听符云笙这么一说，更是不自在了。原先看苏漓转身跑掉，他还默默松了一口气呢，可是符云笙又将她叫住了，三皇子嘴上不说，但心里是怪她多事的。

苏漓悠悠转了个身，不紧不慢地朝两个皇子屈膝行礼，正所谓入乡随俗，她既身为凡人，倒是没有做神仙时的那些傲气了，口里道："苏俏见过两位殿下，殿下千岁。"

对于苏漓能给三皇子找不自在，大皇子倒是喜闻乐见，谁叫这个弟弟处处比他优秀呢！生得比他俊美也就罢了，修行资质居然比他还好，自己唯一的优势不过是生得早而已。

"苏家妹妹不必多礼。"大皇子笑眯眯地说，"你今日怎么这副打扮？"

苏漓还未开口，符云笙便抢先答道："回大殿下的话，这事可有趣了，想必两位陛下也是知道了，此次蓬莱仙宗指定了一个名额给允凰表姐，可表姐乃国师亲传弟子，是用不上这个名额的，二表姐便说她要领了这个名额，参加蓬莱仙宗的入门考核。"

"这？"两位皇子一听都愣住了，对视一眼，又看向苏漓，问道，"真有此事？"

苏漓一副无所谓的样子，微微笑道："确实如此。"

符云笙嗤笑一声，又道："还不止呢。二表姐自知毫无修行根基，怕此去蓬莱堕了我们烨国的名声，因此下月初一擂台赛时，她愿与我一较高下，若是输了我，便将名额让给我。如今看二表姐这副打扮，怕是在修行吧？"

"这是修行？"大皇子哈哈笑道，"苏家妹妹若要修行，也该找个名师指点，哪有这样的？修行之初，须打坐吐纳，感悟天地灵气，然后纳于体内，你这样跑跑跳跳，与武夫何异？"

苏漓笑道："多谢大殿下关心，臣女身体底子差，觉得还是先练好身子比较重要。"

大皇子也不是真心关心苏漓，只不过想趁机表现一下在修行上的见识罢了，见苏漓不受教，他也不以为忤，只觉得苏漓本来就是个傻子，这半月后与符云笙的对决，真是半点悬念也没有。

符云笙眼睛滴溜溜转着，看了看三皇子的脸色，故意笑着说道：

"三殿下的修为应是突破筑基了吧。"

三皇子微微一笑，面上流露出几分自得："前不久方才突破。"

大皇子闻言表情颇为纠结，不甘地扫了三皇子一眼。

符云笙目露崇拜，又转头对苏漓道："二表姐既然有心修行，何不向三殿下请教一番？"

苏漓呵呵笑道："三皇子贵人事忙，不敢有劳。"

符云笙心下觉得有些奇怪，过去苏漓可是有事没事就往三皇子身上黏的，怎么今日表现得有些平淡？她心知三皇子心底厌恶苏漓，有意要借着三皇子的态度羞辱苏漓，便道："二表姐今日莫不是害羞了？三殿下最是温柔了，断不会拒绝二表姐所求的。"

大皇子眼角瞥到回廊那边飘来一抹窈窕身影，于是不怀好意地哈哈一笑，说道："苏家妹妹倾慕三弟，这事满朝皆知，三弟今日对苏家妹妹这般冷淡，岂不是伤了美人心？"

符云笙也帮腔道："是啊，三殿下这般温柔，二表姐喜欢三殿下也是情理之中。"

三皇子面上有些难堪，眉头微皱，一言不发。

苏漓看了看神态各异的几人，也忍不住乐了，缓缓站定了脚步，双手环胸，淡淡道："别人不知道，难道笙儿表妹还不知道吗？我现在和以前可不同了。"

符云笙愣了一下，道："你说什么？"

苏漓笑着说："我又不是傻子，怎么会喜欢三殿下？"

三皇子闻言猛地抬起头，有些难以置信地看着苏漓，心理落差有些大。

符云笙愣了片刻，方才气愤地道："你这话什么意思？傻子才喜欢三殿下吗？"

苏漓笑道："笙儿表妹原来是这么想的啊。"

"胡说！我才没有这么想，是你这么说的！"符云笙气得跳脚。

"够了！"一个清冷的声音喝止了符云笙的谩骂。

这熟悉的声音吓得符云笙四肢僵直，险些摔倒。

"表姐……"符云笙一脸惊惧地看着缓缓走来的苏允凰，后者神情极冷，毫不掩饰对符云笙的不满。

"你乃大家闺秀，这样跳脚谩骂成何体统，更何况她还是你的表姐！"

符云笙动了动嘴唇，心道：我才没有这样的表姐。

见她如此神色，便知道她不以为然，苏允凰也懒得去纠正她的想法了，转头看向一旁立着的两位皇子，微微点了点头："听闻两位殿下久候多时，只是臣女每日修行不敢荒废，还请两位殿下见谅。不知道两位殿下前来可有要事？"

苏漓笑眯眯地往苏允凰身后挪了挪，看到两位皇子一脸又是倾慕又是不自在的神情，顿时觉得有趣。

苏允凰说话算是直白了——没要事就滚蛋，别打扰我修行！

在烨国贵人圈里素来无往不利的三皇子，只在苏允凰面前屡次吃瘪，但苏允凰又岂是常人可比？因此，三皇子得了冷脸也不气恼，仍是保持着风度，露出温文尔雅的微笑："这次前来，是有些修行上的事想要向允凰你请教一下的。"

苏允凰微微皱了一下眉头，认真地道："你们的师父夏逢春大人亦是神通境高手，修为远在我之上，修行上若有疑惑，问他应当强过问我。"

苏漓暗自觉得好笑，不知道苏允凰是真的不通人情还是故意拒人千里，她都替两个皇子感到尴尬。

大皇子见三皇子语滞，忙抢着说道："如今考核在即，我想修行也不是一日两日之功，此时磨枪恐怕助益无多，我来找你，却是关于蓬莱仙宗的事。我们烨国上下，对蓬莱仙宗最为熟悉的莫过于国师了，只是国师寻常不得相见，也只有你能日日陪侍左右，因此关于蓬莱考核之事，我想你应当比我们更加熟悉，不知道你能不能与我细说一二？"

苏允凰侧过头看向大皇子，仔细看了两眼，说道："殿下似乎已经炼气大圆满了？"

大皇子微微笑着，神色间颇有些自得："正是。"

苏允凰正色道："我听说下月的擂台赛将有十名选手参加，这些都是从烨国精挑细选出来的人才，绝大多数都有筑基修为，大殿下以炼气圆满的修为参赛，并非有十成把握胜出。此时尚未通过擂台赛便考虑蓬莱考核之事，是否操之过急了？"

大皇子张了张嘴，脸色青一阵白一阵，说不出话来。

苏允凰顿了一下又道："若是通过擂台赛，获得考核名额，那么出发之日我师父自会与大家细说考核应当注意之事，所以大殿下无须多虑。方才大殿下说修行非一日之功，怕是理解错了，修行非一日之功，却是日日之功。此次蓬莱考核两万修士，多有藏龙卧虎之辈，与之较量便如逆水行舟，你不进便是退，修行之事，不可有一日懈怠。"

苏漓站在苏允凰右后侧，此时听她说话，忍不住抬起眼来细细打量她的侧脸，但见她肤白胜雪，眉目如画，一副不食人间烟火的清贵模样，说话的声音泠泠如清泉击石，又如春风穿松，让人闻之心旷神怡，只是这说话的内容却一点也不动听，一板一眼地说教，竟是半分女儿家的娇媚也没有，比学院里的老先生还呆板无趣。苏漓从她身上基本可以看出国师是个什么样的人了，把天生一个似神妃仙子一般的美人坯子教成一个武痴，实在是暴殄天物啊！

两位皇子殿下脸色变了又变，被心上人这样教训，哪里还待得下去？于是，他们推说自己还有事要忙，走得比来时还快。

苏允凰扫了一眼两人的背影，摇了摇头，又对符云笙道："你也有事吗？"

符云笙愣了一下，像被针扎了一样，整个人绷直了背，忙不迭道："没有没有，我这就去修行！"说罢落荒而逃。

苏允凰轻叹了口气道："实在不知道这些人整日里在干什么。"

苏漓深感好笑地道："你真的不知道吗？"

苏允凰侧过身来看向她，淡淡道："不知道，也没心思理会他们。"她边说边上下打量苏漓，"我昨日便看过了，你的根骨极佳，虽然我们人族肉身脆弱，修行到最后终究是要摒弃肉身，以法相渡雷劫，但修行初期，强壮的肉身也十分重要。炼气之初，便是引天地灵气伐脉洗髓，祛除杂质，同时凝神修行灵根。你根基差，此时炼气也难以在半月内有所精进，若先加强肉身，以你先天的优势，说不定能越阶胜过不少炼气修士。"

苏漓心想：不愧是苏允凰，见识果然远胜过那几个跳梁小丑。

"你应该也知道蓬莱仙宗的考核之法吧？既然有心入门，就要付诸行动。你虽然比旁人晚了几年，但总该试一试的，哪怕未能通过考核，长长见识，对你未来修行也有极大帮助。"苏允凰说着从袖口取出一个白色瓷瓶递到她面前，"这是清灵丹，并不算珍贵，但对你来说最是实用，能助你伐脉洗髓。"

苏漓笑嘻嘻道："那就谢谢姐姐了。"

清灵丹对苏允凰来说自然不是珍贵之物，但对寻常凡人来说，这已是仙家之物，能让身体更加凝实轻盈，同时大幅度提升韧性与力道。

是日夜里，月上中天之时，苏漓便服下了清灵丹。

这丹药看似珍珠，触手温润，一吞入腹便感觉到一股凉意自腹部蔓延开来，神思也愈发清明起来。

苏漓闭着眼睛感受身体内的玄妙变化，仿佛沉浸于甘霖之中，那股凉意将自身污秽之物不断冲刷洗净。

这些年来苏漓大鱼大肉地吃着，不知多少毒素沉积在血脉之中，好在这清灵丹品质不错，否则仅一粒未必能洗刷净毒素。

天快亮之时，苏漓感觉到药效过了，体内也干净了许多，这才脱了衣服，跳进早已备好的浴桶里，清洗身体表面因体内的毒素排出而形成的污垢。

苏漓根骨极佳，看似纤细，骨骼之中却仿佛有千钧之势，积蓄着磅礴的力量，正准备喷涌而出。这情形，就连苏漓自己也有些看不明白了。

这根骨，放在人族身上，实在是强横过了头，倒像是兽族的根骨……

太古末年爆发了洪荒之战，人族强盛，对天界起了不臣之心，企图通过不周山的通天之路攻上天界，最后是祖龙大帝撞倒了不周山，导致天界出现缺口，弱水肆虐下界，灵气一日衰过一日，人族死伤无数，几近灭绝。而洪荒之战后，兽族分为两派，一派投入天界，一派则与人族结盟，投入天界的兽族被封为仙君，与人族结盟的则沦为妖。下界灵气日渐稀薄，为了修行，妖族终于忍不住骨子里的血性，猎杀人族修士，昔日同盟，终究反目成仇。

苏漓自视根骨极佳，她怀疑自己若是入了蓬莱仙宗，会被人当成妖族。兽族走炼体之路，肉身成神，而人族走炼神之路，以元婴化法相，承受雷劫之后，肉身灰飞烟灭，而法相则羽化飞升。现在苏漓没有灵根，要走的也正是炼体之路，这恰恰是她最熟悉的修行之法。轮回九世，只有这一世的肉身能够支撑她修行炼体之术，这大概就是天道的安排吧……

看来，若要在蓬莱仙宗不被人发现异常，只能低调再低调了……

苏漓的变化极大，身形以肉眼可见的速度消瘦结实起来，整个人精气神都不一样了。过去轻慢她的下人现在都不敢正眼看她，私下里都说二小姐和大小姐越来越像了，甚至比大小姐还可怕。

众人皆知苏允凰给了她仙丹，还以为是仙丹的功劳，便也不觉得奇怪了，只是羡慕嫉妒得很。

半个月时间一晃眼便过，苏允凰住家几日便又回了盘龙观，直到擂台赛前一日才又回家。

"看来这些日子你并没有荒废。"苏允凰仔细看了看苏漓，满意地说道，"我跟师父提起过你的事，本想将吐纳心法传授于你，但你并非蓬莱弟子，与师父又没有师徒名分，师父便觉得不妥。"

苏漓闻言轻轻点头："多谢姐姐关心，国师大人所言有理，好在妹妹还有一身力气，倒不比寻常炼气之人差，对蓬莱仙宗的考核还是有点信心的。"

苏允凰心想：蓬莱仙宗若只是考核力气，那又有什么困难的？两千国亿亿万的人，只选出两万精英，这个妹妹只怕是低估考核难度了。

苏允凰对她并不看好，但也不想打击她。

其实苏允凰对苏漓多有照顾，还存着另一份心思。她此去蓬莱，修行岁月漫长，什么时候能回来也不知道，而父母只有两个女儿，她无法在眼前尽孝，却还有庶妹可以依靠。以往这个庶妹是个傻姑娘，苏允凰便没有将父母托付给她的想法，如今看她分明变了一个人，却是值得栽培了。只可惜母亲总是不明白这一点……

只不过苏允凰虽有意提携苏漓，却也不觉得她有通过考核的本事。苏允凰忽地想起自己向师父提出"将名额让给苏俏"时，师父的态度似乎有些奇怪。他沉默了片刻，不知道想了些什么，没有反对倒也在苏允凰的意料之中，但他让她多多关照苏漓，她有些看不透了：难道苏俏还有什么可塑之处？

"明日便是擂台选拔之日，也是你与笙儿约定决斗之日。今日听母亲说，笙儿又突破了炼气八重，但依我看，她通过擂台赛的可能性不大，你和她终究还是要一战。"苏允凰收起心思，对苏漓正色说道，"我观你如今仍不过是炼气一重，但是肉身强横程度不输炼气圆满的修士，只不过若对方不与你近身相斗，你也毫无优势，而笙儿的武器恰恰是一条鞭子，擅长远距离攻击。决斗之时，你要千万小心，不可被她的鞭子缠上了，否则极难脱身。"

苏漓一双水润乌黑的眼睛定定地望着苏允凰，半晌才微微一笑道："谢谢姐姐提点，妹妹知道了。"

她这一世前十六年过得极为心酸，受尽了冷眼与轻慢，有一半是因为苏允凰太过耀眼。她万万没想到最后竟是苏允凰对她最为关切，让她这颗历经人世冷暖的心也忍不住有些感动。

苏允凰又问了她身体状况，指点了几句，这才放她离开。

苏漓自己有一套修行方法，对别的修行之道倒不是十分看重。她要去蓬莱仙宗，是另有图谋，至于能否通过考核，她也丝毫不担心，只要第一关通过了，后面两关反而容易了。

修道之路极为严苛，第一要先天资质优秀，第二要勤奋刻苦，第三要有数不尽的资源。蓬莱仙宗的功法，她是瞧不上眼的，再好也比不过怀苏的典藏，但那里灵丹妙药、天材地宝总是不缺的，最重要的是蓬莱仙宗有三山四水聚灵大阵，她的修行之法需要极其磅礴的灵气，寻常小山门根本满足不了，只有这等福地才能勉强支撑她修行。

这几日的吐纳修行，对她来说也是杯水车薪，聊胜于无罢了。

宫门考核当日，苏漓一大早便跟着苏允凰乘马车入宫了。

苏明矶夫妇今日也得了恩旨入宫观战，不过没有与姐妹俩一道。苏漓这几日也见过苏明矶几面，不过父女俩感情一般得很，苏明矶训导了几句，也没有再多说什么。

擂台场地定在皇家猎场，早有宫人搭好了台子让贵人们观战。苏漓沾了苏允凰的光，坐的是最好的位置。

帝王夫妇尚未到场，苏允凰便借着空当给苏漓介绍了参战的几人。

"大皇子是炼气大圆满的实力，却是靠灵药堆积起来的，根基不稳，哪怕擂台赛胜出，也是极难通过蓬莱仙宗的考核的。三皇子的根骨尚可，只是心思不纯，不在修行上，前程有限。"苏允凰淡淡说道。

两位皇子见苏允凰的目光向自己投来，顿时腰更挺了，背更直了，笑容更灿烂了。苏漓暗自忍笑：看那两位皇子恨不得开屏，若让他们听了这番话，会不会连等下比武的斗志也没了？

另外参与考核的还有八人，苏允凰点了几个筑基期的寒门修士，却是对那几人较为看好。

"修道之路，灵根虽是门槛，但能走多远，却是看各人心性。"苏允凰说话不紧不慢，声音清冷却动听，"不骄不躁，方有所成。"

这句话，似是劝慰苏漓，又像是对自己所说。

苏漓细细看着苏允凰精致的侧脸，美貌对她来说不过表相而已，更吸引人的是她出尘若仙的气质，让人既忍不住想亲近，又怕亵渎了。

时辰将近，帝王夫妇才前呼后拥而来。

众人行过礼，皇帝说了几句场面话，便把场子交给夏逢春了。

夏逢春乃皇帝跟前的红人，两位皇子的师父，神通大圆满的修士，听说早年急于求成走了捷径突破，反而将自己的修为困在了神通境，无法再突破，若非如此也不会屈居烨国当个权臣了。若不能修仙问道，便退而求人间富贵，这也是一些修士的选择。

夏逢春今日主持考核，第一场便是捉对厮杀。

苏漓眼睛盯着场中，却听皇帝出声道："允凰，你前几日去过盘龙观了吧，国师可还安好？"

苏允凰向皇帝行了个礼，答道："多谢陛下关心，师父一切安好，这几日已准备好了传送法阵，只等考核之日来临，便与我等前往蓬莱仙宗。"

皇帝闻言笑道："听说国师已经是元婴九重金身，此去蓬莱，若能更进一步，实乃我烨国之福啊！"

一个有法相宗师坐镇的国家，地位可非一般小国可比。

闲谈中，不知不觉比赛已有一半决出胜负了，另一半也接近了尾声，差不多是胜负已分了。两位皇子是最早胜出的，而打得最难分难解的，是符云笙那组。

只见符云笙泪眼汪汪的，对方剑还没刺来，她就惊声尖叫，小脸上满是惊恐之色，搞得对方好像要怎么她了似的，这剑便也递不出去了。符云笙却趁机施了个火咒，一个火球打中对方持剑的手。

这么来来回回几下，对方只好遍体鳞伤地认输了。

苏允凰随着苏漓的视线看了过去，不由得皱眉头："旁门左道，这种方式赢得的胜利也无法长久，遇到心狠之人顷刻便要遭殃。"

苏漓笑道："她也是有眼力啊，知道这男子是个心软的。"

苏允凰摇了摇头，不置可否。

　　此时第一轮已经结束，胜出的五人难掩喜色，立于前方，其他五人垂头丧气，立于后侧。符云笙侥幸获胜，也站在第一排。胜出的五人，除了符云笙是炼气八重，大皇子是炼气大圆满，其余三人包括三皇子在内都是筑基初期的修士。

　　第一轮胜出却不代表名额落定，第二轮决赛，由先前落败的五人自由选择想要挑战的胜组选手，这一轮胜出者，便能得到一个考核名额。

　　决赛规则刚宣布，败组的五个人便不约而同地抬起头，虎视眈眈地看向符云笙，最后一个筑基期的修士幸运地得到了这个挑战符云笙的机会。

　　苏漓看了符云笙那对手一眼，见那人眼神果断，出手利落，便道："符云笙这回可要吃亏了。"

　　苏允凰微微地点了点头。

第三章

蓬莱仙宗

果然，不过十招，符云笙便败下阵来，脸上一阵青一阵白，眼泪夺眶而出。

另外四个挑战者却没有那么幸运，依旧落败。大皇子虽然不过是炼气圆满的修士，但胜在法宝多而精，寻常寒门修士哪里比得过这种多宝童子，只能黯然认栽了。

夏逢春看了看最后的五个胜者，果然是自己预想中的几个。烨国能出一个苏允凰已经是烧高香了，对其他人便也不多苛求。

"陛下，今年考核结果已出，前五名分别是大皇子楚湘、三皇子楚丹、兖州修士徐凌、江州修士蓝珂、帝都修士方莒。此次蓬莱仙宗的考核名额便由这五人所得，以及仙使指定的苏家千金苏俏。"

夏逢春的话音刚落，不少人偷偷把眼光投向高台上的苏家二千金，后者倒是一脸淡定。

众人心中疑惑：这个名额本是给苏允凰的，只不过苏允凰不需要罢了，苏俏可是个傻子，她要这个名额干什么？

众人又看向三皇子，心里嗤笑一声：多半是为了追三皇子而去吧。

而三皇子楚丹，此时心里说不出地苦涩。

"傻子才喜欢三皇子。"这句话不时在他耳畔响起，难道允凰也是这么想的吗？

想到苏允凰对自己的冷淡，三皇子就更觉扎心了。

却在这时，符云笙抢出人群，高声道："陛下，臣女不服！苏俏凭什么得一个考核名额，她不过是个……是个……"符云笙本来想说傻子，却觉得有些不妥，便转口道，"她不过是个毫无修道经验的俗人，蓬莱仙使的名额是给苏允凰的，既然苏允凰不要，便该给其他修士，苏俏肉体凡胎，去了也是浪费名额！"

这一变故，把众人都吓得不轻——符云笙说的是每个人的心里话，苏俏虽然名声不好，但总归是苏明矾的女儿、苏允凰的妹妹啊，这名额苏明矾哪怕给傻子二女，也不见得愿意给别人。符云笙还是苏夫人的侄女呢，这么当众拆自家姑母的台，也是没谁了。

皇帝皱起了眉头："符云笙，休要胡闹，那名额仙使说的是给苏家，并未指定是允凰，苏俏领了也未尝不可。"

符云笙心知皇帝自小疼她，因此说话并无顾忌："陛下，名额宝贵，仙使想要的是苏允凰，却得了一个毫无根基的凡人，难道不会以为我们烨国欺瞒戏弄他们吗？若将这个名额给一个资质优良的修士，一来有望入门提高我烨国国力，二来也不让仙使对我烨国产生恶感！这番道理，早几日臣女便与苏俏说过，她也同意这个说法，更是与臣女约定，今日我二人决斗，由陛下做个见证，我们之中胜出的人得到这个考核名额。臣女与苏家乃表亲，这个名额若给了臣女，蓬莱仙使那里也说得过去，不会怪罪于我们。"

皇帝听了这话，有些犹豫了。其实这些他早就想过，但他也同样不愿意开罪苏家，区区一个名额罢了，及不上苏家的忠诚和好感。

而此时苏明矾却向皇帝道："陛下，确有此事，依微臣愚见，不如就将擂台交给两个小辈，无论是谁胜出，于我烨国无害，于蓬莱仙宗亦无愧。"

皇帝点了点头，道："既然如此，那朕便允了。"

皇帝话音未落，苏漓已然一个纵身，跳下了看台。

苏漓转身笑吟吟地看向符云笙，勾了勾手道："不服？来战。"

这话一出，满座皆惊，连苏允凰也露出一丝惊诧——苏俏若不是得了她一颗清灵丹伐脉洗髓，今天还是一具凡胎，但即便得了清灵丹，也不过是改善了体质，使肉体根骨更加强横而已，并不能提供什么灵气，此时对上符云笙，胜算着实不能算大，不知道苏俏哪里来的底气。

苏漓在众人的注视下缓缓说道："我知道有很多人不服我得了这个名额，既然宫中竞争考核名额也是武力决斗，胜者得名，那我便也下场一战。只要符云笙能胜过我，我便将这个名额拱手相让。"

听她这么说，皇帝和苏允凰都没有反对，符云笙顿时面露喜色。

夏逢春皱着眉看两人争执，又以眼神询问皇帝，见后者微不可见地点了点头，便道："既然苏姑娘决意如此，那便下场比试吧。"

苏漓朝着台上一稽首，便傲然与符云笙相对而立。

符云笙长得娇小玲珑，更衬托得苏漓修长挺拔。这也多亏了她半个月来不懈修行，整个人精气神与原先截然不同，连肌肤也透着莹白，宛若有光。

见过苏二小姐的人也是有些愕然，只觉得她与之前判若两人，如今瞧着竟有几分美貌。再看看立于一旁的神色古怪的三皇子，只道这苏二小姐为了三皇子也是用心良苦，果然是女为悦己者容……

符云笙狠狠地瞪着苏漓，说道："别以为吃个清灵丹就能成仙了，今天我就教教你什么叫修行。"

苏漓拍了拍袖口，漫不经心地道："那就看你的本事了。"

符云笙见她这模样更是生气，当下再不客气，右手在空中虚握一把，腰间软鞭便如有灵性一般窜入她手中。符云笙这灵蛇鞭法乃是太师向夏逢春求来的，虽然是黄阶下品功法，但比寻常武人的鞭法高明许多。那鞭子也非俗物，乃百年蛇精活剥而成，挥动之时仿佛化成漫天蛇影，让人无处躲避。

符云笙表面上将灵蛇鞭舞得密不透风，实际上的杀招却是左手捏着的火咒，她借着鞭影的掩护，只待苏漓猝不及防之时便甩出火咒，意图用火毁了她的脸，对女子来说，还有什么是比容貌更重要的呢？

但是她没想到的是，自己的鞭法根本施展不开，鞭子刚挥出去就被苏漓一把抓住了。

符云笙瞪大眼睛看着苏漓，后者笑眯眯的，趁着符云笙还在惊愕的时候，将鞭子猛地一挥，符云笙立时被带着向苏漓飞去。符云笙眼看苏漓的脸越来越近，心想干脆将计就计，便故作手足无措地叫起来。

苏漓却道："哎呀！小心！"说着便要伸手去扶。

中计了！符云笙嘴角一勾，笑意却凝在脸上。苏漓哪里是要扶她，张开双手在她胸前一推。一阵巨力袭来，符云笙只觉得胸口仿佛被人狠狠捶了一下，身子便向后飞去，直飞了十几丈远才落下来。

落地之后，符云笙"哇"的一声吐出一口鲜血，这下是真的哭了。

欺负了小女孩的苏漓举着双手一脸无辜地道："不好意思，没控制住力道。"

场中诸人，数夏逢春修为最高，看得也更清楚。这苏二小姐的灵气确实逊色符云笙许多，但根骨极强，若修武道，怕成就不小，但她纯以肉身力量便抵住了符云笙的鞭子，更将符云笙打得吐血，这就有些超出他的想象了。方才那握鞭的一瞬，眼和手的配合简直天衣无缝，若非经验丰富的修士或武者，实难做出这般应对，而据他所知，这苏二小姐似乎并没有修行过，难道这又是一个天才？

夏逢春想到苏允凰突然开口将考核名额转给她，心下了然：恐怕是苏允凰在背后出了不少力，有苏允凰的提携，苏俏进步迅速，倒也属正常。

而那些本来还瞧不起苏二小姐的人也都被镇住了。几个筑基修士虽然自忖也能打赢符云笙，但恐怕也不如苏俏这样轻而易举，在漫天鞭影之中一把抓住灵蛇鞭的真身就连三皇子也难以做到。本来还以为能看一场好戏的观众看着表演突然就落了幕，不禁有些失望。不过今天苏二小姐露了这一手，也够他们谈论好久了。

苏漓却无视了那些人，欢快地回到苏允凰身边道："姐姐不要怪我出风头，我若不这么做，总会有人在背后议论，不服我得这个考核名额。"

苏允凰道："你怎么想便怎么做吧，顺从本心就好。"

这场闹剧收场，离去之前，夏逢春遣人通知苏俏，说是本月十五，所有参与考核之人聚于盘龙观，国师大人会亲自摆阵将他们传送到蓬莱仙岛。

苏允凰这一去蓬莱，仙路缥缈，也不知何时才能回来。苏明矶夫妇大概也是明白了，因此剩余这几日都是极尽体贴关怀，尤其是苏夫人，常常说着说着就红了眼睛。

苏漓对苏府倒是没什么牵挂，打包了两身衣服便轻装上阵了。苏夫人却还想着给苏允凰塞银票，苏允凰无奈地跟她说修道界不使用金银之物，师父早已为她备下龙晶石。

苏漓酸溜溜地想：有个师父真是好，要是师兄在就好了，师兄也总是贴心地帮我准备好一切。

苏夫人坚持将二人送到盘龙观外，才抹着泪依依不舍地离开。苏漓二人却是最晚到达的，不过离约定时间还有一阵子。

看到苏允凰来了，两位皇子立刻抢上前来献殷勤。苏允凰却始终神色淡然，见里间门开了，一个青衣道童走了出来，这才松了口气。

"几位修士，家师已经准备好法阵了，请随我入内。"道童看上去十岁出头，长得稚嫩可爱，说话却故作老成。

走远几步，苏漓问苏允凰道："那道童看着根骨一般，也是国师的弟子吗？"

苏允凰知道她的疑惑，便道："玉溪是师父游历时捡来的孩子，只是普通弟子，并非亲传。"

进了内室，众人便见房间中央用龙晶石摆了一个法阵，只待布阵者施法便可启动。站在法阵中央的便是国师了。

国师道号正心上人，原也是烨国人，听说已经八十多岁，但驻颜有术，看起来三四十岁的模样，仙风道骨，让人望之便心生亲近之意。

正心上人朝苏允凰露出笑脸，点了点头，便让众人站到法阵之中，道："你们修为低，又是第一次乘坐法阵，必然会有所不适，无须惊慌，坚守本心便可。"

苏允凰似乎是担心苏漓害怕，悄悄伸手将她的手握住。苏漓愣了一下，看了看自己的手，又看了看苏允凰，心中一暖，便也笑着回握了她一下。

国师暗中看了苏漓几眼，想到不久前仙人托梦，来自元神的威压让他毫不怀疑对方超然的身份。当年他借自己之口向天下人做出预言——天命贵女，降生苏府。后来苏允凰果然应预言而生，天生双灵根，这样的资质让他毫不怀疑仙人的预言，甚至猜想会不会苏允凰本身就是仙人转世，这也是他多年来对苏允凰关怀备至的原因之一。

但是时隔多年，仙人突然又托梦了，这一回仙人提到的却是苏俏。梦中仙人指明让国师帮苏俏进蓬莱仙宗，没想到他还没有行动，苏允凰却来提了，他也就顺水推舟答应了。

为什么是苏俏？

国师再次回想当年的预言，就和蓬莱仙宗的考核名额指定给苏府一样，并没有指名道姓，难道两者指向的都是苏俏？这个可能性在他心中盘桓不去，但是他毕竟是心志坚定之人，加之对苏允凰极为了解，心知哪怕苏俏才是身具大气运之人，但以苏允凰的资质，将来也必定不是池中之物。

想通此节，国师收起所有心思，启动阵法。霎时间，法阵光芒大作，众人不由自主地闭上了眼，仿佛天旋地转一般让人恶心欲呕，幸亏不过弹指之间，一切便又恢复了正常。

苏允凰和苏漓先睁开了眼睛，眼前美景连苏允凰都忍不住动容，想象中的仙境也不过如此。

四时之花竞放，空气中弥漫着沁人心脾的芬芳，驱散了之前的那些不适感。不远处的小山上悬挂着一道小瀑布，似仙人的衣袖垂于山崖之间，流水冲击在玉石雕成的莲座上，激起碎玉般的露珠。瀑布下的流水汇成一个小小的湖泊，湖畔边几只脖颈修长的丹顶鹤正在饮水。不怕人的神鸟发出悦耳的鸣叫，飞了一圈，落在苏漓的肩膀上，好奇地歪着脑袋看这几个突然出现的客人。

"这里，便是蓬莱仙宗吗？"大皇子一阵愣怔，"果然是人间仙境哪……"

"严格来说，这里其实已经不属于人间了。"旁边小道走出一人，众人看向来者，只见对方一身蓝白相间的道袍打扮，几人来之前已经被告知过这是蓬莱弟子的打扮了，当下向对方行了个礼。

"几位修士安好，在下荀芳，是负责此地的接引道人。"荀芳微笑着回了个礼。

"荀修士安好。"大皇子忍不住好奇问道，"方才荀修士说这里不是人间，难道是仙界吗？"

"诸位修士请随我来，我们边走边说。我们接引修士的职责，本来就是为诸位介绍蓬莱。

"蓬莱仙岛，不属于人界，也不属于仙界，而是太古时期一位上仙以造化手段开辟出来的一方小世界。蓬莱由一座主岛和无数零碎的群岛组成，主岛上有三座主峰、四座陪峰，绕着主峰有四条河流，与三座主峰共同组成三山四水聚灵法阵，不断吸纳灵气以巩固自身。

"这方小世界本是上仙为自己开辟的洞天，后来这位上仙在洪荒之战时陨落，小世界入口便关闭了很多年，直到我蓬莱仙宗的祖师发现了此地。"荀芳向着蓬莱主岛的方向遥遥鞠躬，众人也忙随他做出动作。

"蓬莱仙宗的祖师道号珈罗真人，珈罗真人一生收徒七十二，无一庸才，珈罗真人自身更是天纵之姿，三十岁便突破元婴，四十岁法相大成，只可惜……"说到此处，荀芳面色一黯，转移了话题，"珈罗真人在世时间极短，因此真正将蓬莱仙宗发扬光大的，却是其弟子。"

众人听到荀芳说珈罗真人如何惊才绝艳，还以为后面有一大篇故事呢，谁知道说到关键处下面没了。

不对，是珈罗真人没了。

这么厉害一个人，怎么就死了呢……

看荀芳神色，这恐怕是蓬莱仙宗不能提的事了。

走在众人中间的苏漓一脸的欲哭无泪，这个故事谁说都不准确，她最清楚了。珈罗真人是怎么死的？他是在破境的紧要关头被最信任的弟子刺杀死的。因为，珈罗真人就是她的第二世啊！

珈罗真人的一生是个短暂而华丽的传奇。她生于九华山下的一个贫农之家，上有三个姐姐，下有两个弟弟，夹在中间的她自然从小就被父母忽视，连名字也没有，缺衣少食活到了六岁，突然之间开了窍，自称神人转世。父母自然认为这孩子疯了，但还没等他们动手把她沉塘，她就趁着夜色昏暗独自一人离开了。

六岁的孩子哪怕是神人转世，也是肉体凡胎，多年的苦日子让她的身子骨变得十分瘦弱，哪里经得住风霜，两天后便被人发现晕倒在了荒郊野岭。也是她命不该绝，一个路过的游方道士救了她的性命，还为她取名珈罗。

这个道士的出现给珈罗点亮了一盏明灯，她终于知道自己该怎么走下去了。

回想第一世的经历，珈罗还有点难受，毕竟死亡到底不是那么容易接受的事，更何况是被信任之人所杀。她意识到天道君所谓的生生世世被逐渊所杀并不是轻易可以逃避的命运，想要反抗，或许只能让自己变得更强。

可是她很快就遇到挫折，她熟知天下间最霸道最厉害的功法，可是如今却修行不了，只因那些本就是为龙族量身打造的，而她现在不过是凡人，凡人和龙族的肉体强度差别何止天地之遥，孱弱的经脉根骨根本经不起那些霸道的功法。

但是珈罗想到她还是龙神，怀苏带着她游历八荒时提过的仙界传说。东海之滨，有一个小世界，名为蓬莱，乃太古时期的大罗金仙浮图道尊穷尽毕生心血所打造的洞天福地，浮图道尊陨落之后，蓬莱更留下了他的衣钵传承，只待有缘人开启。

浮图道尊与怀苏的修为大概也在伯仲之间，怀苏自然不会觊觎浮图道尊的传承，却因为蓬莱景色极美，特意打开了小世界的入口，引她游览一番。

珈罗依然记得蓬莱秘境的进入之法，于是历尽艰辛后终于得到了浮图道尊的传承，开始了逆天的修道之路。

只是她到底还是年轻，被杀的次数还没有多到足以引起她的警惕，她依然保留着一分对周围之人的信赖，也正是这份信赖，让她终于还是死在了逐渊手上。

荀芳还在滔滔不绝地介绍着蓬莱的美景，一路上他们也遇到了不少和他们一样传送而来的别国修士，有的不过两三人一群，也有的二十多人一队。

烨国修士们忍不住偷偷观察起那队修士来。

荀芳略微压低了声音道："那是古华国的修士。"

苏漓还有些莫名其妙，其余几人却露出了恍然大悟的神情。

苏允凰心道：苏俏久居内宅之中，对神州大陆上的事难免不清楚，得为她解释一番。于是，苏允凰耐心地道："古华国是南方大陆排行前三的势力，国内不但有四个元婴强者，甚至还有一个法相尊者。古华国乃太古时期传承至今的古国，底蕴深厚，非我们烨国可比。"

大概是知道正被烨国修士们关注着，几个古华国的修士或多或少露出一副傲慢的神情。

苏漓扫了一眼，见这队人数一共有二十七名，清一色筑基修士，更有几个已经到了筑基中阶。对比烨国，实力最强的苏允凰不在考核之列，而参与考核的六个人包括苏漓在内，修为最高的也不过是筑基一重还未到圆满之境的三皇子。

筑基期的修士能望气，一眼便看出这烨国七人的水平参差不齐。苏允凰的修为他们试探不出，但观其气度，必然也是筑基中期以上，而另外五人，不过都是堪堪筑基的水平，最让人愕然的是，居然还有未入炼气境的凡人，他们都不好意思称其为修士。

当下便有一个面相刻薄的修士出声嗤笑道："早听说烨国日薄西山，想不到弱到连六个筑基修士都凑不齐，真不知道蓬莱仙宗是怎么想的，还给了他们六个名额。"

这附近还有三四队其他国家的修士，都是筑基修士，听到这修士的话，他们也都心生鄙夷。

别说这些修士了，就是蓬莱仙宗的几位接引道人也对苏漓的到来表现出了意外，只不过他们更懂得含蓄礼貌罢了。名额是蓬莱仙宗给出去的，派什么人来却是各个国家的自由，这名额在诸国之间万金难求，烨国愿意让个凡人来到此一游也是他们的自由。

苏漓和苏允凰对这些外界的质疑声都没什么反应，反而是两位皇子皱了眉头。三皇子稍有城府，没有开口，大皇子却忍不住埋怨道："我就知道苏俏修为低下，一定会拖累我们。"

三皇子按了下大皇子的肩膀，低声道："大哥，少说两句吧，不要让别国修士看我们笑话。"

大皇子动了动嘴唇，似乎有些意见，但也知道三皇子说得有道理，便没有再反驳。

古华国的修士见烨国的修士虽向他们怒目而视，却不敢出言反驳，只认为自己说得有理，更是毫不掩饰地露出鄙夷的神色，交头接耳，嘻嘻笑着指指点点。

"够了！"一个略显低沉的声音骤然喝道。

古华国的修士们像是受到惊吓，顿时静了下来，好几个修士甚至面露惊恐之色。

苏漓朝发声之人看去，那男子一身黑袍，面容冷峻，眸如飞星，让人望之生畏。蓬莱仙宗的考核三年一次，年龄要求在十五至十八岁之间，这男子的年纪恐怕最多也不超过十八岁，看起来却有着超越年龄的成熟，古华国一众修士俨然以他为首，他一出声，旁人便不敢再说话了。

"妄议是非者，滚！"男子冷然道。

他的话显然很有效，接下来的时间那些古华国的修士都乖巧得很，像被人施了禁语术。

苏允凰若有所思地看了他一眼，苏漓问道："姐姐难道知道那人是谁？"

苏允凰轻轻点了一下头："听师父提过，他是古华国最有天赋的修士余长歌，身具异象灵根，修为恐怕还在我之上。"

苏允凰在看余长歌，余长歌却是目不斜视地往前走，三皇子将这一幕看在眼里，心里不禁有些发酸。

几人在苟芳的解释下才知道，原来这次蓬莱仙宗为了宗门考核而放开外门群岛的结界，所有参与考核之人都会由指定的元婴强者传送至外围小岛，而后乘坐小舟前往主岛。越靠近蓬莱主岛，遇见的人也越多。这次参与考核的一共有两万人，苏漓几人降落在周围较大的一个小岛上，待到了岸边一看，已有五六百人在这里等候了。

坐镇此地的是一个神通境修士，见人到得差不多了，便放声道："贫道乃蓬莱外门主管玉聪子，负责这次宗门考核的第一关'一苇渡江'。"说着右手一扬，众人只见无数金光如流星般纷纷落下，落入海中便化为一叶叶扁舟。

许多人见状松了口气，要真的只是一根细长的芦苇，他们还真不知道该怎么办了。

玉聪子道："你们之前应该已经被告知这一关考核的内容了，没错，便是看体形，看外貌，但外貌如何因各人审美差异倒不好做出评判，因此便交由这片海域了。这片海域名为明心海峡，可照见本真。你们应该都是炼气境之上的修士，御气渡海应该没有问题，若被海上风浪吹落入水，便在小岛上休息一阵，等考核结束后自会有人送你们回国。"

筑基后期的修士可以御剑飞行，炼气期的修士虽然差些，但控制周身气流维持平稳是没有问题的，能被选来的修士容貌至少也在中上，大多对自己很有信心，因此听了考核内容之后倒没有几个人面露苦色，反而暗自窃喜。

只有苏漓知道，这明心海峡实则是一大陷阱。很多人以为蓬莱仙宗以脸取士是祖师珈罗真人传下来的恶习，其实珈罗也是无辜的。当年她还是龙神之时随怀苏第一次到此处，怀苏便说浮图道尊是太古时期出了名的美人，虽然是男人，却有让万界男女都惭愧爱慕的绝世容颜，浮图道尊见惯了自己的脸，便对别人的容貌也挑剔了起来。他开辟蓬莱时便划下这明心海峡，长得丑的人一进海域便巨浪滔天，长得美的人却有微风细浪欢喜相迎。昔日怀苏入海之时，苏漓亲眼见碧波粼粼，步步莲花，整片海域仿佛醉了一般荡漾出一圈圈涟漪，怀苏白衣广袖，衣袂轻扬，发如倾墨，散开在碧海蓝天之间，宛若一幅徐徐展开的水墨画。怀苏侧过脸，朝她伸出了手，眉梢眼底尽是温暖的笑意，他轻声道："阿漓别怕，过来。"

她的一颗心莫名荡漾了起来，伸出手去握住了怀苏温热修长的指尖，却在踏上海面的瞬间，被巨浪打了一个劈头盖脸。

怀苏眼底的笑意便再也掩饰不住，道："阿漓，这明心海峡能够照见本性，但凡心存邪念之人都会受反噬，你刚刚可是存了什么坏心眼？"

苏漓浑身湿透，傻傻地看着怀苏，心想：怀苏看起来好好吃，可是我不能吃人，更不能吃怀苏……

而如今，怀苏又在哪里呢……

看着眼前的海，苏漓的心沉重了起来。

苏允凰以为她是担心自己修为不够过不了海，便拍了拍她的手，道："一会儿你靠我近点。"

苏漓回过神来，朝苏允凰微笑着点了点头。

先前八世为人，她几乎每一世都遭受了信任之人的背叛与谋杀，早已心灰意冷，对周遭之人暗存戒心。天道惩罚总是别出心裁，不曾有过失手误杀，可以说她每一世的死亡都暗合逻辑。也正是因为如此，她也明白了一个道理，永远不要把自己的后背交给别人，因为任何人都有可能是逐渊转世，为夺她性命而来。此刻她接受苏允凰的示好，不过是自信时候未到罢了，如今的苏允凰，即便是逐渊转世，应该也没有杀她的理由。

明心海峡那些陷阱，对她来说不是问题，对苏允凰来说更是如此。多日相处下来，苏漓相信苏允凰应该也是个内心澄澈豁达之人。

蓬莱仙宗收徒讲究内外兼修，相貌美好也不过是锦上添花，最重要的却是天赋和秉性，若为人阴毒，修行有成也不过是为祸人间罢了，很多人却还不明白这一点。苏漓看了一眼身后的他国修士，知道有很多人要倒霉了。

随着玉聪子一声令下，众人纷纷寻找扁舟登船，所有扁舟都一般大小，别无二致，因此也没有什么好挑的，众人都是就近登舟。只这一下，便有人立刻翻船被淘汰。

玉聪子淡淡扫了一眼，这些连扁舟都登不上的人，他自然知道是因为他们心术不正。内心越是丑陋之人，遭遇的风浪就越大，若是修为过人，或许还能抵御住风浪前行，否则便只能和这些人一样，还没登舟就翻船。

大部分人遇到风浪都还在应付范围内，立刻御气催动扁舟前行，然而越是往前，风浪就越大。不知何时，海上泛起了白雾，雾气越来越浓，几乎不能视物，许多人因此慌乱起来。

明心海峡的第二段，便会勾出人内心深处的恐惧。

白雾之中，隐隐约约划过一些巨大的影子，扁舟随之一震，像是水中巨兽跃出了水面，那影子越来越近，越来越清晰，最后化成人心中最恐惧的样子。

苏允凰早已不知去向，苏漓立于船头，冷眼看着前方的鬼影。

她怕过什么呢？天地之间任何异兽对她来说都不足为惧，到她面前也只有俯首称臣的份儿，哪怕她现在没有了真龙的修为，但那份心性还在，便巍然不惧。

这第二段对她来说毫无难度，只见白雾渐渐散去，周围却还是没有其他扁舟的影子。

这时苏漓的耳边忽然响起一声熟悉的轻叹，带着三分宠溺，如呢喃一般唤着她的名字。

"阿漓……"

苏漓扭头看去，只见那张熟悉的容颜就在自己触手可及的身边，眉眼如画，他的笑容永远都是淡淡的，却让她如沐春风。

苏漓顿时湿了眼眶，颤声道："师兄……"

淮苏山不在两界之中，那是怀苏开辟的一方小世界，山顶是终年不化的雪，山下是四季长开的花。山中放养着许多温顺的异兽，那些大荒山里穷凶极恶的食肉猛兽，在怀苏面前便温顺如猫。

那时，苏漓不解地问："师兄这么美，为什么偏爱养这些又丑又凶的异兽？"

又丑又凶的白虎伤心地低下了头。

怀苏说："那阿漓觉得养什么好呢？"

苏漓本想说养我一个就好了，却又有些不好意思开口，便改口说道："养山兔、独角鹿……"

怀苏笑了笑："我不喜欢这些食草的动物。"

苏漓咽了一下口水，茫然道："为什么啊？他们不是很好吃吗？"

怀苏的笑意又深了几分："许是因为，在他们眼里，我也很好吃吧……"

苏漓这才想起来，怀苏本是源自鸿蒙的一株香草。

传说盘古开天辟地之后便消逝于混沌之间，而天地之间，又自行孕育出了三位原始之主：众神之主东皇太一，人族之母娲皇，万兽之祖祖龙大帝。因天地寂寥，东皇太一点星辰为神，娲皇捏黄土造人，祖龙分血肉为万兽。然而三界生气依然不足，祖龙又从无尽海域的海心深处衔来水木精华，将其炼化，在天地之间降了一场大雨，如此方有了草木花树。那时天地间的灵气浓郁如水，万物皆有灵，一株草也能成神成圣。苏漓遇到怀苏的时候，他已经是地位超然的上神，她从没想到他也曾有过修为低微如草芥的时候，对还是一株香草的怀苏来说，也许兔子、小鹿那些看似可爱的草食性动物才是真正的猛兽，而那些食肉的凶兽根本不会看他一眼，对他来说反而是安全的存在。

怀苏说他不喜欢淮苏山上空荡荡的，所以养了许多异兽。淮苏山的灵气异常浓郁，那些本以血肉为食的猛兽在怀苏教养之下渐渐辟谷，吐纳灵气，一个个修行得道，化成人形。得道的异兽大多离开淮苏山自立门户，但怀苏是个好饲主的名声传遍了大荒，这也是不周仙翁养不起苏漓的时候，第一个就想到了怀苏的原因。

怀苏养了苏漓一千年，千年后苏漓证道封神，怀苏担心她蜗居千年不谙世事，还带着她游历天下，最后她还是选定了漓江作为自己的洞府。她总想着也许有一天她的父母会回漓江来找她，哪怕所有人都说她的父母早已死在了不周山之战中。

这一待就是两千年，想怀苏了，她便飞回淮苏山，那里的大门总是为她敞开着，怀苏永远在那里等她。小时候她总是会怕，怕怀苏养了新的宠物就不要她了，就像父母曾经遗弃她那样。可是许多年过去后，她终于明白了怀苏的温柔，知道怀苏不会离开她，却没有想到先离开的是自己……

怀苏知道她不在了，会不会伤心难过？会不会到处找她？

每一世，苏漓都有过这样的期盼，期盼怀苏从天而降，带她回家。

可是每一世愿望都落空了。

于是她又像小时候那样，开始怀疑怀苏，或许是师父又捡了一条龙给怀苏养着了，怀苏那么多宠物，她并不是最特殊的吧。哪怕有些不舍，过不了多久，怀苏也就把她忘了。

此时想起这些，苏漓觉得心口一阵阵地抽疼。带着青草芬芳的手指拭去她眼角的泪花，怀苏轻声问道："阿漓怎么哭了？谁惹阿漓伤心了？"

苏漓紧紧抓住他的袖角，不敢抬起头。

"师兄，阿漓想你……"

六合八荒，千秋万载，茫茫人海，只有怀苏对阿漓这么好过。

虽然都已经是过去了……

温暖的掌心落在她的发心，轻轻揉了揉，他还是那般温柔地道："师兄也想阿漓。"

"骗人……"苏漓摇了摇头，"师兄要是想阿漓，为什么不来找我？"

怀苏嘴唇动了动，却没有说出话来。

果然是骗人的……

苏漓松开了手，抬起头直视怀苏的眉眼，忽然笑了起来："我还清楚地记得师兄的样子呢，和上次我们一起进来时一模一样。"

怀苏微笑不言，静静回望着苏漓。

"虽然明知是假的，但能看到师兄，我还是很开心。

"师兄一定是找不到我了……那就让我去找师兄吧！

"我会好好修行的！一定不会偷懒！"

苏漓想起小时候，怀苏为了教她龙族的天赋神通，特意去东海恩威并施地把老龙王"请"来了，日理万机的老龙王就这样被迫在淮苏山待了十年，把龙族神通倾囊相授。那时候她不知道修行的重要性，总是喜欢耍赖撒娇，趁机偷懒。怀苏平日里疼她，督促她修行的时候却不含糊，他常说世道险恶，怕不能护她一世，她只有好好修行才能自保。

现在她明白了那些道理，怀苏却不在身边了。

这明心海峡的第三段，窥测的是欲望。

有的人看见死去的至亲，有的人看见远离的爱人，有的人看见登天的天梯，有的人看见长生的契机。

苏漓没有至亲，没有爱人，不想成仙，怀苏就是她的所有。

她早已知道自己能看见的一定是怀苏，也只有怀苏。

当怀苏的身影淡去，蓬莱主岛的轮廓便逐渐清晰起来。

苏允凰就在她身侧不远处，看起来神情还有些恍惚，但很快便调整了过来，转头看见了她，朝她点了点头。

过了第一关的众人心有余悸地纷纷登岸，此时都已明白了明心海峡考核的含义，再看过关的人，目测只剩下一百五十人左右。

苏漓盘点了一下，发现烨国修士只剩下三人，除了自己和苏允凰，就是三皇子楚丹了。三皇子犹自惊魂未定，接触到苏漓的眼神才回过神来，然而看清楚局势后，最吃惊的却是他。他早已料到淘汰率必然很高，却没有料到过关的会是苏漓，难道是苏允凰出手相助？

楚丹探究的目光自苏允凰面上扫过，苏允凰似乎对于苏漓能通过考核并没有表现出惊诧，楚丹以为这是印证了自己的猜测。然而苏允凰知道这第一关考核，自己根本无从相助，自白雾升起，她们便完全隔绝开来了。苏漓能通过考核，她不是不惊诧，只不过不轻易表露罢了。回想白雾中的幻象，苏允凰猜测大概是苏漓内心通透，无欲无求，又无恐惧之物，因此这考核对她来说便显得简单了。

然而修行路上，又有几人能无欲无求？这种简单，本身就是一种不简单。

古华国的修士和他们比邻登岸，也被淘汰了近半，但比烨国显然好得多。古华国修士的优越感刚刚升起，却又瞬间被戳破，一个个见了鬼似的看向苏漓，一个初入炼气境的修士居然也能通过考核？连看上去最冷淡的余长歌都忍不住往苏漓的方向看了一眼。

真叫人大开眼界了。

苏漓对身旁探究的目光毫不在意，举目看向御剑凌空的玉聪子。

玉聪子面露微笑道："恭喜诸位通过第一轮考核，接下来便由内门修士沈书为诸位引路，接受第二关考核。"

众人这才将目光投向玉聪子身侧之人。

　　沈书也是金丹修士，不像玉聪子一样能言善道，但是修为比玉聪子要高许多，这让众参与考核的人局促了许多。他的目光在过关众修士身上扫过，最后落在苏允凰身上，说道："你便是苏允凰吧，你已经是蓬莱弟子，无须参加接下来的考核。"

　　这话让所有人的注意力转到苏允凰身上，半是羡慕半是嫉妒。苏允凰微不可见地皱了一下眉，转头低声对苏漓道："我本以为能帮你通过考核，现下看来是没办法了，接下来的路你自己走，多加小心。"

　　楚丹离得近，自然听到了苏允凰的话，立刻上前一步，轻声道："允凰，你放心，我会照顾好苏妹妹的。"

　　苏漓被这句话"雷"了一下，没忍住打了个寒战。

　　苏允凰朝楚丹点了点头道："那便麻烦你了。"说罢向沈书走去。

　　沈书身旁还有个十三四岁模样的青衣道童，长相清秀。见了苏允凰，道童带着微笑道："苏师姐，我奉长老之命，引你直接上云雾山，请师姐随我来。"

　　之前众人便已知道，蓬莱仙宗主岛上有三座主峰，分别为云雾山、云霞山、云霄山，另有四座陪峰——空苍山、空茇山、空芝山、空芒山，七座山分别由七位守山长老坐镇，毫无疑问，云字三山的长老地位最高。众人见苏允凰竟然入门便被收到云雾山门下，还有云雾山长老门下的道童亲自接引，显然地位不凡，更是让人眼热不已。尤其一些男修士见苏允凰相貌出众，若高岭之花，更是生出几分不该有的心思。

　　苏允凰心下有些疑惑，待走远了，才问道童道："我亲传恩师乃正心上人，为何却引我往云雾山？"

　　道童行了个礼，微笑答道："回师姐话，长老说正心上人此次回蓬莱乃为了破境进阶之事，怕无暇顾及师姐的修行，因此正心上人将师姐托付于我们长老门下。"

　　先前正心上人将烨国诸人传送到蓬莱仙宗外围便失去了踪影，苏允凰知道正心上人这等客座长老回门必须先到外事处报到，因此并没有多吃惊，只是这时听道童说起，才知原来正心上人早已为她安排好了去处，心中不禁有些感动。

苏允凰离开后，沈书又发话道："你们跟在我后面，我们还须与其他人会合。"说罢转身就走。众修士急忙提步跟上。

蓬莱仙岛之大远远超出众人想象，跑了小半个时辰，沈书才在一片树林前停下。现场一百多个修士立刻分出了修为高下，有的人面不改色，有的人气喘吁吁。楚丹本以为苏漓会跟不上自己的速度，没想到苏漓不但没有掉队，还游刃有余。

树林边缘早已有上千修士等着，几个和沈书一般装扮的内门修士凑在一起低声交谈着，目光不时在人群中扫视，显然与考生们有关。见沈书带人来了，几个内门修士才停止了交谈，向沈书微笑示意。

"沈师兄，你们有点慢啊，我们已到了半个时辰了。"一个娃娃脸男修士笑着对沈书说。

即便是对着同门，沈书的表情也不见缓和，淡淡道："有些修士来得晚了些。"

娃娃脸道："好在没误了时辰，再有一刻钟密林便开放了。"又转头对个头最高的男修士道，"宋师兄，便由你宣布吧。"

被称呼宋师兄的男修士身材极为高大，五官如刀刻斧凿一般阳刚俊挺，俨然众人之首。

"也可。"宋姓男修士点了点头，袖子一挥，便见一道剑光从袖口飞出，落在脚下，将他托了起来。

如此一来，这千余人便能都看到他。

第四章

神鹿仙草

御物飞行，乃筑基后期的修士必学之术，但看宋姓男修士随心随意的模样，必然也是神通境修士了。

"贫道宋昭，乃云霄山内门修士，奉命主持这第二场考核。"宋昭说话时用上了真气，因此声如擂鼓，人人都听得清晰分明。

"你们眼前这片树林名为微霜林，因林中草木长年凝霜得名。这种冰霜其实乃草木灵气结成，名为沁灵霜。你们第二关的考核，便是收集沁灵霜，通过微霜林。你们可以组队，也可以独行，可以自己设法采霜，也可以从他人手中夺取。"

宋昭说到这里，不意外地看到众人露出震惊之色。

"没错，第二场考核，不计手段，只要不出人命，你们用什么方法通过考核都可以。如今我已明确得知，通过第一关考核的人数总共是八千人，分散在五个密林入口，时间一到一同入林。我要提醒你们的有三点，第一，沁灵霜月出之时开始凝霜，月上中天之时沁灵霜品质最佳，日上中天之时融化，你们采霜之后必须在明日午时出林，否则考核失败；第二，采到沁灵霜的数量关系到你们第三关的考核；第三，本次宗门考核只收取两千修士，优胜劣汰。"

听完这一席话，不少修士脸色都变了，看向他人的眼神也不自觉带上了防备。

蓬莱仙宗这第二关的考核，不只是要筛选出优秀的人才，也是想让这些养尊处优的俗世贵子见识一下真正的修行世界。更何况，要在这世道生存下去，乃至突破层层境界白日飞升，仅仅拥有过人天资是不够的，心性、胆识、智慧，缺一不可。

意识到单打独斗的不利，各个国家的修士便联合起来，少则五六人，多则十来人，组成一队。一些大国修士多的，可自成一队，而小国修士少的，便找了关系好或者地缘上远又素无怨仇的国家结盟。此时烨国只剩下两个修士，一个还是炼气一层的"废柴"，几乎所有的修士都选择了无视他们，这让三皇子楚丹显得有些尴尬。

苏漓倒是一脸悠然自得，对旁人的无视也不以为意，余光扫了扫楚丹，见他神色便知道他的心思了。苏漓淡然道："进了林子后，我们便各走各的吧。"

楚丹听苏漓这么说，知道自己被看穿了，不禁有些窘迫，忙道："我既答应了允凰照顾你便不会丢下你一个人。"

苏漓笑道："这话我都不当真，你觉得允凰会当真吗？再说了，若在林子里遇到什么状况，我也不觉得你能护住我，不如各走各的，倒还有几分过关的希望。"

楚丹有些踌躇，问道："你可是有什么办法？"

苏漓道："我不过是个炼气一层的'废柴'，那些人又岂会将我放在眼里？他们既不屑于与我结为队友，自然也不屑于将我当对手。你若有相识的修士，不妨与他们结盟，反正我来这里也纯属一游，能否通过考核倒也无所谓。"

听苏漓这么说，楚丹的心理负担也减轻了许多，他倒是真心实意认同苏漓最后那句话。苏漓能通过第一关怕是七分靠侥幸，三分靠苏允凰，这第二关却没有这么好糊弄了，反正这考核不至于出人命，楚丹也就放心了。

想到这里，楚丹便对苏漓露出真诚的笑容，嘱咐道："那你自己多加小心了。"

苏漓不以为意地摆了摆手，见楚丹走开，这才悄悄松了口气。总算摆脱这个人了，要不然，她接下来的计划还不好展开呢。

最后一抹余晖消失在海平线尽头，微霜林也迎来了开放的时刻。

一踏进林子，众人便仔细看去，这林中飘着淡淡白雾，竟都是灵气所化。众人皆感觉到身子一轻，整个人都精神了许多，更有人不由得惊喜地叫道："这里的灵气好浓郁！"

"真不愧是仙岛啊！"登时便有心急的修士坐下来打坐修行。

苏漓笑了笑，悄无声息地往人少的地方走去，越往里走，便会发现灵气越浓郁，当灵气的浓度达到一定程度，便是灵气凝结成霜之时。外间修士并不知道这沁灵霜实乃品质极好的灵气所结，炼化一片沁灵霜，便相当于苦修一月之所得。沁灵霜之中不仅无一丝杂质，更是饱含郁郁生机，只因这微霜林所有的灵气，都来自于一株仙草。

微霜林方圆数十里，对于修士们来说，这片区域并不算大，若疾行飞奔，不到两个时辰便能出得林子。在发现林中各处灵气浓度不一后，便有人主张四处查探，寻找灵气最浓郁的地方。这些人此时正在微霜林中央四处打转，苏漓眼瞧着一拨又一拨的人从自己身旁走过，却对自己的存在毫无察觉，不禁觉得好笑。

微霜林的正中央是一片小小的池子，水面如镜，幽幽映着一轮明月。一只浑身洁白的独角神鹿俯身饮水，搅碎了这一池月光。先前无数人从它身旁走过，它都毫不在意，但是当苏漓走近的时候，它抬起了头，警惕地注视来人。这片结界，好久没有人踏进来了，自从主人离开，它便日日守在这里，就算是蓬莱仙宗那些老头子，它也不许他们靠近。

"小白，你可还认得我？"苏漓笑吟吟地往池畔一坐，朝独角神鹿勾了勾手指，用熟稔的口吻招呼道，"你们独角鹿一族不是最通灵性的吗？我不过换了副皮囊，你不会就不认主人了吧？"

神鹿的蹄子不安地在地上刨了几下，歪了歪脑袋打量苏漓，乌黑水润的双眼显得有些迷茫，它鼻子"吭哧吭哧"地发出了声音，终于还是往苏漓的方向挪了过去。

"咿——"神鹿走到苏漓跟前发出一声清亮又婉转的鸣叫，用头顶银白色的尖角顶了顶苏漓。那尖角触碰到苏漓后，便发出淡淡的红光，神鹿猛地抬起头，湿润的眼中满是难以置信的狂喜。又是一声清亮的长鸣，它欢呼一声，将苏漓扑倒在地，伸出粉嫩的舌头舔了舔她的脸，又不住地蹭她的脸颊，将她逗得咯咯直笑。

"行了行了，都两千多岁的老妖精了，你还这么孩子气！"苏漓撑住了神鹿的脑袋，目光不自觉柔和了起来，"小白，这么多年，你一直守在这里，没离开过啊？"

小白用力地点点头，发出讨好的一声低鸣。

苏漓心下柔软一片。

小白是她捡来的灵兽，那时她还叫珈罗，躲在蓬莱修行数年，花了不少灵丹妙药，终于突破了元婴。为了继续修行，她离开蓬莱，去了趟王屋山，想要寻找一种灵草，没想到却多顺了一只灵兽回来。

独角神鹿一族，乃天生的灵兽，民间传说它们能明辨世间一切是非善恶，曾经有官员捕获了一只神鹿幼兽，便将它用来断案，无一宗冤假错案，独角神鹿因此更加声名远扬。实际上，独角神鹿并非能分辨是非善恶，它们天赋异能，便是"他心通"，具体地说，就是能听到其他生物真实的心声，任何生物在它们面前都无法撒谎。但神鹿有一个天生的缺陷，不管修行多少年，它们都无法开口说话。

这样的神兽，本该受尽人间尊荣的，但苏漓路过王屋山的时候，看到一幕惨剧。数百只神鹿卧倒在血泊之中，一群壮硕的屠夫正在一旁扒皮，另有七八个御剑飞行的修士悬于半空，面露嫌弃之色。为首之人是个身着玄衣的元婴修士，其余都是神通境圆满的修士。

"独角神鹿一族都在这里了吗？怎么还没找到凝霜草？该死，不会是被这些鹿吃了吧？"一个修士恨恨道。

"应该不会，独角神鹿一族以沁灵霜为食，如果吃了凝霜草，它们去哪里找沁灵霜？依我看，必然还有漏网之鱼，我们再四处看看。如果找不到的话，只怕会被尊者降罪。此次尊者破境，必须要这株仙草。"

"那其余神鹿的尸体怎么办？"修士指了指下面道，"都给那些人吗？"

元婴修士淡淡扫了一眼，目露冷意："一些无知俗人，不知道哪里听来的，说神鹿壮阳、鹿角开窍、鹿皮不腐，便将神鹿杀了个干干净净，这些东西我们难道稀罕吗？他们要便给了他们，如果不是他们带路，我们也找不到这里来。"

"哈哈哈，鹿族素来与人族亲近，听说以前独角神鹿常出没凡间为人族辨是非平冤案，恐怕它们也没想到有一日会自引灾祸吧，依我看，神鹿之慧，也不过如此。神鹿灭族，这地方也再难有清明了。"

"那却与我等无关了，还是找仙草要紧。"

苏漓躲在暗处看那些人离开，这才露出头来。山野间，遍地横躺着鲜血浸染的鹿尸，它们大睁着的双眼布满了惊恐与愤怒，死不瞑目。

怀苏曾说："独角神鹿一族数量稀少，天生聪慧，本性纯良，却无自保之力，只怕早晚会有大灾祸。你身为真龙，乃万兽之主，应当好好保护它们。"

怀苏的话，苏漓是不会忘的，看着遍地尸首，她更感到锥心之痛。凡夫无知，戕害友族，可她又能怎样？杀了他们吗？

对苏漓来说，人族才是异族，但她又转世为人，真真不知如何是好了。

无奈之下，她只有想办法比那些修士先找到逃过一劫的神鹿。

那时苏漓不过第二回转世，灵魂之中还残余着不少兽族的天性与本能，靠着这直觉，她竟先一步找到了最后一只活着的独角神鹿。

一只不满十岁的小鹿，小狗一般大小，浑身涂满黑炭，躲在少年怀里瑟瑟发抖。

因为她的到来，一人一兽面露警惕，少年叫道："你别过来！"

那个少年，看起来十三四岁的模样，虽然蓬头垢面，五官却颇为清秀，哪怕吓得浑身发抖，却抱紧了神鹿不肯放手，结结巴巴道："这是我的狗，你、你别抢！"

苏漓那时穿着一身女修士的服装，手里握着剑，知道少年是把她当成跟那群坏修士一伙的，这才如此恐惧愤怒。

"别害怕。"苏漓放柔了声音，手一挥，将剑收了起来，道，"我不是坏人，我是来救你们的！"

"我不信！"少年往里缩了缩，道，"你拿着剑，肯定是坏人！不然，你找小白做什么？"

苏漓看了一眼浑身黑乎乎的小白，知道少年是想用这样的方式掩护它，虽然笨拙，却让她有些莫名的感动。

"你若不信我，便问问小白。"苏漓大大方方地张开手臂，"小白最有灵性了，它应当知道我不是坏人。"

苏漓说得很有道理，少年愣了一下，低头看向怀里的小鹿。

未成年的神鹿头顶没有尖角，只有小小一个肉包。它犹豫着，挣扎着，看着苏漓坦然的笑意，它终于下定决心，迈出了蹄子，用头顶的肉包顶了顶苏漓的小腿。

"咿——"小鹿发出一声颤音，当即跪倒在地。少年忙上前抱住了它，对苏漓怒目而视："你对它做了什么？"

苏漓无辜地眨了眨眼："大概是我龙威太重，镇住它了吧。"

龙族天生对万兽有精神威压，即便轮回，也无法完全抹去她灵魂里的威势，而小鹿太小太弱，这才禁不住而软倒。

少年看向小鹿，果然后者几乎是跪倒在苏漓跟前，低头去吻苏漓身前的土地，做出臣服的姿态。

"把它交给我吧，它算是我的同类，我会好好保护它的，你太弱了，保护不了它。"苏漓温声劝道，她对这个勇敢真挚的少年很有好感，不愿吓到他。

少年不舍地看着小鹿，小鹿抬起头，露出一双湿漉漉的大眼睛，用头顶蹭了蹭少年的肩窝，也发出了一声不舍的低鸣。

苏漓叹了一声，总觉得自己像是在强抢民女，棒打鸳鸯，于是问道："罢了，孩子，看你这模样怕是也过得不好，不如你也随我去蓬莱，你可有父母亲友需要告别？"

虽这么问，苏漓却觉得这少年恐怕也是个孤儿，若有亲人，哪至于沦落到这副可怜模样，还要跟一只小鹿相依为命？

果然，听了苏漓的问话，少年垂下眼睑，黯然道："我没有亲人了，他们都死了。"

也是个可怜孩子……苏漓忍不住动了恻隐之心，将这两个可怜的小东西都带回了蓬莱。这一人一兽瞪大了眼睛，仿佛看不够蓬莱这世外仙境。苏漓笑了一下，使了个净衣咒，将一人一兽清洗了一番，使其露出本来面目。

一个是玉雪可爱的小兽，一个是清秀俊雅的少年。

"你叫小白。"苏漓点了点小白的鼻子，又看向少年，"你叫什么？"

少年露出腼腆的浅笑："我叫萧白。"

苏漓"扑哧"一声笑了出来："这可容易叫岔了啊，难道让我叫你大白吗？"

萧白白皙的脸上泛起羞恼的薄红："随你！"

"生气了啊？"苏漓好笑地捏了捏他的脸，问道，"你几岁了啊，小孩子？"

"我不是小孩子。"萧白躲开她的手，不自在地说，"我十六了。"

苏漓愣了一下，又仔仔细细地看了萧白一会儿，终于意识到他这是长年营养不良才导致看起来瘦小孱弱，顿时有些心疼。她想到早年的自己，好似也没比他强多少，一头枯黄的细发，一双枯瘦的手。

"你好好在蓬莱待着！"苏漓大声地说，"我一定把你养得高高壮壮、白白胖胖！"

萧白抿了抿没有血色的双唇，别开了眼说："我自食其力，不用人养！"

就在微霜林里，他和小白住下了，自己搭起了小木屋，过起了悠然自得的生活。小白将一株草吐在了小池边上，顿时草香四溢，方圆十里灵气骤升，树叶上甚至凝结出了灵晶。

"这就是他们找的凝霜草？"苏漓惊愕地捏起一片沁灵霜，感受到浓郁的草木精气。这种精气，对水系木系灵根的修士简直是无上圣药，对苏漓却无用，只因那一世她不知怎的竟生成了金系灵根。不过凝霜草乃极品仙草，便是放在上界也是众仙争夺的宝贝，苏漓自然也不能浪费，便将凝霜草种在小池边，将每夜结出的沁灵霜分成三份，与大小二白各自一份，炼化修行。

时光流转，山中不知年，也不知什么时候，萧白长成了翩翩君子。苏漓有时候坐在池边，看萧白面带着温和的笑意逗弄小白时，总会想起淮苏山的日子。怀苏也是那样喜欢养灵兽，萧白其实不喜欢养灵兽，他只喜欢小白。

苏漓曾想，就躲在蓬莱仙宗不出去了，修行个八百年，飞升上界，自可摆脱轮回。可她终究是闲不住的人，几回出去采灵药，回来总要带上几个人，渐渐地，蓬莱越来越热闹了，萧白却不高兴了。他总是带着淡淡笑意的脸上没了笑容，俊秀的眉峰扬起讥诮的弧度，说道："你是出去采药还是出去扶贫了？什么人都往蓬莱带，你干脆大开洞府收弟子好了。"

苏漓一听，眼睛一亮，捶了一下手说："你提醒我了，这是个好主意啊！"

于是，苏漓救下的所有人都成了她的徒弟，只有萧白一人死不认师。

苏漓抱着小白的脖子嘤嘤哭泣："小白，你哥哥多没良心啊，我教的就数他最多，他居然不认我当师父，他还有良心吗？你帮我看看他是不是变坏了，心是不是变黑了。"

小白同情地顶了顶苏漓，无辜地眨眨眼。

萧白气得笑了，苏漓第一次听他爆了一句粗口："笨蛋！"

他居然敢骂我——苏漓瞪着萧白离去的背影，难以置信地张大了嘴。

小白伸出舌头舔了舔她的手，说不出话来。

人类的感情太复杂了，它不会说话，但它知道很多很多秘密，每个人心里的秘密，只是它没办法告诉苏漓萧白的心意，就好像它也没办法告诉萧白，苏漓的心思，真的和他不一样。

苏漓喜欢萧白，就像喜欢小白那么喜欢，可是萧白要的不是那样的喜欢，许多年后，他终于难过地发现，原来自己在苏漓眼里，和其他人没有什么不一样。

不，有一点不一样。

当苏漓听到那个男人自称怀素的时候，眼睛都亮了。那个男人穿着青色长衫，笑如春风，任苏漓好奇地对他问东问西，抓着他的袖子闻了又闻，他也始终耐心地微笑着。

"你真的不记得前世了吗？你对淮苏山这个地方有印象吗？你还记得阿漓吗？"苏漓不死心，想在怀素身上找到怀苏的痕迹，可是他始终摇头。

"这忘尘水的效果这么强？你怎么可能不是怀苏呢？你如果不是怀苏……师兄为什么还不来找我？"

第一次，萧白看到她哭了。

像一把冰刀在心上狠狠地凿了一个口子，令他又冷又疼，这是刺入骨髓般的疼痛。

小白感受到了他的难过，用温暖的舌头舔着他的手背，想让他开心起来。萧白笑了笑，什么也没说。

苏漓终于要突破法相了，她说自己突破法相，就有能力破开九天罡风，去淮苏山找怀苏。

破境那天，她让萧白为她护法。

"我总是有些不安。"苏漓皱着眉头说，"这一世太过顺遂了，逐渊去哪儿了呢？我可是让小白给我把关了，将坏心眼的家伙都赶出了蓬莱，难道说因为这，所以逐渊进不来了？"

萧白问了一句："逐渊……又是谁？"

苏漓说："这……一言难尽，等我以后有机会再告诉你吧。也许啊，天道君这回失算了，等我突破法相找到怀苏师兄，就能彻底摆脱这红尘轮回了！"

萧白笑了一下："那可就恭喜你了。"

苏漓冲他甜甜一笑，一个转身，却是永别。

她到死也不懂为什么萧白要杀她，不是一直相处得很好吗？小白是那么通灵性的神兽，如果萧白是个坏蛋的话，如果萧白对她心存杀意的话，一定是瞒不过小白的。小白虽然认了萧白当兄弟，却真正将苏漓当成了主人，不会帮萧白来害她的。

她的灵魂悬于半空，看着萧白面无表情地走了进来，抱起她没有了生息的身体，紧紧拥进怀里。

"你终于乖乖的了，只属于我一个人了……"他贴着她冰凉的脸颊，痛苦地闭上眼，"我没有亲人，没有朋友，只有你……珈罗……

"二十年前，王屋山下，你乘着风，来到我面前。

"你像我梦中出现过的那个仙女一样，笑起来的样子，很美。

"你说要带我回家，那是我一生最快乐的时刻。"

他轻轻吻了吻她的嘴角，然后呆住了，眼神从痛苦化为了疯狂，整个人不可遏制地颤抖起来。

"是你……是你……不……原来是这样……哈哈哈哈……"萧白仰天大笑，一行血泪从眼眶中滚落，"苏漓，你是苏漓！不是珈罗！我想起来了，为什么？为什么这个时候才让我想起来？"

苏漓傻傻地看着他发疯，看着他哭，看着他笑，一切都像与她无关了。

很多年后，她又入了轮回，经历了许多事，问了一些人，才知道原来萧白对她的感情叫作爱，一种叫作独占欲的爱，会让人妒忌，会让人疯狂。

可苏漓依旧不懂为什么爱一个人会想杀了她，就像小白也不懂它只看到萧白对苏漓炽烈的爱。却不知道有种爱如火，既能温暖人，又能焚毁一切；也有种爱如水，既能滋润万物，又能淹没桑田。

可苏漓的心，就那样在一次次的背叛中冷了下来。

小白已经两千多岁了，在独角神鹿里，大概能算壮年了。

苏漓摸着它温暖的脖子，想起萧白，想起逐渊，心里仍是有些钝痛。看到萧白发疯时的样子，她就不恨了，或许，每一世的逐渊，都比她更痛苦。

"小白，我这次来，是想带走凝霜草。"苏漓强迫自己从回忆中走出，露出温和的笑脸看向小白。

小白蹭了蹭她的脖子，朝池子另一边扬了扬下巴。

苏漓说道："我这一世没有灵根，根骨却强得不似凡人，正好可以修习一些兽族的功法。不过想要混进蓬莱取回一些我的东西，还得先通过考核才行。若让蓬莱那群老头发现我没有灵根，肯定是要把我赶出来的。我只要服下凝霜草，便可伪装出有灵根的样子了，那块验灵石是察觉不出异常的。"

蓬莱仙宗第三关的考核，便是通过验灵石测验灵根品级。一般修士的灵根分为五行，有个别特殊的，如苏允凰却是拥有双灵根，这意味着她可以同时修行两种元素的神通，灵力强度也远胜同阶修士，这在修士之中极其罕见。而其他单属性修士，天生拥有的灵根是什么属性，炼化出来的灵力便拥有了该属性的特质。验灵石并不能真正窥探一个修士的灵根，只是通过检测灵力的属性纯度来判断灵根的品质，灵力中的属性元素越浓郁越纯粹，则灵根品质越高。

苏漓没有灵根，用验灵石测验必然毫无反应。但若是服下凝霜草加以炼化，她的灵力在相当长一段时间内都会呈现出相当高品质的属性。凝霜草兼具水木二重属性，但苏漓不打算让两种属性同时显现出来，否则太惹眼了，早晚会被人看出异常。她有过数千年的修行经验，自然知道如何分离两种不同属性的灵力。

从知道有机会参加蓬莱仙宗的考核那时起，她便计划好了这一切，因此苏允凰问她灵根属性时，她毫不犹豫骗她说是水灵根。

"可是我带走了凝霜草，你以后就只能吃普通的草了。"苏漓摸了摸它的下巴，说，"不过你放心，过阵子琅嬛古地开放，里面有许多千年品质的仙草，我摘些回来补偿你！"

此时已到了月上中天，沁灵霜凝结完成之时，苏漓不再等待，和小白一同走到池子另一边，蹲下来，小心翼翼地拨开草丛，露出了一株藏在草丛中毫不起眼的小草。

多少仙人凡人争夺的凝霜草，看起来不过是一株巴掌大的白色小草，触手冰凉，散发着幽幽清香。苏漓从身上取出一把早已备好的精致玉铲，轻手轻脚地将凝霜草挖了出来。离了土的凝霜草微微一颤，叶子向内拢了起来，竟化成了一个青白色相间的光球。苏漓想起来，当年小白也是这样将凝霜草含在嘴里，到了蓬莱方吐了出来。凝霜草身为仙草已有了一定的自保意识，若只是将它吞入腹中，无法得到其中精髓，想要完全将其炼化，还需要不少时间。所幸苏漓也不需要完全炼化凝霜草，只要炼化些许，便足以让她应付随后的考核。

苏漓盘膝坐下，对小白说道："我炼化凝霜草需要些时间，你帮我护法，若有蓬莱的人来，你便提醒我。"

小白亲昵地蹭了蹭苏漓的手臂，发出一声乖巧的低鸣。

苏漓当即不再耽误时间，吞服光球后，闭上双眼，静心炼化。

光球出现在苏漓的灵池之中，茫无目的地四处乱飞，却找不到出路。苏漓运转法诀，灵池顿生滔天巨浪，将光球裹入其中。丰沛的水木精气顿时四溢开来，将一片大海染成了浅碧色。不知过了多久，凝霜草终于放弃了抵抗，光球轻轻一颤，发出破碎的声音，重新变化为一株仙草的模样，静静悬浮于万顷碧波之上。

苏漓并不急于将它完全炼化，见它服了软，而自己也拥有了足够的水属性灵力，便从灵池中退了出来，长舒了口气，睁开双眼。

"看时间，我也该走了。"苏漓仰头望了望天，又迎上了小白不舍的目光。

"放心吧，我还会来看你的。"苏漓笑着摸了摸小白的脖了，"我说过，总有一天要带你上天界，帮你找一只漂亮的母鹿。"

小白脸上好似露出羞恼的表情，别过脸"吭哧"了一声。

苏漓"扑哧"笑了出来："一大把年纪了还不好意思啊，放心吧，反正我生生世世轮回，总有一世能做到的吧。"

苏漓脸上虽挂着笑，眼神却不自觉黯淡了下来。小白感受到了她心里的怅然，扭过头来，怜惜地蹭了蹭她的脖颈。

"你心疼我了吗？"苏漓抚摸着它温暖的皮毛，淡淡地说，"可我都快习惯了……"

蓬莱仙宗的人是到了天快亮的时候才觉得不对劲的。

"什么？沁灵霜忽然化了？"大殿之上，所有的长老都瞪大了眼睛，难以置信地看向报信的修士。

宋昭觉得头很疼，微霜林两千多年都没出过事，怎么一到他手上就出事了？

"回各位长老，昨天夜半之时，沁灵霜本已凝结完成了，但是不过半个时辰，那些还未被采集的沁灵霜便缓缓化为水珠，落到土里了。"

"那为何这时才来回报？"

宋昭也有些无奈："因为一开始只是个别沁灵霜有融化的迹象，弟子们便也没有多留意，直到半个时辰前，考核修士死伤惨重，许多人退出了考核，弟子派人四处查探，这才发现林中竟然一片沁灵霜也没有了。"

三位主峰的长老对视一眼，眉头紧锁："只怕是白尊者那里出了差错，还是快请宗主出来吧！"

云雾山长老点了点头，说："我这就去请宗主，你们先去主持一下考核吧，出了这么大事，考生那里也需要安抚。"

过去的考核因为沁灵霜数量多，因此有相当一部分考生会靠采集和躲避来通关，但今年沁灵霜突然融化锐减，导致考生之间为了通过考核不得不互相抢夺，竞争无比惨烈。

宋昭回报说因伤退出的考生有四千人时，几位长老的眉头皱得更紧了。

还未到约定时辰，考核便被迫中止了，所有的修士脸色惨淡，聚到了微霜林外，此时日头才缓缓从东方升起。

因云雾山长老去请宗主，便由云雾山和云霞山的两位长老主持考核。

云雾山长老是个仙风道骨的修士，须发皆白，面上却白皙光滑，看起来不过三十出头的样子。云霞山的长老是个女子，貌美出尘，神态却肃穆庄严，让人望之便心生敬畏。

云雾山长老叹了口气，转头问宋昭道："你是说先前采集下来的沁灵霜没有融化？"

宋昭恭敬地答道："回长老话，是的，被采集到玉瓶中的沁灵霜安然无恙。"

云雾山长老点了点头，转而向剩余考生道："你们之中采集了沁灵霜的修士站到左边去。"

听到这句话，那些手上握有沁灵霜的修士不禁面露喜色。

几位长老的脸色却更难看了——居然才三四百个？

按照原来的计划，他们以为这一关考核过关的应该会有两三千个，到时候再根据灵根品质进行筛选，谁料只有三四百个！

云霞山长老见云雾山长老沉默不语，便开了口："师兄，你看我们是让其余弟子重新考核，还是今年只收这三四百个就好？"

"事关重大，明年便是周山论法之期，若非如此，今年也不会收这么多新生，只收三四百个的话，怕是宗主那里也不会同意。"

"那……我们等宗主来了再做决定吧。"

几人正犹豫难决，便看到两道霞光从微霜林上掠过，往众人聚集之处而来。那霞光转眼即至，落地之后，众人才看清霞光中二人的长相，一人与几位长老服装相似，正是云雾山长老，另一位身着玄色道袍，眉眼慈祥，确是蓬莱仙宗的宗主玄风道尊。

"宗主。"几位长老向来者行礼。

玄风道尊扫了一眼，问道："今天是挑选新生的日子，容隽没来吗？"

云雾山长老笑道："宗主你忘了吗？今天是十六，容隽每个月的十六都不出门的。"

玄风道尊恍然大悟，笑道："真是闭关久了，不知时日，也罢，以容隽的性子是不会收徒的。"

云雾山长老上前一步，将这里的状况如实回禀告玄风道尊。

"这……"玄风道尊听了这状况也是皱了一下眉，"不瞒几位长老，这凝霜草，怕是被白尊者吃了。"

"什么！"几位长老大惊失色，"这这这……这怎么能吃啊？"

玄风道尊苦笑了一下："诸位长老气急也是无用，这仙草本就是白尊者所有，这么多年来，我蓬莱仙宗因此也受惠不少，尊者要吃掉这仙草，我们也只有听命从事。"

白尊者乃祖师珈罗真人的仙宠，在蓬莱仙宗的地位无比超然，历代宗主对它都是恭恭敬敬。想到自己对着白尊者又是赔笑又是卖乖，白尊者却是理也不理自己，玄风道尊不禁有些无奈。

"以后便再也没有沁灵霜了啊……"云霞山长老实感痛惜。这沁灵霜灵力充沛，远胜寻常灵晶，炼化一片便有苦修一月之功效，而且其中蕴含极品水木精气，对于水木灵根的修士更是大补之物，长期炼化甚至可以提升灵根品质，而云霞山上，绝大多数修士正是水木二系灵根。

"叹息也是无用了。"玄风道尊摇头苦笑了一下，"幸运采得沁灵霜的这三百多名修士，便直接收入门下吧。其余三千多名修士，则先收入外门修行，三月后再重考一场，收一千名入内门。这考核出错乃我们蓬莱的过失，这外门修行三月，便当是给那些修士的补偿吧。"

"宗主说得是。"几位长老都点头称是。

玄风道尊又将目光投向了有沁灵霜的三百多个修士，笑着说道："这些修士也是有气运的人了，你们也知道，修行之路，有时候气运比天赋还重要啊。你们先领这些修士去验灵石考核吧，选合适的收入门下，其余这些外门修士，便交给宋昭吧。"

"是。"

几位长老正要行动，忽听玄风道尊发出一声惊叹："居然有个炼气三层的修士通过了考核！"

第五章
·
拜见师尊

验灵石前，寥寥三百五十一个修士站得规规矩矩，接受着几位长老的审视。

苏漓早就悄悄数过了，到场的一共是六位长老，而蓬莱仙宗有七位长老，只是不知道缺席的是哪一位。

苏漓在偷偷看着六位长老，那六位长老也是忍不住看了她好几遍。

蓬莱仙宗有多少年没收过修为这么低的修士了？别说通过考核了，从各国遴选出来参与考核的修士，都没见过炼气七层以下的。如果他们知道昨天苏漓还只是炼气一层的话，估计要更吃惊了。

六位长老不知道苏漓一夜之间的成长，其他几个见过苏漓的修士却是印象深刻，其中就包括侥幸通关的楚丹，还有实力超然的余长歌。不过这两个人心中都是猜测苏漓昨晚偷偷炼化了沁灵霜，所以修为才得以突飞猛进。

"恭喜诸位修士通过第二关考核，接下来只要通过验灵石的考核，便能成为我蓬莱仙宗的内门弟子。呵呵，大家不必紧张，这验灵石的考核并无难度，只是让大家对自己的灵根品质有一个更清楚的了解，方便大家选择山门拜师。我先为大家介绍一下，云霁山长老，本命修木属性功法；云霞山长老，本命修水属性功法；空苍山长老，土属性功法；空芝山长老，火属性功法；空芒山长老，金属性功法；老道空雾山长老，修的也是水属性功法。还有一位空芨山长老，他是不收徒的，今日也没有来，以后再为大家介绍。"

云雾山长老说完侧了一下身子，让修士们看到他身后的验灵石。验灵石说是石头，倒更像是水晶，看起来通透无比，中间似有流光涌动。他继续道："这便是验灵石了，诸位修士将手贴于上面，运转灵力，验灵石便会根据你们属性的不同而呈现不同的颜色，颜色越浓郁，则灵根品质越高。通常灵根品质分为九品，六品以下，蓬莱是不收的，但能走到这一步的修士，一般也没有灵根品质低于六品的，所以大家尽管放宽心。"

几句话听下来，不少心怀忐忑的修士便放松了心情，对这个笑容和蔼的云雾山长老生出亲近之意。在几个内门修士的引导下，三百多个考核修士一一上前检测灵力，果然，通过考核走到这里的修士，灵根品质都不低，大多都是六品、七品，八品的不多，直到余长歌上前，验灵石突然大放光芒，逼得人不能直视。

"这是？"云雾山长老和空芒山长老激动地上前两步道，"火木双灵根？太稀罕了太稀罕了！这可是相克的属性啊，怎么可能生成双灵根，而且还都是九品灵根？孩子你跟我说，你的灵根是什么样的？"

余长歌一副宠辱不惊的淡定模样，朝两位长老行了礼，答道："在下的灵根，一红一绿，相互交织，九片灵叶为翠绿色，叶脉却是红色。"

"这好像就是传说中的火莲根！而且你已经筑基九重了！这个年纪这个修为，前途不可限量啊！"云雾山长老不淡定了，满脸堆笑道，"好孩子，你入我门下，我收你为亲传弟子！"

底下所有修士都是一片吸气声，对余长歌又是羡慕又是嫉妒，只有古华国的修士一副与有荣焉的得意样子。

"孩子，你别听他的，他早已收了一个亲传弟子，我还没有亲传弟子，你入我门下，我传道统于你！"空芒山长老不甘示弱。

云雾山长老皱了一下眉，喝道："行了，这样抢弟子，不怕让人看笑话吗？"

云雾山长老闻言，酸溜溜地看了云雾山长老一眼，哼了一声："你收了一个双灵根的弟子，自然不屑与我们抢了。"

"胡说八道！"云雾山长老吹胡子瞪眼睛，甩了一下袖子，道，"都退下，其他修士还等着呢！"

两位长老这才不甘不愿地退了下来。

等到前面所有修士都检测完了，终于轮到苏漓。想是看她修为低，负责考核的内门修士便有意将她放在了最后。

苏漓走到验灵石跟前，缓缓运转灵力，将手贴在了验灵石上，顿时，一团浅蓝色的云雾自她掌心蔓延开来，最终充斥了整块验灵石。

"六品水灵根，倒也可以。"云霞山长老淡淡点了点头，又微微皱了一下眉，"只是这修为也太低了，这是哪个国家送来的修士？"

一旁的内门修士看了眼名册，答道："回长老的话，是烨国的修士。"

云雾山长老闻言看了苏漓一眼，温声道："孩子，你上前来，我有话问你。"

苏漓垂着手，恭敬地走上前去。

"你叫什么名字？"云雾山长老问道。

"回长老的话，弟子苏俏。"

"原来是你……"云雾山长老恍然大悟，转头对云霞山长老解释道，"正心上人跟我提过，这次蓬莱指定了一个名额给烨国苏家，不过这苏家只有两个女儿，大女儿苏允凰乃双灵根修士，早已被正心上人收入门下，算是我蓬莱弟子了，因此这个名额便给了她妹妹苏俏。"

云霞山长老淡淡扫了苏漓一眼，说道："这名额是谁指定出去的？应该是师兄你吧，怎么事先不打探清楚？我们蓬莱何时收过修为这么低的弟子？六品水灵根，堪堪合格。不过既然她姐姐已拜在你的门下，那这苏俏你便也一并收下吧。"

"这……"云雾山长老有些为难地看了苏漓一眼,说道,"这名额并非我指定出去的啊。"

"那还有谁?"云霞山长老不信,"你若不收,那看看其他几位长老的意见吧。"

被提到名字的几位长老连连摆手笑道:"师姐开玩笑了,我们又不擅长水属性功法,只怕带不好弟子。"

苏漓冷眼看着,心知这不过是推托之词罢了。早知道这些长老这般势利,她索性放出双属性好了,都怪她太小心低调了,反而让人看轻了去。

"或者让她也去外门修行三个月,到时候再考核一次吧。"云霞山长老又提议了一句,这回倒是得到其他几位长老的一致认可。

早已通过考核的三百五十个修士都冷眼看苏漓的笑话,有人低声道:"早就说了,这么低的修为来参加考核也不过是闹笑话而已,真不知道烨国怎么想的,送了这么个人过来。"

"能留在外门修行也是一场造化了,要我说,人家也算运气好的,居然让她采到一片沁灵霜,不过也是没用,哪里来终究得回哪里去。"

"也未必是运气好,估计是因为修为太差,没人将她放在眼里,反而逃过一劫吧。"

苏漓皱了一下眉,心想入外门就外门吧,反正琅嬛古地还有三个多月才开启,到时候考核,自己就不再隐藏实力,让他们见识一下什么叫三个月筑基吧。

苏漓想通此节,便转身往回走,却在这时,一个小道童气喘吁吁地跑了过来,与苏漓擦肩而过。

"弟子望舒,各位……各位长老安好!"道童气息不稳地行礼道。

"你不是空芨山的道童吗?怎么跑得这么急,有什么要紧事吗?"云雾山长老好奇地问道。

"是……是的！"道童望舒匀了口气，说道，"弟子奉师尊之命，来……来收一个徒弟！"

"什么？"六位长老面面相觑，一脸惊诧，"容隽要收徒弟？"

望舒点点头，说道："师尊说，有个烨国的女修士，是他命定的弟子，让几位长老千万将她留下。这是师尊昨晚亲口吩咐弟子的，可是今早师尊身体不适，弟子服侍师尊，此时方才得空下山，只盼没有误了师尊的大事。"

云雾山长老听了这话，脸色微变，勉强笑道："望舒，那位女修士已经拜入老道门下了，此时改投，只怕不妥……"

望舒脸色惨白："晚了一步吗……师尊要骂死我了……"

云雾山长老安慰道："容隽那里，我自会同他解释，你也无须惧怕，并不是你晚了的缘故，早在月前，正心上人便已将苏允凰托付到我门下，你早来晚来，也是一样的。"

望舒愣了一下，问道："什么苏允凰？"

"就是那个烨国的女修士啊，双灵根的天才。"云雾山长老解释道。

望舒一脸迷茫："可是……师尊说的那个不叫苏允凰啊！"

众人闻言愣怔："不然是谁？"

"叫苏……苏俏？"望舒想了一下，肯定地说，"对，叫苏俏。"

顿时，所有的目光都锁定了正要离去的苏俏，后者顿住脚步，回过头来，看着望舒的脸，指了指自己的鼻子，不大确定地问了一句："我？"

望舒松了口气，笑道："是的，之前师尊可是指定了名额给你呢。"

"我？"苏漓是真的呆愣了，道，"那名额不是给允凰的吗？"

望舒答道："师尊没说过苏允凰这名字，只说过苏俏，那应该便是给你的了。你……还没拜师吧？"

苏漓摇了摇头。

望舒露出十分真心的笑容："弟子望舒代空茇山长老容隽真人邀请阁下入空茇山！"

其余六位长老已经震惊得无以复加了。

"我真不知道容隽在想什么。"云霞山长老摇了摇头，"他从不收徒的，怎么会看上这么个平庸的弟子？"

"容隽行事，难以常理度之。"云雾山长老淡淡一笑，心想不跟他抢徒弟就好。

云霁山长老愣了一下，道："本以为这女子修为低下，能走到最后一关是气运好，如今看来，气运好得非同一般了。本该被逐到外门的，如今竟一跃成为空茇山弟子。诸位师兄弟，容我说句实话，容隽天赋超绝，远在我等之上，我等虚长许多年岁，只怕几年之后修为也胜不过他了，这宗主之位，早晚有一日会是他的。"

几位长老听了这话，也不反驳，都是轻轻点头，深以为然。

云雾山长老看向苏漓，后者正欣然点头，接受了望舒的邀请。

"而这个女弟子，可是如今空茇山长老、未来蓬莱仙宗宗主唯一的弟子啊！"

他们突然想起玄风道尊方才说过的一句话——修行之路，有时候气运比天赋还重要。

这女子是几辈子修来的大气运啊！

未来宗主唯一的弟子？

苏漓若知道旁人的想法，一定嗤之以鼻，她自己都曾经当过宗主，还会稀罕"宗主的弟子"这个称谓吗？

然而眼下能顺利入门，她还是挺高兴的，觉得这个空茇山长老实在很有眼光。

"这位……"苏漓还在想着怎么称呼，望舒便笑着开口道："师姐叫我望舒就可以了。"

"你好你好。"苏漓笑着朝他点点头，"我能问一下吗，为什么你们师尊点名要收我为徒啊？"

"师尊的事，我们怎么好打听呢？"望舒笑了笑，"我不过是师尊跟前行走的道童，虽然称呼一声师尊，但我与师尊实则是没有师徒名分的，认真算来，师姐才是空芨山真正的弟子。今日我领你上山，你明日一早再拜见师尊吧，师尊每月十六身子都不适。"

"哦……"苏漓恍然大悟，"师尊是个女的？"

望舒笑着道："才不是呢，我们师尊是蓬莱仙宗最俊美的男子，多少女修士偷偷爱慕师尊呢。师尊名讳容隽真人，是宗主的亲传弟子，今年才二十岁，就已经突破元婴九重了，大家都说不出十年，宗主就会将位置传给师尊。师姐，你能拜入师尊门下实在是很大很大的造化了！"

望舒的语气里毫不掩饰对容隽真人的崇拜，当然还有对苏漓的羡慕。

这就让苏漓更疑惑了：我跟容隽真人应该素不相识吧，为什么他对我那么好呢？难道他是逐渊？可是不太可能，如果是逐渊恢复了记忆，又知道我在烨国的话，应该会跑去找我吧。再说，我可不信天道会轻易改变对我的惩罚。

"师尊什么都好，就是脾气……嗯……不是很好亲近，但是你不犯错的话，师尊也不会轻易责罚人的，只是他不太爱说话，生性爱整洁，以后你注意着些就是了。昨晚师尊便吩咐了，让我安排你住在小竹轩。小竹轩离师尊的飞霜殿很近的，看样子师尊对你非常看重呢。"望舒一路走一路喋喋不休，不等苏漓问，他便将空芨山的事倒了个底朝天，真不知道一个话少的师尊怎么找了个这么嘴碎的道童。

蓬莱七座山离得不近，望舒和苏漓都还未学会御剑飞行，因此走了小半日才到空芨山。

山上人果然很少，一路竹林密布，十分清幽，不时有野兔野鹿在林中跃过，也不怕人，好奇地打量着苏漓这张生面孔。

"因为师尊喜欢清静，所以空茇山人很少，除了我，也就另外三个洒扫童子，负责山上一些杂务。师尊前几年便已辟谷，因此山上也很少生火，师姐以后可以和我们一起吃饭。"望舒一路走一路说，"再有两里路就到小竹轩了，有一件非常重要的事我一定要提醒师姐，那就是师尊不喜欢女子对他表示出爱慕之意。唉，师尊实在是太优秀了，多少女修士见了师尊都把持不住，因此师尊见了女修士便心烦，师姐你可千万别像外面那些不自持的女修士一样惹师尊厌憎啊。"

苏漓淡淡笑道："我当然不会了。"

她苏漓活了几千年，什么美人没见过，自制力好得很，更何况她这番来蓬莱，为的是修行，可不是为了谈情说爱。

不多时，两人便走到了一处竹林精舍，望舒对苏漓笑道："这便是小竹轩了，平日里一直空着，不过我今早便吩咐了其他道童打扫，因此是干净的。你到处看看，若还缺了什么，尽可以吩咐我。"

苏漓忙道："不敢。"

望舒脾气甚好，看着跟苏漓一般年纪，长着一张爱笑的娃娃脸："师姐不必客气，我们空茇山上总共五六个男人，一年半载也见不到个女修士，师姐来空茇山，我们高兴还来不及呢。出了小竹轩往东走不到两里路，便是我们这些道童的住所，灶房也在那里，空茇山上一日两餐，过午不食，不过师姐刚来，怕一时难以习惯，若是饿了跟做饭的小杨说一下，咱们偷偷开个火，师尊也是不会见怪的。"

苏漓笑着说："正因为我是初来，才更不好坏了规矩，否则师尊就算嘴上不说，怕是心里也要怪罪的。"

望舒笑容更深了几分："师姐倒是个小心的人，也罢，便随师姐的意思了，不过今日有些特殊，昨日考核至今，只怕师姐还没有用过饭吧，现在时辰虽已不早了，却可以小小例外一下。师姐你先在此处休整一番，一个时辰后便到灶房来，小杨已备下了饭菜，大家都等着跟师姐认识一下呢，以后日子长着呢，大家也好互相照应。"

苏漓浅浅笑着，对望舒说道："既如此，那便恭敬不如从命了。"

望舒脚步轻快地离开了，苏漓这才四下打量起来。

这空茭山第一日给她的印象极好，人少好相处，那个容隽师尊虽然尚未见到，听起来不好相处，对她来说却是刚刚好，因为她的修行之路本就不需要什么师父引路，她有的是经验，需要的却是清净，互不搭理才是最好的状态。至于其他人，望舒给她的印象是挺好的，热心却不会太过，人看着也朴实单纯，想来其他人应该也差不多。最妙的是空茭山只有她一个弟子，也少了许多钩心斗角之争了。

小竹轩布置简单，却也应有尽有，苏漓将行李放置好，看了看时辰，便出了门朝灶房的方向走去。不过片刻，一小片石屋便映入眼帘，淡淡炊烟袅袅升起，还未走近便香气扑鼻。苏漓脸上带着笑，脚上便加快了几步。

"师姐来了！"望舒恰好走了出来，扭头看到苏漓，笑着回头对屋里喊了一句。

刹那间，那扇窄窄的门里又探出了三个脑袋，齐声喊道："师姐好！"

苏漓愣了一下，这才回了个笑道："大家好！"走了几步到了跟前，苏漓才向诸人见了个礼，"可能望舒已经跟大家介绍过了，不过我还是再自我介绍一番吧。在下苏俏，来自烨国，修行之日尚短，以后便请大家多多指教了。"

"不敢不敢！"四个人八只手齐齐摆了起来。

"师姐既然已入了师尊门下，哪里轮得到我们指教啊？我们不过是外门不得志的弟子，侥幸被师尊看中，收到空茭山上来服侍而已，叫一声已是我们沾了光了，师姐对我们无须太客气。"说话的道童是个身材略矮的少年，肚子微微有些圆，脸却是十分可爱的。这蓬莱仙宗确实是一个长得磕碜的都没有。

苏漓见只有他一人身上系着围巾，围巾上还有些油污，便猜测道：

"这位便是小杨师弟吧？"

小杨见苏漓一口道出他的名字，不禁露出一丝腼腆的笑容："没想到师姐竟知道我的名字，我叫杨笑，大家都叫我小杨。"

苏漓笑着说："空茇山上也就我们几人，以后修行日子漫长，大家互相照拂，又何必分个高低呢？我初来乍到，以后需要大家照应的地方还很多，还希望你们不要嫌弃我，将我当成自己人就行了。"

见苏漓是这么个好说话的人，本还有些局促的几人都放松了不少，一个个笑得更是真诚。

"师姐，我给你介绍一下。这小杨你已经知道了，他负责山上的饮食，每月初一和十五下山买菜，师姐若有什么要买的尽管吩咐他。"望舒一一为苏漓引见，"这是童潜光，不过大家都管他叫铜钱光，负责打扫山上所有的房屋，还有一些灵草的种植。这是张寒，山上所有的灵兽都归他管。我呢，比他们来得早一些，是师父跟前行走的道童，平日里就是帮师父跑跑腿办点事。"

苏漓和几位师弟一一见过。

童潜光是个瘦高个子，四人之中他看起来最为年长。张寒看起来最为腼腆，甚至不大敢和苏漓对视，脸上红红的，目光左右游移。

不消片刻，小杨和童潜光便一人捧着两道菜出来，张寒提着一小木桶的饭跟在后面。

苏漓看了一下里面的饭，诧异地道："你们不吃吗？"

四人摇头笑道："师姐你是新来的，自然例外，我们早已习惯了过午不食，这时也是吃不下的。"

苏漓尴尬地道："那你们坐着看我吃，我怎么吃得下啊？"

四人面面相觑，最后还是望舒先开口道："那我们便陪师姐吃些菜吧。"

众人欣然点头。

小杨边吃边对苏漓道："师姐对蓬莱仙宗知道的应该不多吧，我们跟你介绍一下。我就说这些菜吧，可跟俗世里那些蔬菜不一样，昨日入门的时候接引道人可曾跟你说过我们蓬莱的三山四水聚灵阵？那四条灵水绕山流淌，浇灌灵田，这些蔬菜便是灵田里种出来的，凡人吃了也能延年益寿，百病不侵。"

童潜光插嘴道："这些菜是下游灵河种的，上游灵河灵气最盛，种的可都是灵草灵药呢。我原先便是在外门负责灵药种植的，因种得好，才被师尊选到了空苃山来，待干满十年，便可转为内门弟子了。眼下虽然还只是道童，但师尊每月也会抽出两日为我们讲课，我们的修为，是不比一些内门弟子差的。"

张寒听到此处，猛地咳嗽了一声。童潜光愣了一下，这才回过神来，有些尴尬地摸了摸头，冲苏漓笑了笑，抱歉道："师姐，不好意思啊，我不是说你。"

苏漓不以为意地笑了笑："没关系的，我修行时日短，修为比人差这是事实，只要我勤加修习，又有师尊指点，想必以后也不会输给别人。"

"是啊是啊！"童潜光连忙点头，见苏漓不生气，他也暗自松了口气，"师尊从不收徒，他既然收你为徒，必然是师姐有过人之处，只是其他人不知道罢了。"

苏漓心想：我自然是有过人之处的，其他人当然不知道，可是这容隽真人又是怎么知道的呢？

"望舒，你跟师尊时日最长，你可知道师尊为何会选中我？"苏漓向望舒打探道。

望舒犹豫了片刻，方才开口道："师姐，这话我本不该说的，可是你早晚也是该知道……"

望舒的声音低了下去，其余三人面色也逐渐凝重起来。

"其实师尊乃宗主十几年前云游之时收养的孤儿，宗主说师尊天赋惊人，万年罕见，便收为了关门亲传弟子。师尊也确实是万年难见的奇才，宗主说我们蓬莱祖师珈罗真人和一千多年前的那位琅嬛尊者也比不上师尊。可是师尊有个毛病，就是……每月十五之夜，会性情大变，而第二日便会身体衰弱，严重时甚至不能起身。"

苏漓愣了半晌，复又问道："性情大变……是变成什么样子？"

望舒紧皱着眉道："我也不大好说……师尊每月十五、十六两日都闭门不见人，我也不大了解。收你为徒之事，便是师尊昨晚吩咐的，师尊昨晚……"望舒想了一会儿，忽地脸上一红，"我实在说不清，只是师尊师尊看起来确实不似平日。"

苏漓听了许久，也理不出什么头绪，便将这件事放下了，反正来日方长，也不急在一时弄清。

苏漓第二日天未亮便起床了。

这一整夜她也没闲着，打坐炼化凝霜草，让她的灵力又强了几分，已经触碰到炼气四层的门槛了，不过并不急在一时突破，因此见好就收，暂时停了下来。这一夜修行，倒是让她觉得神清气爽，不亚于睡足了一夜。

简单洗漱过后，苏漓换上了昨日望舒送来的内门弟子道袍。蓬莱仙宗内门弟子的道袍和外门弟子不同，内门弟子着白色中衣、蓝色罩衫、长袍广袖，仙气十足；外门弟子则穿着灰色罩衫，布料也要差上一些。七座山门之间的道袍又有不同，分别在衣襟上绣上各自山门的名字，如云雾山便绣上一个"雾"字，空茭山自然是绣了个"茭"字。

苏漓换上这蓬莱唯一一套空茭山弟子的道袍，便往容隽真人所在的飞霜殿走去，到了飞霜殿外时，天刚亮，望舒正捧着茶水要进门。看到苏漓来了，他愣了一下，轻声道："师姐，你来得这么早？"

苏漓笑眯眯道："宜早不宜迟嘛，反正我也醒了。"

望舒微微笑道："师尊应是起了，他每日起身要先饮一盏云雾茶，我送进去便为你通报。"

望舒话音未落，便见门"吱呀"一声开了。

"望舒，你在和谁说话？"门里看不到人，只听到一个清清冷冷的声音从里面传来，只听着声音，便让人想起了冰雪将融未融的水和清辉漫洒的月，分外孤独与凄清。

望舒见门开了，忙压低了脑袋进去："回师尊话，是师姐来了，她在门外等着给师父请安。"

"师姐？哪个师姐？"

"是烨国的苏俏师姐啊。"望舒答道，"是师尊你前日夜里吩咐弟子，入门考核之后要收入门下的啊。"

苏漓正好奇地往门里张望，猝不及防地，一个白衣飘飘的身影便映入了眼帘。

苏漓顿时僵在了原地——她大概明白了望舒对他的敬畏与仰慕，毕竟她活了几千年，似乎也没见过几个这般风采出众的美人儿，最是简单的白衣广袖，在他身上却穿出了旁人远不及的仙人之姿，仿佛昆仑终年不化的雪织成的，没有云锦的柔软，却孤高得让人不敢直视，如瀑长发简单束起，双眉斜飞入鬓，眸似飞星。

苏漓的目光在他脸上游移着，落在微抿着的水色薄唇上，修长白皙的颈项上，一路往下……

"你就是苏俏？"容隽冷冷开口。

苏漓猛地回过神来，低下头去，恭谨地道："师尊在上，弟子苏俏给您请安。"

苏漓刚想跪下行个拜师礼，哪知膝盖一弯，便有一股力量托起了她，清冷的声音随即传来："不忙行拜师礼。"

容隽的声音冷，脸色更冷，苏漓不知道他是不是平时就是这样的冰碴子性格，但就眼前的情形来看，这个师尊是相当不喜欢她——难道是因为刚才眼神太直勾勾、赤裸裸了？

"我虽收了你入门，但你若要真正拜我为师，还需要再经过考核。"容隽说着，背过身去，似乎不耐烦再看苏漓一眼，"这两个月你便先留在空茺山上修行，是否能留下，就看你这两个月的表现了。"

随着脚步踏入门槛，门也"砰"的一声关上了，留下苏漓一脸莫名地站在门外——这绝对是被嫌弃了啊。

虽然也正合她意，但是被人嫌弃总是不怎么叫人高兴的，尤其是被那样一个美人……

苏漓摸了摸下巴，想起容隽的仙人之姿，仍是有些惊艳，一个凡人竟有这般风姿，着实让人惊叹，便是昔日在天界游历，目之所见能比得上容隽的也实在屈指可数。怀苏自然算是其中之一了，不过在苏漓心目中，天上地下芸芸众生，是没有人能与怀苏相比的。

想到两个月的考核，苏漓又有些沮丧了。看样子容隽似乎是对她心存不满，可是那又为什么收她入门呢？到时候如果他又把她赶出去，那她的计划可就泡汤了……

苏漓在门外踌躇了片刻，这才离开飞霜殿，回到小竹轩。

过了半个时辰，望舒也急匆匆赶了过来，一进门，便苦着张脸道："师姐，你可是哪里得罪了师尊，为何他这般生气？"

苏漓一脸无辜："我也不知道啊……我还以为师尊平日里就是这般性子。"

望舒叹了口气道："师尊平日里虽然不与人亲近，但也很少说话这么严厉的。师姐……你以后还是多多小心吧。"

"好！望舒，师尊有什么喜好和厌恶的，你好好和我说一下，我以后注意就是了。"

望舒点点头道："那你可记住了啊。师尊喜欢饮云雾茶、种植灵草灵花，最喜欢清静，不喜欢有人打扰他或者弄出些什么声响来。以前总有女修士爱在半夜吹箫奏琴引他注意，都被他赶得远远的。师尊还讨厌灵兽，飞霜殿左右是不能有灵兽出没的，上一任看管灵兽的道童就是养了只灵犬，结果灵犬不听话跑到飞霜殿，便让师尊连人带狗赶走了。师尊还有洁癖，他的东西你千万不能随意碰，你的东西也别轻易塞给他。师尊说的话你不要质疑，师尊说什么你照做就是了，他最讨厌别人伶牙俐齿顶嘴了。"

苏漓听着听着，暗自叹了口气：看起来挺美一人，怎么毛病就这么多呢？

"哦，对了，过去师尊是每月初十和二十两天在飞霜殿前为我们讲道释疑，至于师尊如何为你安排课业，我是不知道了，不过你可以先跟我们一起听课，到时候再看看师尊的安排吧。"

苏漓嘴上应下了，心里却不大乐观，估摸着容隽是不会另外给她开课了，好在她也不是真的需要师父教导。

"明日卯时，所有新入门修士便要齐聚纯阳殿前，听宗主训示了。一般是由各山门长老领着新弟子过去，你差不多要提前一个时辰到飞霜殿外候着，到时候师尊应该会领着你过去的。"

苏漓呵呵干笑道："希望如此吧……"

怎么感觉不太妙呢……

这一天，没人搭理的苏漓在空芨山上逛了一圈，大概了解了一下自己的生活环境，在后山看到了正给灵草施肥的童潜光，便停下来跟他打了个招呼。

"师弟，这些便是师尊种的灵草吗？看起来长势很好，想必你费了不少心思啊。"苏漓衷心赞了一句。

童潜光面带得意，笑着说："这是自然，我可是每天天不亮就去灵河上游挑水来灌溉的，还要每天唱歌给他们听呢。你不知道啊，优美的歌声对灵草的长势帮助极大！"说着便放声唱了起来。

苏漓听了一耳朵，便称还有事赶紧走了——那些灵草居然能在这样的歌声里长得这般丰茂，果然是人杰地灵……

半山处，张寒正给几只灵兽喂食。见到苏漓走来，他不禁脸上一红，有些局促地擦了擦手。

"师姐。"张寒微微低了头，轻声喊了一句。

苏漓微笑道："师弟不必见外，想必你还比我长几岁呢。"

张寒淡淡一笑："修行界无年龄之分，师姐是师尊的弟子，我们却是未入门的，不管几岁，都要叫您一声师姐。"

"好吧好吧。"苏漓便从了他的意思，说道，"听说师尊不喜欢灵兽，怎么还留着这几只在山上呢？"

张寒答道："这几只灵兽已经在山上养了几十年了，师尊说他是后来者，虽然不喜欢灵兽，却也不能将它们赶出家园，便让我养着它们终老，只是不能越过这半山往上。"

听张寒这么说，苏漓对容隽的看法倒是有了一些改观，他似乎也不是那么不近人情啊……

正说着，一只孔雀走了过来，啄了一下张寒的手，似乎对他停止了喂食有些不满。张寒朝苏漓笑了一下，道："师姐你自己看看，我还得先忙着，就不招呼你了。"

"没事，你忙你的吧。"苏漓不以为意，笑了笑。

张寒背过身的时候，苏漓便朝那些灵兽眨了眨眼，那几只灵兽像是心有所感，都朝苏漓看了过来。不知道为什么，它们竟都微微弯下了脖子，像是行礼一般。张寒正低着头舀饲料，便错过了这一幕。

这一日转眼便过，第二天一早，苏漓便准时候在了飞霜殿外。眼看着时辰一点点逼近卯时，而飞霜殿内那位毫无动静，苏漓也有些无奈了：看样子他是不准备带她去纯阳殿了啊……

望舒抬头看了看天色，也有些替苏漓着急，忍不住开口提醒了一句："师尊，快卯时了呢。"

"卯时？有什么事吗？"容隽正饮着茶，听望舒这么一说，他动作顿了一下，抬起头问道。

"师尊，今日卯时，各山门长老要带新弟子到纯阳殿前拜祭祖师呢。"

容隽沉默了片刻，眼神淡淡地往外扫了一下。

今日苏漓来得和昨日一样早，从她一踏入飞霜殿，容隽便知道她来了，但他实在没有心思看到她。突然多了一个弟子，还是女弟子，这让他烦躁得很，昨日的修行进展也不大。

他突破元婴九重已有些时日了，但是始终触碰不到法相的门槛。宗主说法相之境，最重要在于心境与神魂的大圆满，更重要的是一点契机，不能急于求成，但是这契机如何寻，便是宗主也说不出个头绪，更是让他十分茫然。

见容隽依然没有动作，望舒忍不住又说了一句："师尊，其他六个山门的长老，可是一个时辰前便都赶往大殿了呢。"

新弟子之中能达到筑基后期御剑飞行的仍是极少数，长老一人也不可能带着那么多弟子飞行，因此须得提前许多时间出发，幸好新弟子大多数都有筑基修为，行走起来脚下生风，却也是极快的。但是苏漓不过是炼气三层的修为，此时再过两刻钟便到了卯时，让她走过去也是来不及了……

望舒对苏漓印象非常好，因此也不希望苏漓出事惹得宗主长老们厌弃，这才冒着被容隽责罚的危险多说了几句。

容隽眉心微蹙，终于还是站起身来，向门外走去。

苏漓早已等得不抱希望了，忽然见容隽走了出来，不免有些惊诧。

容隽指尖微动，便有一道虹光自袖口飞出，落到苏漓跟前，却是一柄品质绝佳的仙器飞剑，上面用上古文字刻着"夷光"二字。

"站上去。"容隽冷冷说道。

苏漓心领神会地站了上去，那飞剑离地两尺，剑身两寸有余，苏漓倒是站得极稳，不禁让他有些惊诧。炼气三层的修士，应该是没有任何御剑的经验的，第一次御剑便能如此淡定，实在有些罕见。

但容隽也不会多说什么，足尖一点，人便腾空飞起，御风而行。修士一旦突破元婴修为，便可御风而行，无须再借助外物。此时晨风微凉，东方拂晓，容隽双手负于身后，衣袂翻飞，三千青丝随风轻扬，恰如仙人羽化飞升，让苏漓不禁看得有些走神。

却在这时，夷光剑一个急转，苏漓心神不定，立刻被甩出剑身，一脚踏空。容隽正在她左前侧，她来不及思索，一把便抓住了触手可及之物，那物入手柔滑，却是容隽的衣袖。容隽所着衣衫布料自然是最好的，这一抓并未将衣衫撕烂，却将容隽的袖子整个拉了下来。

苏漓看了看脚下的高山，道了句："好险……"

然而一抬头，她却看到了容隽黑得不能再黑的脸，还有露了半边的锁骨与肩膀。

"说出来你可能不信……"苏漓眼神游移着，不知道该往哪里看，红着脸道，"我真的不是故意的。"

第六章

昆仑血玉

　　容隽冷哼一声，右手一抬，苏漓便被抛了上去，夷光剑像是有灵识一般，飞到她身下接住了她。

　　这一次，容隽什么都不说，只是沉着张脸，往前又飞了一段距离，离苏漓足足有十丈之远，这回苏漓是怎么都不可能抓到他了。

　　苏漓捂着脸想：如果容隽本来对我没有好感的话，现在应该满满都是恶感了吧。我这一下是碰触到他多少条禁忌了？

　　不过方才那一幕，还是挺养眼的啊……

　　可惜怕被容隽甩下去，她也没敢多看。她现在到底还只是个凡人，真从那么高的地方摔下去，肯定是死得透透的了，更怕的是没死被救回来，半死不活过一辈子……

　　如此这般，一个心怀忐忑，一个满脸阴沉，师徒两个在卯时的最后一刻赶到了纯阳殿前。

　　殿前三百五十个新弟子，还有许多内门弟子和长老们齐齐仰头，看着姗姗来迟的两人。

　　云雾山长老笑着道："我还以为你们不来了呢。"

　　容隽淡淡道："拜祭祖师之日，容隽不敢不来。"

　　苏漓跳下夷光剑，朝几位长老行了个礼，就往最旁边的队伍跑去。

这一路跑，引来一路不满的目光。

想他们这些新弟子，都是天没亮就要赶山路的，虽然是筑基期的修为，但也要跑一路才能赶到纯阳殿，哪像苏漓这么爽，乘着飞剑最后一刻才来，好像所有人都等着她似的，偏偏她还是修为最低、灵根资质最差的人，这就更让人愤愤不平了。

好在苏漓心胸广阔，倒也没将这些不满的眼神放在心上。

苏漓站在空芒山的弟子队伍旁，刚站定，便听到钟声响起，古朴苍凉的钟声响彻上空，顿时所有的声音都静了下去，直到钟声停下，仍有余音不绝。

宗主领着七位长老，向着纯阳殿的方向一拜："恭请祖师！"

所有弟子跟着拜倒："恭请祖师！"

余音中，一尊女子虚像在半空浮现，女子看起来不过双十年华，眉眼温柔，笑如春风，让人心生亲近之感。

宗主与长老们又是一拜，朗声道："再请先贤！"

弟子们也随之拜倒："再请先贤！"

这一次，又浮现出了四尊虚像，两男两女，分别列于珈罗真人左右。

宗主代表所有人，在虚像前插上三炷灵香，然后转身面对众人道："都起身吧。"

待众人都站定，宗主又道："我们蓬莱仙宗传承近三千年，得以繁荣至今，便是因为有祖师与众位先贤打下坚实基业。尔等今日入门，拜祭祖师与先贤，一为心存感恩与敬畏，二为见贤而思齐。蓬莱之壮大，非一人之功，乃万万人之功，无论尔等日后能成就何等修为，只需心存进取与向善之心，一不愧天地，二不愧自身，便是对蓬莱最大的回报了。"

弟子们心生感动，齐声道："谨遵宗主教诲！"

宗主微笑着点了点头："你们眼前这五尊虚像，乃我们蓬莱仙宗开宗立派以来最为杰出、贡献最大的人。当中一人，乃祖师珈罗真人，是她发现了这一方世界，又广收门徒，才有了蓬莱仙宗的雏形。而后便是靠着几位先贤的努力，才将蓬莱仙宗不断壮大，成为大荒四大宗门之一。

"这第一位，便是珈罗真人的亲传弟子，七十二贤人之首的怀素真人。珈罗真人英年早逝，是怀素真人扶大厦于将倾，团结众弟子，守住了蓬莱仙宗，不让邪魔外道侵占。可惜，怀素真人最终为了守卫蓬莱，与入侵恶人同归于尽，却也因此保住了蓬莱的基业。"宗主说着，深深弯下了腰，向怀素真人鞠躬。

苏漓心生感慨，当年她一度以为怀素是怀苏的转世，可惜始终找不到痕迹，后来便放弃了。但怀素像极了怀苏，她便也爱屋及乌，待他极好，想必也是因此让萧白对她生出了怨怼吧。

宗主接着介绍第二位道："这第二位先贤，琅嬛尊者，乃一千五百年前蓬莱仙宗最为强大的一位修士，至今也无人能够超越。她十六岁时拜入蓬莱门下，入门之时便是筑基大圆满的修为，入门当日，一夜突破神通境，十八岁那年突破元婴，二十二岁便成就法相，八渡天劫，可惜第九次渡劫失败，灰飞烟灭……"

二十二岁的法相，放眼整个大荒，三千年来，只怕也数不出一掌之数，最重要的是渡了八次天劫，只差一次便可飞升上界了……不周山之战后，便再没有人飞升过了，九劫尊者，应当是最强修为了，可惜也是徒劳。

宗主应该也是有些感慨，停了好一会儿，才接着说道："三月之后，也就是十月初一，琅嬛古地的外围秘境便会开启，届时，所有内门弟子都有机会前往古地探索。琅嬛尊者在世时搜罗了不少天材地宝，收藏于古地之内，她离世前曾留下话，留与后世有缘人。琅嬛古地三年开启一次，所有蓬莱弟子都可以前往探索，能得到什么便各凭机缘了。不过古地内也有凶险，到时候大家还需相互扶持，不可一味争抢。"

九劫道尊的传承啊……

所有弟子听了都是两眼放光，苏漓斜睨一眼，有些好笑地想：你们想也没用，那些都是我的！我的我的我的！那是第五世的我，留给未来的我的！

是的，琅嬛尊者就是苏漓的第五世。她那一世活得战战兢兢，一边修行一边囤宝物，总寻思着哪怕这一世用不上，就留着给以后的自己吧，所谓的有缘人，便是她自己了。

琅嬛俗家姓孟，出生于南方一个大国的商人家，十三岁时觉醒了记忆，便开始偷偷修行。直到蓬莱仙宗开始收徒之时，她才大放异彩，一路过关斩将，拿到了前往蓬莱的考核名额。微霜林考核之夜，她独自一人潜入了小白所在的结界内，一夜之间炼化无数沁灵霜，突破神通境，之后的修行更是毫无阻滞，直到死于雷劫。

琅嬛为人处世极为谨慎小心，从突破元婴开始，便一边修行一边给自己修坟，但凡得了宝物都放入坟墓之中，称为陪葬。当时许多人都知道琅嬛极为贪财爱宝，因此有求于她的、想结交她的，莫不是捧着重宝而来。琅嬛自身更是天赋超绝，自创无数极品功法，只不过她从来不收弟子，功法只用来交易各种天材地宝。

琅嬛死后，琅嬛古地便封了起来，最外层的结界是她末次渡劫前加固过的，九劫道尊布下的结界，这世上也没有几个人有能力破开。但是这个结界每三年便会开放一次，元婴以下的修士都可以入内探索，其中危机重重，但也有不少宝物，功法秘籍、灵药仙草，总有有缘人得之。即便没得到宝贝，琅嬛古地的灵气浓度也是远超外界，在里面修行也是大有裨益。因此，琅嬛古地每三年开放一次，对蓬莱仙宗来说都是一次盛会。

其他宗门的修士倒是也想分一杯羹，只不过琅嬛尊者乃蓬莱修士，而且琅嬛古地尚在蓬莱仙宗统御范围内，其他宗门也只好悻悻罢手。

苏漓这番费尽心思挤进蓬莱，为的就是琅嬛古地的秘宝。琅嬛古地最核心的区域只有她一个人知道怎么走，她相信这一千五百年应该没有人进去过，她的宝物还在那里闪闪发光等着她。想到这里，她不禁扬起嘴角，露出一丝志在必得的微笑。

此时宗主已经介绍完另外两位先贤了，都是琅嬛陨灭几百年后才出现的尊者，也都是历劫过的法相尊者。不过这两位不像苏漓前两世那么短命，天赋也没有那么高，都是脚踏实地，慢慢修行，八十岁才突破法相，活了三百岁才寿终正寝。

凡人一旦突破法相，想再进阶，便可自引天雷淬炼法相，这雷劫一共九次，一次强过一次，若能撑过九次，则法相凝为实体，肉体归于尘土，以法相之身飞升上界。如果自认无法渡过雷劫，即便安于现状，也可活个两三百年，肉身老朽，法相寂灭，重归轮回。

苏漓却是不甘心落个这样的结局的，所以一次次地修行，一次次地死于非命，只可惜本以为足够小心了，却还是人算不如天算。

介绍完诸位先贤，宗主广袖一挥，五尊虚像便消失无踪。

"今日大典之后，尔等便正式拜入蓬莱门下了，以后当勤勉自律、敬爱师长、团结互助。我们蓬莱仙宗一共有七位长老，每旬一至七日，七位长老轮流在大殿讲道一个时辰，为大家答疑解惑，主讲内容自然跟长老们所修功法相关，不过即便与你们的功法属性不同，你们也可过来听课，相互印证，方有所得。其余时间，便由各山门自行安排修行时间。你们每人会得到一枚玉牌，滴血之后认主，此物可门内通信之用。"宗主话音刚落，便见数百枚玉牌自袖中飞出，落到每个修士跟前。

苏漓拾起玉牌放入腰间。

"明年便又到了周山论法之期，新入门弟子可能还没听说过，这周山论法乃修行界的盛事，由四大宗门联合举办，推举各派优秀弟子参与辩法和斗法，胜者不但可以扬名大荒，更能获得圣品灵丹和仙器。周山论法分为两场，二十岁以下神通境修士一场，三十岁以下元婴修士一场，每个宗门派出二十位修士，届时抽签对决。这一次论法不仅事关你们个人的荣辱得失，也关系到未来数十年四大宗门的势力划分和资源分配，因此我希望诸位都当勤勉修行，全力以赴！"

其实对于这里大多数弟子来说，能入选神通境前十名已是极难，元婴更是不用说了，但听到宗主这样语重心长的期盼，众弟子也不禁挺起胸膛，生出一股气魄与责任感来。

几位长老和宗主的目光都忍不住从余长歌和苏允凰身上扫过。这一次的考生，就数他们二人最为出色，在俗世资源贫瘠的地方都能修习得到这般成绩来，他们毫不怀疑有了蓬莱仙宗的全力栽培，到明年论法之时，两个人不但能突破神通境，只怕神通后期也是大有可能的。

大典结束后，各位长老似乎还有要事商讨，便放任新弟子们自行活动一日，熟悉蓬莱仙宗各地。内门玉牌内记载了不少东西，有蓬莱仙宗的门规、地图，还有大荒异闻、博物，对于一些偏远小国来的修士来说，其中记载可谓闻所未闻，让人大开眼界，他们兴奋得不愿释手，只怕这玉牌就能让他们玩一年。

对苏漓来说，无论是蓬莱仙宗还是这玉牌，都是熟得不能再熟的东西，因此，她扫了两眼，看了下一千多年来的变化之处，就放下了。

其他山门的弟子经过这两日熟悉大都已经结伴离开，只有苏漓是一个人，看着甚是孤独无趣。容隽随着几个长老进了大殿，根本没有搭理她半句，显然怒火未消，苏漓也就识趣，不去找白眼受了。苏漓正想独自回山时，忽然听到一个熟悉的声音喊她的名字，回过头便看到苏允凰朝她走来。

苏允凰的长发绾在脑后，编成简单的发髻，然后用一根白玉雕成的凤钗固定住，看起来素净却不失优雅。她这一路走来，引来不少男修士侧目，眼中或惊艳或仰慕。

"妹妹，没想到你竟真的入了蓬莱仙宗。"苏允凰说着忍不住微微笑了一下，"三皇子同我说起时，我还不大相信，直到此刻见了你。"

"这大概是我运气好吧，不过也不知道这好运能撑多久，我看容隽真人好像不大喜欢我，只怕没多久就要将我逐出蓬莱。"苏漓无奈地耸了耸肩。

"应该不会吧。"苏允凰犹豫了一下才道，"只要你不违反门规，他是没有理由将你逐出蓬莱的。"

"希望如此吧。"

"听说空茺山上只有你一个弟子，如果容隽真人对你心存偏见不肯教你的话，你不如来云雾山与我一同修行。"苏允凰好心提议道。

苏漓笑着婉拒："那倒是不必了，我基础差，与你修行的方式也不同，我和你一起修行，于我未必有多少好处，更怕是要拖累你的。纯阳殿每日一个时辰的讲道，就足够我学习好久了。"

苏允凰听她这么说，也不再强求，但是仔细一看，不出得愣住了，惊讶地道："不过三日不见，你竟从炼气一层突破到三层了？"

苏漓见瞒不过她，便编了个谎言道："大概是我基础差，所以进境快吧，加上容隽真人赐了我几粒丹药，这才接连突破。"

炼气前三层确实突破较快，苏允凰自己便是一日破三层，因此听苏漓这么说，她倒也没太怀疑，反而有些释然："如此说来，容隽真人也未必是真的厌恶你，否则也不会赐你丹药了。我方才听师尊说，入门弟子可到众星殿领取一份丹药，你和我一同去吧。"

苏漓欣然答应。

众星殿便是主管丹药的地方，内门弟子每个月都有灵药份额，每月一日到七日，各山门轮流领取。众星殿不远处是听音楼，因旁边一道小瀑布得名，却是个发布任务的地方。蓬莱仙宗那么多人，自然不可能白白养着，内门修士一旦踏入神通境便要回馈宗门，每月上交二十块龙晶石，若是没有能力上交，便要到听音楼领取等额的任务完成，否则拖欠超过三个月，便会被逐出师门。如果有能力多接几个任务，那么赚到的龙晶石便以积分计入玉牌内，可换取丹药或者武器。主管武器的飞虹殿却在另一头，需要走上许久。

两人到达众星殿时，门口已经排起了长队，目测也有一两百人。苏允凰皱了一下眉头，想说一会儿再来领，却不料一个看起来年长些的修士小跑着过来，对苏允凰笑道："这位可是云雾山的苏师妹？"

苏允凰迟疑了一下，点了点头。

"我是本月负责众星殿事务的修士王安之,师妹可以叫我安之。"王安之笑得十分殷勤。

苏允凰淡淡见了个礼,道:"见过王师兄。"

王安之有些失落,却还是笑着说:"之前已经有人吩咐过我,若是苏师妹来了,便直接引你进后殿,师妹请随我来。"

苏允凰眼中闪过一丝了然,看了苏漓一眼,对王安之道:"这是我的妹妹,便劳烦王师兄代为照顾了。"

王安之看了看苏漓,有些诧异,却也没多说什么,笑着对苏漓说:"这位师妹,麻烦你将玉牌交给我一下,我帮你领了丹药来。"

苏漓笑着将玉牌交了出来。

苏允凰随王安之往后殿走去,苏漓便站在原处等着,本想着不过片刻的事,没想到苏允凰刚走,便有人过来找她麻烦。

三个有些面熟的修士一边朝苏漓走来,一边不怀好意地说笑道:"这不是我们这届运气最好的女修士吗?"

苏漓看了一眼,想起来这三人是古华国的修士,刚入蓬莱的时候便出言不逊找过他们麻烦。

真是不得清静,我不惹是非,是非偏爱惹我——苏漓在心里叹了口气,转过了头,不想搭理那三人。那三个修士见苏漓这般,顿时有些恼火。

为首一个略壮实的男修士眼神有些猥亵地扫了苏漓两眼,用轻慢的语气说道:"看着倒是有几分姿色,不过比苏允凰差远了,容隽真人该不会是看上了苏允凰,求而不得才选了你吧?"

另外两人配合地笑了几声,其中一个瘦高个子接道:"谁知道他们私底下有什么交易,你之前没听到他们说过吗?早在月前,容隽真人就破例给了她考核名额了,我看啊,这根本不是运气的问题。"

"考核的时候估计也是作弊了,否则以她炼气一层的修为,怎么可能连过两关……等等……她现在是炼气三层了吧,这不是才三天……"

　　那男修士的话引起另外两个人的注意，三人同时瞪大了眼睛，将苏漓瞧了又瞧，恨不得将她看出个窟窿来。

　　"怎么可能，才短短三天，就连破两层？是了！一定是容隽真人给了她什么仙丹灵药！"瘦高个子揣测道。

　　三人的眼神便忍不住流露出十分的嫉妒。

　　苏漓百无聊赖地打了个哈欠，全然没将三人的诽谤放在心上，一副浑不在意的模样让二个男修上更加恼火。

　　"你这什么态度？瞧不起我们是吗？"为首的男修士恼怒地上前一步，逼近苏漓。

　　苏漓懒懒地掀了掀眼皮，看了一眼这男修士，轻笑一声道："既然你诚心诚意地问了，那我就好心告诉你，是啊，我就是瞧不起你们！"

　　"你！"三个男修士被激得灵力紊乱，头发都激荡起来，高声道，"你别太嚣张！不过是个炼气三层的修士，真当我们不敢揍你吗？"

　　苏漓笑吟吟地道："你们先来惹我，反而说我嚣张，古华国的修士都脑子有疾吗？我怕你们揍我吗？有本事来啊，还手我就不姓苏！不过好心提醒你们一下，门规第十三条，竞技场之外私自动武，罚外门苦役三个月，凌虐同门则永远逐出师门，你们这是打算来蓬莱几日游啊？"

　　"你你你！"三个男修士气得满脸涨红，捏紧了拳头又不敢砸下去。

　　苏漓笑得十分欢畅，说："怎么，不敢打吗？也对，我可是空葰山唯一的弟子，容隽真人的心头肉，苏允凰的亲妹妹，我运气多好啊，我修为低又怎么了？我有靠山啊！我知道你们嫉妒我，可是啊，我就是喜欢看你们嫉妒我想打我又不能奈何我的模样！气死你们！哈！哈！哈！"

　　一个男修士猛地喷出一口血，仰面向后倒下，左右两人忙扶住了他，大声喊道："师兄！撑住啊！快快快！拿救心丸！"

　　苏漓愣了一下："原来不只脑子有疾，心脏也有病啊，浑身是病还出来当什么反派啊？"

苏漓背着手，看两个修士手忙脚乱地从那倒地的男修士身上找了个瓷瓶出来，倒出两粒丹药塞入他口中，又是拍背又是顺气，那男修士总算缓了过来。

"你们这是怎么回事？"一个又冷又硬的声音从后方传来，苏漓转了头看去，便看到一个高大挺拔的身影朝自己这边迈了过来。

也不见他走得多快，可一转眼便到了眼前。苏漓上下扫了两眼，心想：腿长真好。

来的也不算是陌生人了，正是有一面之缘的余长歌。

两个还醒着的男修士见了余长歌，脸上闪过一丝敬畏，旋即对苏漓怒目而视，指着苏漓的鼻子骂道："余师兄，这个女修士欺辱我们，还把谭师兄气晕了！"

余长歌的眼神锐利，被他的目光锁定时，便会不觉紧张忑忑起来，明明不过是十八岁的少年，身上却有一种历经世事的沧桑感。以苏漓阅尽三界美色的经验来说，余长歌面容刚毅，五官深邃，宛若刀削斧凿，也算是一个美人了，只可惜气息太冷太硬，浑身上下一股生人勿近的气质，连跟他一个国的修士都惧怕他，更何况其他人。

此时余长歌听了那两个修士告状，眼神从那晕倒的修士身上扫过，便落到了苏漓身上。

苏漓冲他笑了笑，说道："他们说得对。"

余长歌挑了一下眉梢，似有些诧异。

"我看到他们三个人落了单，便冲过来找他们麻烦，大喊一声'不许动，你们被我包围了'，我都还没出力呢，那胖子就吓晕了。"苏漓笑吟吟地迎着余长歌的目光，不露丝毫惧意。

听苏漓这么说，那两个修士脸上一阵红一阵青，嗫嚅着："才不是这样……"他们辩白无力，甚至说不下去了。

三个筑基修士被一个炼气三层的修士欺辱了，这话说出去谁也不会信，若说是真的，那似乎更可耻，可是谁又能想到一个女修士嘴巴这么毒呢？

余长歌目光冷了一下，道："够了，把他抬回去！还当蓬莱是古华国吗？收起你们的性子！以后再让我看到你们惹是生非，休怪我无情！"

两个修士委屈地低下头，道了声"是"，便合力将那谭师兄抬走了。

那三人走远了，余长歌却没有要走的意思，转过头毫不掩饰地盯着苏漓，竟不怕尴尬。苏漓摸了摸自己的脸，好奇地问道："你看我做什么？"

余长歌说："你，很好。"

苏漓微微一愣，随即笑着道："你倒是很有眼光。"

余长歌说："第一次看到狐假虎威还这么理直气壮的。"

苏漓被噎了一下，微退半步，双手环胸打量着余长歌："原来刚才发生的事，你都看到了啊，那干吗还装作不知情的样子？"

"想看看你还能干出什么事来。"余长歌诚实地说。

"看不出来你还是个有好奇心的人。"苏漓失笑摇头，"真不知道哪里惹了你们古华国了，怎么就爱找我麻烦呢？你约束好他们吧，不然下次我也不知道自己会干出什么来。"

余长歌觉得挺有意思，一个炼气三层的女修士居然在警告他？可他居然觉得对方不是在开玩笑，她好像真的自信有能力解决这些麻烦。她哪里来的底气？是因为容隽真人，还是因为苏允凰？

"依靠他人终究是旁门左道，修行残酷，只有依靠自己的实力才是正途。"余长歌淡淡扔下一句忠告，转身便走。

苏漓余光一扫，脸色顿时大变，不假思索地伸出手去拉住了余长歌："你站住！"

余长歌停下脚步，低头看向自己被抓住的衣袖，忽然感觉腰间被人扯了一下。

苏漓紧紧抓着从余长歌腰间扯下来的玉佩，目光死死盯着那玉佩——没错，是那枚玉佩，连缺角都一模一样……

"这玉佩，你是哪里来的……"苏漓的声音带上了一丝自己都没有察觉的颤抖和惊恐。

余长歌目光微沉，反手将玉佩夺回。

"无可奉告！"余长歌说罢，御剑而去，留下苏漓一人待在原地，怅然若失。

那玉佩通体血红，触手却如寒冰，本是价值连城的昆仑血玉，却因为左下角缺了一角而让人感觉分外惋惜。

苏漓还记得，当年那人满心欢喜地捧着这块血玉来到她面前，说是血玉能治好她的心疾。她冷着脸推开了他的手，血玉从他掌心滑落，摔在了又冷又硬的地面上。他急忙扑过去捡了起来，额头被桌角撞出了血，他也浑然未觉。

苏漓强忍着别开眼，逼自己用最冷漠的语气说出最伤人的话："我孟琅嬛是要修行成仙的人，你不过是个没有修行资质的凡夫俗子，还妄图攀龙附凤吗？你我之间的婚约从此作罢，你也别再来找我了，我明日便启程去蓬莱，你我今生不必再见了！昆仑血玉，我消受不起，祝你早日另觅得良缘！"

那时候，她已经被天道折磨怕了，一次又一次死在最信任的人手上，她决定谁也不信，谁也不爱，不成亲，不收徒，断情绝爱，所以从她恢复记忆之日起便下定决心退婚，哪怕那个青梅竹马的小哥哥看起来并没有伤到她的能力。她是不世出的奇才，而他却是半点资质也没有的文弱书生，唯一有的大概就是对她的一片心意，却被她狠狠摔碎在地上。

此后很多年，那便成了孟琅嬛的心魔。

那是她自己一手造成的。

世人只知道琅嬛尊者一生断情绝爱，不惹尘埃，却不知道她心上一直住着一个人，因为对不起，所以忘不掉。

世人只知道琅嬛尊者死于第九次天劫，却不知道她终究还是死在了命运的手里，那是她一手给自己种下的劫。

是她的无情把傅行书逼成了魔。

他不再是回忆里春风化雨的动人模样，只是看着她的时候，血红的双眼里依稀可见昔日的柔情与宠溺。

是她的错，害他成了魔。

那一次雷劫，不是她的，可是她代他受了。

直到最后，她才知道自己还是输给了天道，傅行书就是逐渊，她逃不开，避不了。

可是余长歌……他为什么有傅行书的血玉？他难道是逐渊吗？

苏漓与苏允凰道别后失魂落魄地回了空苳山，天色已经不早了。容隽早已回了飞霜殿，门扉紧闭，对苏漓不闻不问。

望舒小心翼翼地问苏漓："师尊为何生气了？"

苏漓耸了耸肩说："他哪日不生气？"

望舒觉得苏漓说得很有道理，便不再追问了。他从怀里抽出一本书来，塞给苏漓，苏漓低头看了一眼封面，见上面写着《琅嬛尊者传》。

望舒解释道："三个月后便要去琅嬛古地探索了，我想这本书对你应该有些用处。我听之前的师兄师姐说，琅嬛古地有时候会有一些谜题，都涉及琅嬛尊者的生平，旁的我也帮不上你，就只能帮你找这本书来了。"

苏漓抓着书的手紧了紧，朝望舒露了一个笑脸："谢谢你了，我晚上会看的。"

望舒见苏漓笑了，这才心满意足地离去。

空苳山上的人，除了容隽，大家都对她挺好的，可是她并不那么希望别人对她太好，因为她已经无福消受了。

苏漓在屋里点了盏灯，百无聊赖地翻开了这本书。

扉页便是一个飘飘欲仙的绝代佳人，只是眉眼稍显冷漠孤傲。

孟琅嬛原来不是这样的人，没有人比苏漓更了解她。

书上说孟琅嬛生于南方赵国的一个大商人家里，看似商户千金，实际上，她过得并不好。

赵国临着东海，孟家便是赵国通州势力最大的海商。海上走船的人最是迷信，觉得女人不吉祥，通常出海的话，是不让女人上船的。孟琅嬛的母亲是东海上一个小国的渔女，生得极美，被人唤作珍珠。孟琅嬛的生父孟冬青是孟家的嫡子，出海的时候邂逅了珍珠，二人相知相爱，来不及告知父母，便草草成亲。珍珠怀孕七个多月时生了重病，岛上的大夫医术有限，孟冬青便执意将她带回赵国，领着心腹团队二十人，驾着一艘快船离开了海岛。

然而他们却遇上了大风暴，整船人几乎全军覆没，孟冬青凭着过人的水性和求生意志，紧紧抓着一大块木板，让珍珠趴在木板上，他游了两天两夜，他们才靠了岸，被人救起。

受此劫难，珍珠早产生下了女儿便撒手人寰，而孟冬青也只来得及看一眼襁褓中的女儿，便随着妻子与世长辞。当孟家人赶到时，看到的是孟冬青夫妇和最得力手下冰冷的尸体，以及一个巴掌大的女婴。

正因如此，这个世界迎接孟琅嬛的，便是一双双仇恨的眼睛。是她带来了这些灾难与死亡，她就是不祥的代表。从此，她被扔进了孟家最角落的柴房里，被一个姓赵的老妈妈带着，艰难而坚强地一日日长大。

那时候她还不叫孟琅嬛，因在族中排行第五，所有人都叫她小五。直到有一天，一个姓傅的贵人找上门来，说与孟冬青乃八拜之交且约定结为儿女亲家。那是孟小五第一次看到傅行书，十一二岁的模样，由着孟家人打量，他却落落大方地微笑着，朝躲在人后的她轻轻点头，没有嫌弃，也没有仇恨。

后来她才知道，傅行书的父亲傅临本是当朝尚书，因父亲过世而丁忧回乡，曾在水上遇到贼寇，幸逢孟冬青搭救，二人便结拜为兄弟。当时孟冬青见傅行书年纪小小便聪慧稳重，而珍珠又有了身孕，便起了心思，约定珍珠若生女儿，便与傅家结亲。傅临见孟冬青豪气干云，侠义满天，而珍珠温柔美丽，便立即同意了，甚至为珍珠腹中孩儿取名琅嬛。

五年后，傅临左迁通州，便领了傅行书上门拜访，怎料孟冬青夫妇早已过世，而留下的独女穿着一身皱巴巴、不合身的破衣服，小脸上写满了惊慌与恐惧。傅临暗自叹了口气，问傅行书："你看到那个女孩子了吗？我与她父母曾为你们定下口头婚约，可如今她父母双亡，你可还愿意接受这份婚约，娶她，照顾她？"

傅行书稚嫩的脸上显露出一丝不合年龄的刚毅："父亲，你我读圣人书，当知君子一诺，言必有信。昔日孟叔叔于我们有恩，如今他的孤女落难，我们岂能见死不救？琅嬛年纪尚小，且不谈婚嫁，但父亲若不伸出援手，只怕她难以活到成年，还请父亲帮她！"说罢深深一揖。

傅临深知傅行书的善良与固执，他轻叹了口气，点头同意了。

于是孟家上下都知道了，那个克死了父母的扫把星，瘦弱得像随时要死掉的孟小五成了通州知府的儿媳妇，只等年满十六岁，傅行书便要娶她过门，而她也终于有了一个正式的名字，叫孟琅嬛。

孟琅嬛被人从柴房里接了出来，带到了傅行书面前，她瑟缩着，盯着自己的脚尖，不敢抬头，不敢上前。祖母推了她一把，说："这是傅家的公子，以后便是你的未婚夫了。"

她太小了，根本不知道未婚夫是什么意思，只感觉傅行书笑起来的样子很温暖，从来没有人那样对她笑过，他就像她梦里梦到的那个神仙，又温柔又耐心。他经常来孟家探望她，给她带各种有趣的小玩意，都是她从没见过的东西。那时候，她一天里最开心的事便是傅行书的到来，她对他缓缓卸下了心防，生平第一次有了活着的感觉，很温暖，很幸福。

七岁的时候，她开始跟着傅行书念书，天刚亮他便到孟家接她上学。两人乘着一辆马车，她揉着睡眼一顿一顿，歪倒在他怀里睡去，口水沾湿了他的衣裳，他却丝毫不恼，反而怕惊扰了她的梦。

他握着她的手，教她写字，教她弹琴，她的手指被琴弦割伤了，疼得眼泪哗哗，他心疼地捧着她的手吹了又吹，给她擦眼泪，帮她上药。孟琅嬛忽然想起小时候，自己被门狠狠夹了手指，却一声不吭，一滴泪也没流过，为何长大了反而变得脆弱了？

看着傅行书心疼的样子，她有些甜蜜地想，原来是因为知道有人疼惜，所以才会委屈，才会脆弱。

她十三岁那年，傅行书上京赶考，她哭着在后面跟了十里路，别人怎么拉都拉不回来，她哭得肝肠寸断。最后，傅行书跳下了马车，一把抱起了她，说："嬛嬛不哭，我带嬛嬛一起去。"

她抱着他又哭又笑，在他怀里睡去，也紧紧抓着他的衣服不肯松手。傅行书脱下她的鞋子，见她白嫩的小脚磨出了许多血泡，他红着眼眶给她上药。一路上京，他抱了她一路，不肯让她下地走。

客栈里，他将她安置好便回了房，她却半夜偷偷跑上了他的床，穿着薄薄的中衣钻进他的被窝里，害他满脸羞红。

"行书哥哥，我和你睡好不好？"她可怜巴巴地望着他，小手紧紧攥着他的衣襟。

"不行，这于礼不合！"傅行书拒绝。

"可是，夫妻不是本来就该睡在一起的吗？"她固执地往他身上贴，"我不是你的未婚妻吗？"

"我们还没有成亲！"傅行书有些崩溃，他比她大了整整七岁，二十岁的男子，哪里经得起心上人这般厮磨？

"那我们成亲好不好？"她咬了咬下唇，有些难过地抽了抽鼻子，说道，"他们都说行书哥哥去京城参加会试，是要中举当大官的，行书哥哥这么好，会被京里的大官们看中抢去当女婿，我年纪小，长得普通，没有父母，又有心疾，到时候行书哥哥一定不会要我了。"

"是谁胡说八道！"傅行书气得骂了一句，看着琅嬛一副生怕被遗弃的可怜模样，心里又疼又酸，"别听他们乱说，我不会不要嬛嬛的，嬛嬛是我心目中最美的姑娘，只是嬛嬛年纪还小，等嬛嬛十六岁了，我们就成亲，好不好？"

琅嬛不大情愿地"嗯"了一声，往他胸口贴近了些许，这一次，他没有推开，反而轻轻拍了拍她的后背。

那一夜她便在傅行书怀里睡去，听傅行书说了很多很多话。他说他会考取功名当上大官，风风光光地娶她；他说等他到了京城，会找最厉害的神医医治她的心疾；他说他一生一世都只喜欢嬛嬛一人，绝对不会变心……

琅嬛当然相信他。

可是有一天，她突然不是琅嬛了，她成了苏漓。

那一日，他高中状元，年轻俊美的公子盛装游街，多少姑娘向他抛出了鲜花与媚眼，他只在人群中寻找他在在乎的那个身影。

苏漓远远站着，神色复杂地看他走远，然后头也不回地离开。

第七章

天道安排

她留下一封简短的信，说回了通州，让他不用找她。其实她没有回去，恢复了前世记忆的她，自然知道自己所谓的心疾并不是病，而是因为灵力外溢却不得疏导之法引起的心口刺痛。她拥有无双的修行天赋，却因无知而被耽误了十几年。之后三年里，她找了个地方住下，片刻不休地修行着，离开傅行书时所带的银两足够她几年吃穿不愁。

三年后，蓬莱仙宗开放考核，赵国得了八个名额，在全国范围内选拔，她一鸣惊人，屡战屡胜，终于杀进了决赛，在皇城的擂台上，看到了身着官袍满脸惊喜的傅行书。

那年他已经二十三岁了，她也听说了他的事，多少名门闺秀差媒人踏破门槛，他也始终没有点头，只说有个定了亲的娘子在老家等他。然而三年了，也没人见他将那个娘子接来京城，因此京里都传言他其实有断袖之癖，偏生他一副好皮相，温润如玉，苍劲如松，无论男女都趋之若鹜。

她不费吹灰之力就拿下了考核名额，可是费尽了心思，也没办法改变傅行书的执着。

"嬛嬛，你为什么不肯认我？"他放下了自尊与骄傲，苦苦哀求，"是不是当年发生了什么事？嬛嬛，你为什么性情大变？你告诉我，我可以帮你！"

"帮我？"苏漓讥诮一笑，"你不过是个凡夫俗子，你有什么本事帮我？"

苏漓说了许多狠话，终于逼得傅行书狼狈离开。

可是第二天，他又来了……

他手上捧着一块昆仑血玉，只一眼，苏漓便知道那血玉有多珍贵。她忽然想起傅行书曾经说过，等他当上了大官，就找最厉害的神医，医治她的心疾。她的心早就不痛了，可是看到血玉的那一刻，突然疼得很难受，像被钝刀子一刀一刀凌迟着。

她是苏漓，是活了几千年的龙神，是死了好几回的人，她见多了爱恨和背叛，可是在傅行书最纯粹的爱意面前，她依然感受到了温暖与心动。她分不清那是苏漓的心还是孟琅嬛的心，而苏漓和孟琅嬛到底又有什么差别。

如果是孟琅嬛，一定会毫不犹豫地投向傅行书的怀抱，可是苏漓不能，她怕有一天傅行书会变成逐渊杀了她，也怕有一天她会在另一个地方遇到逐渊，被逐渊所杀，那样的话，傅行书一样会伤心的。

于是她狠心推开了他。

血玉落到地上，磕破了一个角，傅行书却浑不在意地道："嬛嬛，你还不能接受我，没关系，不过这块血玉你先收下好不好？这对你的身体很有好处的。"

"你走吧……"苏漓叹了口气，闭上眼睛背过身去，用冷硬而尖刻的语气说，"我孟琅嬛是要修行成仙的人，你不过是个没有修行资质的凡夫俗子，还妄图攀龙附凤吗？你我之间的婚约从此作罢，你也别再来找我了，我明日便启程去蓬莱，你我今生不必再见了！昆仑血玉，我消受不起，祝你早日另觅得良缘！"

傅行书脸上的血色一点点褪去。

苏漓等了许久，终于等到他转身离去。

傅行书说："嬛嬛变了……不，是我变弱了，没有能力保护嬛嬛了，可是我答应过嬛嬛的事，永远不会变。"

苏漓扯了扯嘴角，想笑，却落下一滴泪。

无所谓，反正凡人的永远很短，不过须臾数十年而已。轮回之后，他也不记得嬛嬛了。也许还不用那么久，过不了几年，他便会另娶如花美眷，彻底忘了孟琅嬛，即便想起来，也只当是一个笑话一场梦。

苏漓这么自我安慰着，头也不回地踏上了修行之路。

微霜林里，她遇到了守在凝霜草旁的小白。仿佛感受到了她心中的煎熬，小白抵着她的额头轻轻蹭着，发出几声低鸣，安慰着她。苏漓苦笑了一下，晃了晃脑袋，却始终忘不掉傅行书的身影。

"小白，我觉得我变坏了。"苏漓抬起右手，按了按自己有些酸疼的心口道，"你看看是不是这样。我狠狠伤害了一个对我很好很好的人，我苏漓活了几千年，生平第一次觉得这么难受，这么内疚。"

她自诩见过世面，看破红尘，可是越在这红尘中打滚，她就越发看不清自己的真心了。一世又一世，她体验着各种人间疾苦，却是第一次尝到了情爱的滋味。可是傅行书深深爱着的，是他一手带大的姑娘，是可怜又可爱，对他满心依恋的小琅嬛，而不是苏漓。

"哪个才是我，哪个不是我？"她始终想不明白这个问题，只能把这个疑问埋在内心深处，不愿再想起。

自此之后，她闭关修行，直到多年后，她突破法相，成了琅嬛尊者，在外游历时途经赵国，才动了心思，化成普通女子，打听傅行书的现状。

"傅行书？谁啊？在朝里当官？"一个有些年轻的小贩愣了一下，反问道。

他身后一个年长的妇人听到这个名字抬起头来，混浊的双眼闪过一丝异彩："傅行书傅大人啊，我知道。"

"娘，你知道他？"小贩好奇地问道，"这人谁啊？我怎么没听过？"

"你当然不知道，你出生的时候，他已经不在了。"妇人像是陷入了回忆，苍老的脸庞上浮现出一抹异样的光彩，"我还记得当年傅大人中状元时候的景象呢，当年全京城的未婚少女都爱慕他，可惜啊，他有个很厉害的未婚妻，好像叫什么'环'的，是个女修士，傅大人对那个未婚妻死心塌地的，那女修士却为了修仙抛弃了傅大人，之后没多久傅大人就辞官归隐，再也没有他的消息了。"

苏漓听得愣住了。

她原以为他会过着锦衣玉食、高官厚禄的一生，没想到……

后来她又去了通州，傅行书的父亲傅临早已过世，傅家也散了，到处都没有了傅行书的消息。苏漓怅然若失地回了琅嬛古地，闭关三年。

或许傅行书是入了轮回吧，也罢，反正凡人的宿命本就是这样，一世世地轮回，一世世地遗忘……

她这般自我安慰着，但深藏许久的那个身影仿佛越来越清晰，她在梦中无意识地喊着"行书哥哥"，依稀看到少年温和的笑脸，他在春风里桃树下，向她伸出手，说："嬛嬛不要怕，你跳下来，我会接住你的！"

她咬咬牙，闭上眼睛纵身一跃，落入一个满是书墨香味的怀里。

苏漓一次又一次从这样的梦里惊醒，醒来时，眼角是湿的。她心里有个声音一直在喊着"行书哥哥"，那是孟琅嬛的声音。

孟琅嬛十三年的记忆里，满满都是傅行书，他的笑，他的好，鲜活地存在于她回忆里的每个角落。父母早逝，饱受欺凌，是他把她从噩梦中救了出来，给了她一场长达七年的美梦，她却一把将他推入了深渊。

苏漓的内心每日都被一种叫愧疚的感情啃食着，或许，只有怀苏能告诉她该怎么办。她拼命地修行，想突破九天罡风，去到淮苏山。然而九天罡风之强超出了她的想象，她渡过八次天劫，依然不能突破。

直到有一天，几个元婴真人找到她门下，献出了许多宝物，求她去对付一个魔修士。

"那魔头修行邪门功法，专门吸取他人灵力和元神，如今已有许多修士命丧他手了。前几日，我们宗门的尊者都不敌那魔头，这大荒之内，怕是只有琅嬛尊者您能除去这祸害了！"

苏漓本不愿沾染这些事，但见宝物中有于她有用的东西，便答应了下来，起身飞往那魔修士所在的无崖山。

苏漓以八劫尊者的实力，是全然不惧那魔修士的，因此祭出本命法宝，威压当空盖下，将方圆数十里覆盖，逼迫魔修士现身。

果然，那魔修士扛不住这般威压，自无崖山中逃了出来，苏漓目光一凝，便纵身追上去。

魔修士身披黑色长袍，遮住了全身，连面孔也看不清，只有几缕白发垂在胸前。苏漓厉喝一声："捆妖索，收！"

一道金光自袖底飞出，直向魔修士追去。魔修士被迫停下脚步，一只苍白的手从黑袍下伸出，捏着一只紫色铃铛，轻轻摇了起来。顿时，四周失控，微微扭曲了起来，捆妖索受到干扰，停滞在原地挣扎着，似乎分不清方向。

"镇魂铃？"苏漓脸色一变，"镇魂铃要血祭八十一条生魂方能炼成，你竟这般嗜血残忍，既然如此，就不要怪我琅嬛尊者今日降妖除魔了！"

魔修士闻言，猛地抬起头，手中镇魂铃顿时失声。

苏漓唤出飞剑，捏了个剑诀，便见飞剑化成漫天剑影，如山洪海啸一般向魔修士飞去，所到之处，狂风骤生。

魔修士忙抛出镇魂铃，紫色铃铛在空中不断放大，最终如小山一般将魔修士罩在其中，漫天剑影猛烈撞击着紫色光罩，魔修士双手捏诀，勉力支撑。

苏漓一眯眼，见剑势已弱，索性撤了飞剑，化出法相，遮天蔽日，一双素手当空压下，只听一声闷响，紫色光罩应声而破，声浪四散开来，将方圆十里的树木尽数摧折。魔修士猛地吐出一口鲜血，从空中摔落下去。

苏漓急忙俯身下冲，怕魔修士趁机土遁逃走。然而那魔修士似乎受了重创，竟一时缓不过来。苏漓落在地上，剑尖一指，锁定了他的灵池。

"正道不走，偏走邪道，杀生无数，你可知你要遭天劫的？"苏漓冷冷地说。

那魔修士却始终一言不发，低垂着头喘着粗气，鲜血一滴滴落到了泥土里。

苏漓心中生出一种诡异的感觉，这个魔修士似乎很怕她，不是怕她杀了他，而是怕面对她。

"我今日杀你，你可有怨言？"苏漓微眯着眼，上下打量他。

魔修士依旧沉默。

"你成哑巴了吗？"苏漓怒叱一声，握剑的手一紧，一股强风直扑魔修士的面门，顿时将他的黑袍吹起，露出黑袍下那张苍白清癯的脸。

魔修士大惊失色，急忙压低了头，抬手遮住自己的脸。

可是苏漓已经看到了。

她愣愣地看着那张熟悉的脸，难以置信地轻轻唤了一声："行书哥哥……"

这个熟悉的称呼让魔修士忽然浑身颤抖起来，像是听到了什么恐怖的威吓，声音嘶哑地道："不是我、不是我，你认错了……"

苏漓猛地弃了剑飞奔过去，用力拉开他的手，瞪大了眼睛看着他的脸。

"是你……你的脸没有变……可是你的头发怎么白了？还有，你……你为什么变成了魔……"苏漓抓着他的手腕，难以置信地看着他的眉眼，他的五官依稀还是二十来岁时的轮廓，可他的瞳孔是血红色的，满头发丝似白雪。

傅行书痛苦地抬起眼，对上苏漓震惊的双眸，血色的瞳孔里沉浮着爱恋与悔恨，他的目光在她面上贪婪地流连不去，甚至舍不得眨眼。

"嬛嬛……嬛嬛果然成了仙女，和我想象的一模一样，我却变成这副人不人、鬼不鬼的样子……"傅行书的声音不似过去那般清朗动听，反而带着淡淡的沙哑鬼魅之气，"听你唤我一声'行书哥哥'，我也死而无憾了……"

此时此刻，她没有办法分清面对着他的是孟琅嬛还是苏漓，她只知道自己的心脏似被人紧紧攥着，很疼很疼。

"你告诉我，到底发生了什么事？我现在很厉害了，一定能帮你的！"苏漓右手松开了傅行书的手腕，贴上了他的心口，灵力外放，探入他的灵池和经脉。傅行书淡淡笑着，目光中饱含宠溺与信任，任由她施为。

苏漓猛地吸了口凉气，收回了手。

傅行书不以为意地笑着说："没救了，是不是？"

苏漓用力摇头："不！一定会有办法的，只是我一时想不到！"

傅行书似乎不信，却也不怎么在意，他伸出苍白的手，似乎想摸一摸苏漓的脸，却又犹豫了一下放下了，说道："我入了魔道数十年，自己的身体自己清楚，哪里有那么容易扭转回来？再说……再说我杀了那么多人，手上满是鲜血与罪孽，多少人想找我报仇，我活下来，又有什么意思？"

"行书哥哥……你到底是怎么了……"苏漓颤抖着手，抚上他的脸，"你原来是那么温和善良的一个人啊……是不是谁诱骗了你，害你练了邪功？"

傅行书的身上很冷，似乎没有了活人的温度，他更觉得苏漓的掌心如火一般灼热，更是迷恋不舍。

"是我自己贪心……我想要变强大，想要拥有强大的力量，想要有一天能够站到嬛嬛面前，可是我没有修行的资质，就走了旁门左道。一开始，不过是杀些兽类而已，我以为这不要紧，没想到后来兽类的元神已经无法满足修行所需，我又夺了到修士的灵力和元神……最近几年，我时不时会失去神智，我想再过不久，我就会彻底变成魔物……"

苏漓目光涣散，说道："是我……是因为我，对不对……因为我对你说的那些话……"

"不关你的事，是我自己的选择。"傅行书轻轻摇了摇头，"是我想和嬛嬛在一起。嬛嬛……你还是年轻时的模样，如果我没有修行，现在的我，只怕已是鸡皮鹤发，垂垂老矣。那样的我，嬛嬛还愿意看吗？"

苏漓强忍着泪意，颤声道："愿意的，嬛嬛愿意的，是我不好，是我怕伤了你，才拒绝你的。我以为你迟早会想通的，你会另外娶个温柔娴静的妻子，把我忘了……"

"忘不了。"傅行书冰冷的手贴着她温暖的手背，眷恋着她的温度，说道，"我说过，我答应嬛嬛的事，永远不会变。这世上，我只喜欢嬛嬛一人……我在山下，听到那些修士提到嬛嬛的名字，我知道嬛嬛现在很厉害，可我变成了这副样子，我不敢见你，我怕你会失望……"

苏漓再也忍不住，眼泪落了下来，她伸手抱住傅行书的肩膀，将脸埋在他的肩上，痛哭失声："是我对不起你！是我害了你！我不修行了！这一世我陪你，不再离开你了！"

不管什么逐渊了，不管什么天道了！有一日是一日，她决定用剩下的生命陪伴他，陪伴那个给了她这辈子所有快乐的男人！哪怕全大荒的修士都与她为敌，这一次她发誓要保护他，拼尽自己的生命！

这一世，她只当他的孟琅嬛，她不要当苏漓了！

那个被封存在心底的小女孩，一心只爱着傅行书的孟琅嬛，重新占据了她的身体。

她苏漓上不愧天，下不愧地，四千多年，只深深地负了这么一个人，穷尽一世，只怕也无法偿还。他救了她，她却害了他……

傅行书颤抖着手回抱住她，这一刻，她像很多很多年前那个小女孩一样，无助地在他怀里哭泣。他想起当时自己的心情，是了，就是那时候，他下定了决心，要一生一世守护那个可怜的女孩儿，不让任何人欺负她。她现在哭得如此伤心，却是因为他……

"嬛嬛，嬛嬛……"他轻轻吻着她的秀发，不舍地轻唤她的名字，"可是来不及了……"

"什么……"苏漓抬起满是泪痕的脸，迷茫地望着他。

傅行书温柔地轻抚她的长发，眼中闪过一丝苦楚："今日，便是我的应劫之日。"他抬起头，看着自天边迅速飘来的滚滚雷云，"魔修士的劫，是最强的天劫，我早有预感就在这两日，没想到，便是今日。"

苏漓仰头看着狰狞的天雷，动了动嘴唇，却说不出话来。

傅行书有些遗憾，黯然道："如果嬛嬛早两日来，我便能多看你两日，如果你晚两日来，便不用看到我这副样子，也不会伤心难过了。"

苏漓低下头，回视傅行书的凝视，最终做了一个决定。她笑着伸手拥住他，整个人蜷进了他怀里，道："行书哥哥，你最后抱抱我吧，像以前那样……"

傅行书怎么会拒绝呢，他从来不会拒绝他的小琅嬛。他轻轻拥着她的身子，闻着她身上传来的淡淡馨香，只觉得上天待他已是不薄，让他在最后的时刻与嬛嬛重遇，而嬛嬛原来并不嫌弃他，依然那样眷恋着他。

苏漓倚在傅行书的胸口，看着逼近的雷云，轻轻叹了口气。

数十丈高的法相有着和苏漓一模一样的面容，傲然立于天地之间，将傅行书护在身后。

雷云之中，传来一个威严的声音："此乃魔修士之天劫，无关人等，速速离开！"

"这个雷劫，我替他应了！"苏漓冷然道。

"魔修士之雷劫乃必死之劫，非寻常天劫可比，最后警告一次，速速离开！"

苏漓傲然一笑："那你就劈吧，我不退！"

她想保护傅行书，也想知道命该死于逐渊之手的自己，会不会死于雷劫之下。

"既然你求死，那就莫怪吾了！"

一声轰鸣，天雷如火链一般，当空抽下！

"嬛嬛！你快走！"傅行书如梦初醒，大喊一声，却发现自己动弹不得。

苏漓在他怀里浅浅笑道："行书哥哥，这次让我保护你好不好？"

"嬛嬛——"

傅行书终于意识到了苏漓的打算，一声凄厉的喊声响起，却没能挽回苏漓的心意。

修士的法相，诸邪不侵，在天雷之下，却如凡人肉身一般脆弱。三下天雷鞭，比苏漓以往所受的所有雷劫都更重更狠，甚至将她的法相打出了虚影。苏漓知道，再遭三下，自己便承受不住了。她的肉身受到波及，嘴角溢出了鲜血，面色苍白如金纸。苏漓却只是淡淡笑着，气若游丝："我以为自己能挺过去，看样子是难了……不过我代你受了这劫，你便不用再怕雷劫了。行书哥哥，我在琅嬛古地藏了很多很多的珍宝，原是想留给后世的自己的，可是怕是用不着了，你去打开古地秘境，那里有很多灵草仙丹，能帮上你的。"苏漓伸出手，印上他的额头，分出一缕神识植入他脑海之中，"这便是琅嬛古地的地图。"

"不……我不要……我只要嬛嬛活着……你快走吧……我求求你！"一行血泪自傅行书眼中滚落。

"别……别任性了……我现在想走，也走不了了啊……"又一记天雷鞭落下，苏漓闷哼一声，耳中也流出了鲜血，她断断续续地说着，"我还有很多事想告诉行书哥哥……这些年……嬛嬛一直很想他，一直梦到他……"

"我知道，我都知道……"

"我宁愿不要恢复记忆……这一世，我不想当苏漓，只想当行书哥哥的嬛嬛……"

"苏漓……苏漓是谁……"

最后一记天雷鞭，彻底粉碎了苏漓的法相，她最后的话也没来得及说出口，只有一滴泪落在他的心上。

傅行书怀里的苏漓双目紧闭，已然失去了生机，片刻之后，化为点点尘埃，落入土里，消失不见。傅行书伸出双手拼命地想要抓住那些尘埃，却只能眼睁睁地看着它们从指缝间落下，到头来双手空空，什么也抓不住，什么也留不下。

"嬛嬛——"一声撕心裂肺的痛呼被狂风吹散，雷云散去，晴空万里，却再也驱不散他生命里的阴霾。

人，自黄土中来，归红尘中去，只有魂魄，轮回又轮回，生死复生死。

苏漓一缕幽魂缓缓飘离，所有的喜怒哀乐好像也随着肉身的消散而远去。

"我……死于雷劫之下……这是跳出天道惩罚了吗？"她不敢相信，喃喃自语。

"并非如此。"一个熟悉的声音自她身后响起。

苏漓回过神来，没有回头，她也知道那是谁。

"无常使，你早就来了。"苏漓淡淡道，没有丝毫诧异。

"生死簿上，孟琅嬛终于今日。"无常以波澜不兴的语气平淡地陈述道。

"可是天道罚我死于逐渊之手……"苏漓有些疑惑。

"你看下去就知道了。"

俯身在地痛不欲生的傅行书忽然用力捶打自己的心口，厉声质问："是你！是你故意害她的！"

一个鬼魅的声音嘿嘿怪笑着，从他体内传了出来："你不是想知道她是不是爱你吗？我只是帮你证明了而已。你修行这么多年，苦苦挣扎着，难道不是为了见她一面吗？"

"不是！我只要她好好活着！"傅行书发出一声痛苦的呜咽，"只要知道她好好活着，我就满足了……"

"不，你不是这么想的，我是你的心魔，你瞒不过我的。你希望她永远属于你，就像过去那样，只要让我吸收了她的元神，她就再也不能离开你了。"

"你故意放那几个修士离开，就是让他们把嬛嬛引来？"

"是啊，他们不能再折损一名法相尊者了，只有琅嬛尊者才有十成把握杀我，而我只有引来雷劫，才能借着雷劫杀她。八劫尊者的元神实在强大，若不是雷劫将之削弱了些，我一时还吸收不了。方才那片刻，我已吸收了不少元神碎片，足以修复体内的损伤了。你看，你得到了你的所爱，我也得到了我的所需，更有人帮你挡去雷劫，这样不是正好吗？嘿嘿嘿……"奸计得逞的阴寒怪笑声传出来，"接下来，我们就去琅嬛古地，把她的珍宝洗劫一空吧，那都是她对你的爱，你可不要辜负了。"

"你这个恶魔！"傅行书咬牙切齿地骂道。

"你从一开始就该知道，如今我们已经合二为一，同生共死，我虽然是恶魔，却不会害你。"

"呵呵呵呵……"傅行书脸上忽地扯出一抹诡异的笑，"同生共死是吗？那可真是太好了……"

"你这么说……是什么意思？"那恶魔声音中藏着不安。

傅行书的目光落在身前的飞剑上，那是孟琅嬛的法宝，主人已死，它也失去了光泽。傅行书拿起剑，血色的瞳孔中闪过一丝眷恋和痛苦。

"你做什么？！"凄厉的惨叫自胸腔传出。

傅行书置若罔闻，喃喃道："我死了，你也活不成吧，不，这样还不够……"说着长剑一指，鲜血流了一地，傅行书仿佛感觉不到疼痛，反手将剑尖对准了心口，催动全身灵力，激发了飞剑的灵性。

"你也想为你的主人报仇吧，那就狠狠毁了它！"

"你疯了！你住手！"那恶魔发出惊惧无比的尖叫。

傅行书眉头一皱，冷笑一声："你现在，还想夺舍我的神智吗？晚了。"

他一剑刺下，穿透心脏，破开灵池，一缕黑影惨叫一声，从他心口飞了出来。傅行书强撑着伸出右手抓住那个黑影，然而终究气力不济，还是让其逃脱了。

"嬛嬛……对不起……苏漓……对不起……我又害了你……"在生命最后的时刻，他想起了一切，但是终究晚了。

苏漓愣怔地看着，脑海中一片空白，又好像塞满了回忆，让她无所适从。

居然，是逐渊。

无常使说："他不杀你，你却始终因他而死，这便是天道的安排。凡人也好，神仙也罢，都在大道之中，谁也猜不透大道的安排，也不能妄想逆天。"

"逆天……逆天……哈哈哈哈哈……"苏漓仰天大笑，灵魂是没有眼泪的，可她觉得眼眶发热，"所谓天意，不过是某些残暴不仁的神仙假借天道为非作歹罢了！天道不是说众生平等吗？难道神仙就不在众生之中了吗？凭什么让他们来主宰我们的命运！今日他们欺我，不过是因为我弱他强罢了，祖龙娲皇在时，天帝敢如此猖狂吗？待有一日我修行有成，重归天庭，必屠尽不仁之神，到时候，你再告诉我，什么是天！"

转眼一千五百载，几世轮回，好像过去了很久，又好像还在昨天，本以为已经淡忘了的那一世回忆，如今想起来，竟历历在目。

苏漓眼前那本《琅嬛尊者传》仍然翻开在第一页，但她早已看透了琅嬛的一生。

以为自己逃出了十万八千里，原来始终在天帝的掌心里，说到底，不过是因为她弱罢了。

苏漓的前三千年，过得极为惬意，她有着高贵的血统和卓越的天赋，修行起来事半功倍。她在淮苏山那般祥和的地方长大，没有野心，也没有变强的欲望，有时候甚至想永远不要长大，就当怀苏的灵兽便好。倒是怀苏日日逼着她修行，怀苏总是担心，若有一日，他不在身边，便没有人能保护她了。

直到三千天雷加身，她才想起怀苏的良苦用心，可为时已晚。转世之后，她不敢懈怠，刻苦修行，但失去了真龙之身，以凡人黄土之身，又怎么敌得过天道的捉弄？

这一千多年，又是三世轮回，将她当初以为刻骨铭心的痛苦磨成了麻木，直到今日见到那块昆仑血玉，她心口才又刺痛起来。

那是之前八世轮回里最痛的一次，在她心上狠狠剜去一块肉。苏漓也分不清那是因为逐渊还是因为傅行书，也分不清那种感情是爱还是愧疚，她只知道傅行书成了自己心上的一道疤。

苏漓将自己关在小竹轩一天一夜，望舒来过几次，怕打扰了苏漓修行，便将饭菜放在了门口，然而第二日来时，见饭菜丝毫未动。

望舒有些担忧，毕竟苏漓不过炼气三层的修为，还未到辟谷的境界，一日多未进食，他怕她身体撑不住。他正犹豫着，不知要不要敲门，门却开了。

苏漓神色淡然，看起来精神却是不错。望舒松了口气，笑着道："师姐，你闭门修行了一日，看样子可是有所得？"

苏漓笑了笑道："是有了些突破。"

望舒的修为却比苏漓高了些许，此时仔细一看，不禁吃了一惊："师姐，你……突破炼气五层了？可是你前日不过是炼气三层啊！"

苏漓道："大概是前日分下来的丹药的效果吧。"

望舒将信将疑，每个新弟子入门都会分一瓶丹药，有洗髓、聚灵之效，但从没听说过哪个弟子一日时间便连破两层境界的。但若不是丹药的效果，或许苏家姐妹都是修行天才吧。

"对了，师姐，今天是师尊给我们讲道的日子，师姐可要随我们一同听讲？再有两刻钟便开始了。"望舒道。

"也好，我入门至今尚未听过讲道呢。"苏漓欣然从之。

二人一前一后朝飞霜殿走去，待走到殿前时，便看到其他几个师弟都正襟危坐候在门口了。几人都是身下铺个垫子坐着，一旁空着两张垫子，显然是为苏漓和望舒准备的。

苏漓朝几个师弟笑了笑，便和望舒找了垫子坐下。不多时，便见殿门缓缓打开，容隽神色冷淡地走了出来。

容隽的目光自弟子们面上一一扫过，经过苏漓时，顿了一下，苏漓立刻露出灿烂的笑脸，容隽脸色一沉，收回了目光。

"上次我们讲到了化灵。炼气修士能感应到天地之间的灵气，从而吸纳炼化，滋养灵根、洗髓伐脉，而到了筑基一层，便能更清晰地感应到灵气之中的元素。灵气分为金木水火土五行，筑基修士都可感应到与自身灵根相同的元素，从中提炼，使之幻化成相应形态，便是化灵。我上次安排的功课，你们几人做到了？"

容隽一问，几个弟子都面露苦色。

容隽眉心微蹙，白皙修长的手指朝最右边一指，便道："从张寒开始，化灵。"

张寒在几人中年龄最大，修为也相对高一些，筑基二层也有些时日了，从他开始，倒也是正常。他却十分愁苦，从垫子上站了起来，双手捏诀，双目紧闭，不一会儿额上便渗出了薄汗。等了约莫半刻钟，便见他指尖冒出了一点水花，转瞬即化为雾气。

容隽的脸色不大好看，却也勉强点了点头，看向下一个。

然而结果不大乐观，小杨憋了半天只弄出了两三颗火星，童潜光则是毫无动静，望舒倒是好了一些，竟凝出了一小片冰晶。容隽只在望舒化灵时微微点了点头，最后看向苏漓。

"你炼气五层了？"容隽波澜不兴的面上难得显出了一丝诧异。

苏漓微笑着点点头，等着容隽夸奖。

"你修为太差，先在一旁听着吧。"容隽淡淡抛下一句，便转头不再看她。

苏漓竟无言以对，她算是看出来了，容隽心眼不大，仍记仇，对几个道童倒比对她这个弟子尽心尽力。

容隽往前走了两步，离得更近了些，说道："我今日再演示一遍，你们看仔细了。"说着伸出右手，五指修长，莹白如玉，便在掌心摊开之时，肉眼可见的水元素蜂拥而至，凝聚成水球，水球疯狂旋转着，凝结成了冰，随后容隽手一扬，那冰球化为尖锐的冰刺，刺入了一旁的树干之中。

几人瞪大了眼睛，还来不及感叹，便见容隽掌心中又聚起了火苗，那火苗越烧越旺，一股热浪四散开来，让人不能直视。容隽手一收，那火球顿时消失无踪。

苏漓擦了一下额上的汗，便看到容隽又摊开了手掌，这一次，却是一朵鲜花在他掌心绽放。

童潜光嘀咕道："师尊，火灵根和水灵根的威力都那么大，可是木灵根有什么用处啊？遇到了敌人，难道还送朵花给他吗？"

苏漓闻言，忍不住扑哧一笑。

容隽冷冷地扫了她一眼，她忙捂上嘴。

"你注意看好。"容隽淡淡道。

童潜光闻言，凝神看向那朵鲜花。只见那看起来娇嫩无比的鲜花，忽然猛地抽长了枝条，向童潜光扑去，童潜光猝不及防，被捆了个结结实实。

容隽说道："我此时心意稍动，那藤条便会长出无数倒刺，你又会如何？"

童潜光脸色一变，忙道："师尊！我错了！放了我吧！"

容隽手一收，那藤条便又消失无踪。他讲解道："没有无用的灵根，只看你能感应到多少元素，又如何运用。精于栽植的木灵根修士，甚至可以化出具有毒性和药性的草药，若是在野外遇险，甚至能救自己一命。"

童潜光跪倒在地，恭敬地道："弟子受教了。"

"你日日种植灵草，便在灵草园里修行，有助于你感应木系灵气。杨笑若是感应不到火灵气，便自己生堆火先熟悉一下吧。水灵气在蓬莱最是充沛，你们在灵河畔修行便可。"

　　容隽说到此处，又看向了苏漓，说道："你也是水灵根吧？"

　　"回师尊话，是的！"

　　"你下午再过来找我。"

　　苏漓愣了一下，随即明白过来了，容隽估计是要给自己开小灶了，果然，自己让人惊叹的天赋还是让容隽刮目相看了。

第八章

师尊教导

　　这一上午容隽主要给几个筑基师弟讲了筑基早期修行的要点，虽都是些苏漓烂熟于心的东西，但容隽讲来深入浅出，声音悦耳动听，听起来也别有一番体会。

　　待早课结束后，苏漓与几个师弟辞别容隽，一起去了灶房用饭。

　　"师尊真厉害，不过不是说只能感应和自身灵根相同的灵气吗？为什么师尊什么灵气都能信手拈来？"童潜光不解地问道。

　　望舒嗤笑一声："你当师尊和我们一样呢，他是降低了标准说的，我们筑基的修为而已，最容易感应到的便是本命灵根所属灵气，但是若修行到了师尊那个境界，想必也能和他一般。"

　　苏漓笑而不语。

　　哪里有这么简单！

　　但凡有修行资质的修士，靠着勤奋也能突破筑基，但是资质平庸的修士，终其一生也不过止步于神通境，能感应到的，也只有本命元素。只有天赋最好最敏锐的修士，才能在筑基期就感应到两种元素，待突破到法相境界，便都能感应到所有元素，但如容隽这般在元婴期就随心所欲操控各种元素的，只怕千年难得一见。

　　有这么个厉害的师尊，倒也是件值得高兴的事，不过苏漓也不指望他能教自己什么，反而有些担心自己没有灵根的事被他发觉，那样一来，以容隽对自己不待见的程度，只怕立刻便会被逐出蓬莱。

这点让苏漓很是头痛。

然而该来的还是要来，用过午饭后，苏漓依着望舒的指点，在容隽午休过后便到了飞霜殿外等候。

苏漓刚到了飞霜殿外，殿门便自动开了，容隽的声音从里面传了出来："进来吧。"

苏漓闻言，乖觉地低头进门，没有抬头张望。

容隽偏过头瞥了她一眼，见她进了门，手指微动，便将门关上了。

"你只怕不是水灵根吧。"容隽一开口，便让苏漓僵在了原地。

容隽漆黑却清亮的眼睛审视着苏漓，苏漓见被他识破，也只能硬着头皮承认了。

"昨日你修行之时，我看过了，你身上有浓郁的木灵力。"容隽坦承自己偷窥，一副落落大方的样子，倒让苏漓无话可说了，"苏允凰是水木双灵根，难道你也是？不，不像……双灵根是从体外吸取灵气，而你的灵气，却是自内而外发出的，这究竟是怎么回事？"

苏漓咬了咬下唇，为难地道："回师尊话，这是弟子的一番机缘，弟子曾经立誓，不能说出去。"

容隽微眯了下眼，似乎在判断苏漓话语的可信度，随即道："修行之路，确实需要各种机缘，你如果不愿意说，我也不会强迫你，但我既不知道你的真实情况，便无法给你准确的教导。"

苏漓稽首道："师尊只需将我当成普通水灵根弟子一般教导。"

容隽勾了勾嘴角，似笑非笑道："普通弟子，可没有一日破两层的天赋，不，确切来说，你入门不过五天，已经从炼气一层突破到五层了，看来你的机缘着实不小。"

这样的修行速度，放眼大荒，只怕找不出第二人了。

苏漓暗暗后悔，自己那日受了刺激，本想着发愤图强，却忘了自己这般突飞猛进实在太过惹眼了。

"你若不想惹人注目，这一个月便待在山上，不要见外人。你突破太快，恐怕根基不稳，我今日传你水系功法《素心玉清诀》，自明日起，你每天上午下午来此处各修行两个时辰。"

本以为不是被逐出山门就是被冷落的苏漓，听到容隽这么说，不禁微微吃惊。《素心玉清诀》她自然是听过的，确切点说，能让她记住的，无一不是上品功法。这《素心玉清诀》甚至可以在水系功法里列入前三，攻击性虽然不强，但对于修行者自身有无数好处。容隽一下子拿出这么上乘的功法传授于她，只怕其他山门的弟子都不曾有这样的待遇。

只可惜苏漓并不是真正的水灵根，不过此时此刻，她也只得真心实意地拜谢容隽。

苏漓自此每日上午辰时到巳时，下午申时到酉时便须到飞霜殿修行，由容隽亲自教导。这不知道算不算个好消息……

苏漓原本打的主意，是云雾山长老讲道之日去纯阳殿旁听，顺便接近余长歌，调查一下他的身份和那昆仑血玉的来历，但被容隽这么一安排，时间上有了冲突，她也只好放弃了。容隽好不容易给了她点好脸色，她也怕真把他得罪惨了，被逐出山门。

当天下午，容隽便将《素心玉清诀》的修行要点为苏漓讲解了一番。苏漓原先虽没有修行过这门功法，但凭着多年的修行经验，也是一点就通。容隽见自己不过稍微点拨，苏漓便轻松上手进入了状态，不免又对她高看了几分。

苏漓这具身子缺陷在于没有灵根，灵根乃修行之本，若没有灵根，便是她服用再多仙草也不可能筑基，但她对自己的修行之路早就另有一番打算，先炼化大量灵力，再以灵力洗髓强化根骨，走肉身成圣之路。她只要等到三月之后琅嬛古地开放，便能以炼气大圆满的境界前往古地探索，拿了古地的宝物。琅嬛古地内的灵气之浓郁更胜蓬莱仙宗，只可惜开放仅七日，过了七日，古地结界便会再度封上，其他蓬莱弟子都会退出结界，而她只管在结界内继续修行，随时可以进出。旁人只会以为她修为不济丧命其中，却不会多想。

如今容隽传与她的《素心玉清诀》，倒是与她的计划不谋而合。她的肉身尚未强大到足以支撑一些太过霸道的功法，而《素心玉清诀》旨在调理经络、凝实灵力，正适合她眼下所需。

苏漓盘腿坐在地上，默默运行功法，只觉得灵池之处仿佛生出了一个旋涡，缓缓吸纳周围的灵气，而被吸入灵池的灵气，在高速的旋转中抽离出一丝最精粹的水灵气，顺着心脉而出，犹如甘露流遍四肢，滋养全身经脉与血肉，让人心神为之一振，神清气爽。

按照功法本来所示，灵气运转一个周天后便会回到灵池灵根之处，成为水灵根的养分，使之茁壮。可惜苏漓没有灵根，灵气便又在灵池内化成一团水雾，随着运转次数的增多，那水雾也渐渐凝实，竟成了一朵云状，与凝霜草相对而立。

修行一个时辰下来，原先浮散于灵池四处的灵气有一小半都被再度炼化凝实了，而苏漓更是明显感觉到身体由内而外地轻盈起来。

容隽虽然不苟言笑，但对苏漓的修行效率也是满意的，面色淡然，点了点头，说道："今天的修行便到这里了，但回去之后也不可懈怠，《素心玉清诀》的功法对你现阶段大有好处，你若能修行到睡着时也能自行运转周天，那才算是学有所成。你明日辰时来此，记得带一套换洗的衣裳。"

"是，师尊。"苏漓心想这容隽要求也太过严格了，真是吝啬说句好听的。但她面上不敢表露出半分不敬，只有点头称"是"，从飞霜殿退了出来。

苏漓乖觉地关上殿门，这才脚步轻快地离开飞霜殿，往小竹轩的方向走去。听着苏漓远去的脚步声，容隽漆黑的瞳孔中掠过一丝奇异的神采。

"这便是你选中的人吗……倒是可塑之才……"容隽摩挲着手指，眉心微微一蹙，"她所谓的机缘，难道也与你有关？"

第二日辰时，苏漓用过早饭便带着个小包裹来到飞霜殿外等候，距离约好的时间还有一刻钟。望舒端着茶具出来，对苏漓笑了笑，轻声说："恭喜师姐了。"

苏漓回以微笑："谢谢，还是多赖师尊看重。"

正说着，就见容隽走了出来，依旧是那张冰雪不化的俊雅面庞，让人噤若寒蝉。

"师尊安好。"苏漓忙稽首行礼。

容隽往她身上看了一眼，感觉到她的气息比昨日离去之时又凝实了几分，便知道她昨晚也没有懈怠，心中暗暗称赞。

"今日换个地方修行。"容隽说着右手一挥，虹光自袖底飞出，夷光剑落于苏漓身前，说道，"跟我走。"

苏漓不敢多问，乖乖踏上了飞剑。

容隽也不多话，双手负于身后，御风飞起，苏漓隔着两丈距离落于他之后。苏漓撇了撇嘴，心想容隽还真的是怕了她了……

二人飞了好一会儿，这才缓缓下落。苏漓一望四周，愣了一下，看向容隽，问道："这不是云雾山后山，灵河之源吗？"

容隽面色淡然点了点头："没错。"

蓬莱有四条灵河，但实际上都是由一条主河道分裂出去，发源地便在云雾山后山上。一道瀑布自山腰飞落而下，激起无数碎玉般的水珠，水汽氤氲，笼罩四周，将此地渲染得如仙境一般。瀑布下方是一个水潭，水潭旁立着一块石碑，上面刻着几个古字——聚灵潭。这个水潭便是四条灵河的灵气核心。

容隽朝那瀑布下方一指，道："今日，你便在瀑布下修行。"

苏漓闻言愣了一下，双眼直勾勾地盯着瀑布看了半晌。瀑布正下方有块平整的石块，被水流长年累月冲击变得十分平滑，那水流冲击力不小，只看着便能想象出坐在下方修行时的疼痛。

容隽淡淡解释道："此地灵气最盛，乃水灵根修行最佳之所。你天生根骨绝佳，可惜根基尚差，未经打磨，灵河瀑布有助于你根骨的修行。"

苏漓知道容隽所言不虚，也明白容隽为什么让她带一套换洗的衣裳来，她倒是不怕吃苦，只是若在水中修行，衣服必然湿透，而且有一个男人在这儿……她是不怕尴尬，她怕容隽尴尬。

容隽扫了苏漓一眼，似乎猜到她的心思，眉头轻轻一皱，背过身去，道："我便在那边亭子里为你护法，你速去。"

苏漓忍不住笑了一下，回道："是，师尊！"

说罢，她足尖一点，身姿轻盈地踏过水面，来到瀑布下。

当头而下的瀑布携万钧水势，险些将她冲入聚灵潭中，所幸她早有准备，这才没有落水，只是仍是被水流冲得几乎睁不开眼。她好不容易才找到一个平衡点坐下，便听到容隽的声音凝成一束，穿过轰鸣水声直达她耳中。

"抱元守一，凝神入定，运转功法。"

苏漓闻言收敛了心神，忍着身上剧痛，逼自己进入状态。便在这时，忽听到一阵箫声传来，那箫声显然是暗含灵力，她体内灵力仿佛受到了一股力量的吸引，瞬间沸腾了起来。箫声悦耳，时如碧海潮生，波澜万丈，时如平湖秋月，幽幽袅袅，苏漓的心神也随着箫声而起伏，彻底忘记身周瀑布的喧嚣。

容隽背对着苏漓，以箫声助她修行。当年，他尚未满十岁，宗主也是这般让他在灵河瀑布下修行，又以琴声引导，使他修行一日千里。他最是不耐烦与人相处，更何况还是个年轻女子，以他有限的人生阅历而言，女人这种生物甚是麻烦，只会一味纠缠，娇弱又吃不得苦，说骂两句便寻死觅活。收下苏漓，他本是不愿意的，更何况那日她在空中还扯下他的衣衫，他活了二十年都没见过如此无耻的女子。

为何会改变主意呢……

容隽垂下眼睑，想起那夜看到修行时的苏漓。也许是因为他从她身上看到了过去的自己——那不屈的眼神，想要变强的欲望，还有，他对她感到好奇。苏漓身上似乎还有很多秘密，那个人的选择，必然有其道理……

苏漓并不知道容隽内心所想，对她来说，眼下没有比修行更重要的事了，如果说有，大概就是余长歌吧，不过以她眼下的修为，实在干不了什么事，还是修行要紧。

容隽的方法着实有效，不过几日，苏漓便又有了突破的迹象。

"先不要突破，且待它水到渠成，自行突破。"容隽劝阻道。

苏漓点头称"是"。

这几日修行下来，她的五官看似没有变化，旁人却莫名觉得她似乎美貌了许多，肌肤白得莹莹透光，气质也越发出尘，倒是与容隽更有了师徒相。

到二十七日那天，轮到容隽讲道之日，苏漓便停了半日的修行。

讲道是辰时开始，容隽看时辰差不多了，便要出发，一出飞霜殿，便看到苏漓一脸讨好地站在门口望着他。她笑道："师尊，您也去纯阳殿吧，带带弟子吧……"

容隽无语地看了她片刻，婉拒道："其他山门的弟子，都是自己走着去的。"

苏漓笑得甚是谄媚："那是因为他们弟子多嘛，师尊只有我一个弟子，还是带得动吧。而且我们空芨山离纯阳殿最远了，我修为又低……师尊带带我吧……"

容隽觉得苏漓有点赖上他的飞剑了，她这是拿他当什么了？

看着苏漓欢快地跳上飞剑，容隽觉得，还是得继续增加修行强度，让她早日筑基早日学会自己御剑。

没脸没皮地蹭飞剑，苏漓为自己节省了近两个时辰的，她觉得自己的选择很是英明，而容隽师尊也如她猜测的一般，并非那么不近人情，反而挺好说话的。

两个都是不在乎旁人眼光我行我素的人，因此顶着一千多人或嫉妒或不满的目光降落在纯阳殿前时，苏漓感觉没什么压力。

苏漓跳下飞剑，朝容隽行了个礼，便朝着苏允凰的方向跑过去。

苏允凰朝苏漓淡淡一笑道："前几日不见你来，我便想今日你也该来了。"

苏漓笑嘻嘻道："前几日被师尊抓去关禁闭进行特别修行了。"

苏允凰细细瞧了苏漓两眼，微笑道："看你的样子，确实进步极大。我听说容隽真人乃蓬莱创派以来最有天赋的修士，他愿意悉心教导你，你要好好珍惜这机会，切莫懈怠了。"

"我知道的。"苏漓点点头。

上面钟声一敲，下面顿时一片寂静，千双眼睛齐齐望着容隽，众人同声道："拜见容隽长老。"

容隽微微点头，开始讲道。

因容隽所讲不只是木灵根的修行要点，因此其他派系的弟子也有许多来听课的，甚至有一些根本不是为了听课而来，一双眼睛直勾勾地盯着容隽，只怕根本没听进去他讲了什么。

半个时辰的讲道结束后，便由众弟子举手提问，立时便有近百双纤纤素手高高举了起来，苏漓看着那些如痴如狂的面孔，不禁暗暗咋舌。容隽的目光自那些面孔上扫过，最后点了一个男修士起来提问。

容隽对女修士的厌烦不是没有原因的啊……

好不容易等到钟声再响起，讲道结束，容隽站起身来，正要离开，忽地想起什么事来，目光朝下面扫去，落在苏漓身上，问道："一起走吗？"

无数仇恨的目光顿时向苏漓投来。

苏漓不知怎的有些想笑，却还是忍住了，站起身来鞠了个躬，轻咳一声，道："回师尊话，弟子想去趟飞虹殿再回山。"

容隽点点头，道："那你不用回山了，直接去瀑布那里等我吧。"

"是，师尊。"

待容隽御风离开，其余弟子这才纷纷离开纯阳殿。

苏允凰问道："你今日想要挑件兵器吗？"

苏漓道："我想先看看，我如今修为低，只怕挑也挑不到什么好兵器，不过先了解一下，看什么比较适合我。"

"也是。你若有选中的兵器，也可以告诉我，我来蓬莱前倒是带了一些，看看有没有你合用的。"

苏漓听了不禁有些羡慕，琅嬛古地倒是有许多上品灵器，只可惜她眼下拿不到。她说道："若有需要，会告诉姐姐的。你现下可是要回云雾山了？"

"我打算去演武场看看。"苏允凰道，"演武场便在飞虹殿附近，我们不如一道去吧。"

苏漓欣然道："也好。"

演武场便是蓬莱弟子唯一可以竞技斗法的地方。比试方式有两种，一种是约定决斗，约定好比试的双方在演武场场主处一同报名，便可约定时间进行决斗，双方甚至可以提出比试的赌注，演武场会对此进行公证，不容一方抵赖。而另一种便是随机摊派，在场主处报名后，登记自己的功法属性、修为层次，场主便会挑选合适的对手进行比试，胜一场便可得一分。

演武场的门口立着一块石碑，上面写着三十个名字，便是演武场得分最高的三十个人。

因每旬一到七日上午都有讲道，因此八、九、十这三日便成了演武场最热闹的时候，而有意参与比试的，都会在七日上午的讲道结束后过来报名。

苏漓和苏允凰到达演武场时，场内已经是人头攒动了。

苏漓看了一眼石碑，上面写着"青云榜"，榜上无一例外都是神通境修士。

"姐姐，你应该快突破神通境了吧？"苏漓侧过头问苏允凰。

苏允凰淡淡一笑："这倒不急，长老说根基扎实最要紧，我打算暂缓突破，等过一个月时机成熟了再行突破。"

苏漓赞同地点点头："我师尊也是这般说。"

二人说笑着进了演武场，苏漓目光一扫，顿时凝住了。

一个熟悉的身影从不远处一晃而过，是余长歌。

余长歌乃火木双灵根，因此今日容隽讲道时他没有出现，没想到在演武场碰到了他。苏漓看他要走了出去，便对苏允凰道："我有事先走了，姐姐你自己先看看。"说着也不理会苏允凰好奇的目光，便一溜烟跟在余长歌后面跑了出去。

"等等！余长歌你等等！"余长歌走得极快，苏漓脚下生风了都跟不上。

听了苏漓的叫喊，余长歌似乎犹豫了好一会儿，这才停下来，转过身，皱着眉头看向苏漓，一副"有何贵干"的不耐烦模样。

苏漓跑到他跟前，轻喘了两口气，这才道："不好意思，打扰你一下，不知道你有没有空借一步说话。"

余长歌浓眉紧皱，薄唇一动，说："没空。"

苏漓噎了一下，瞪着眼道："我就问一个问题。"

此处人来人往，两个人的对峙已经引起不少人的注意了，余长歌转身要走，苏漓忙道："是关于那块血玉的！"

余长歌脚下顿了一下。

苏漓又道："那是我故人之物，我想知道你是从哪里得来的。"

"胡说八道。"余长歌冷笑了一声，回过身看向苏漓，"此乃我祖传之物，我已佩戴十几年，你才几岁，又何来故人？"

"祖传之物？"苏漓疑惑地皱了皱眉，心想，难道是当年傅行书死后遗落，被人捡去当了传家宝？究竟是巧合，还是天道别有用心的安排？

苏漓还在琢磨着，余长歌已经不耐烦地走开了。

苏漓神不守舍地思来想去，却找不出一个合适的求证办法，只能先去聚灵潭找容隽。

到了聚灵潭，时辰刚刚好，容隽却早已负着手等在瀑布边了，见苏漓来了，便问道："可有看中的兵器？"

苏漓摇了摇头，道："没有，我修为尚低，可供挑选的实在不多。"

容隽似是犹豫了片刻，方道："以后你不用去飞虹殿了，我已为你备好了灵器。"

苏漓惊道："什么？"

容隽右手一摊，一道虹光在掌心凝聚，化为一柄灵剑。

苏漓虽然修为不行，眼力却是有的，一看这灵剑，不禁瞪大了眼："这是上品灵剑啊！"

容隽点了点头，漆黑幽深的双眸望着灵剑上的虹光，不知想到了什么，眼神有些复杂："此剑无名，应该是为你取来的吧……"

苏漓此时心神都放在灵剑上了，因此没有听出容隽话里的古怪，喃喃道："上品灵剑，我如今不过是炼气的修为，却是使唤不动……"

容隽将剑交给苏漓，道："你且先与它熟悉一番吧。"

苏漓喜不自胜地接了过来。

修士的武器分为三个级别，分别是凡器、宝器、灵器，要完全发挥武器的威力，需要有相应的灵力修为。如灵器这一层次的武器，便是神通境修士也不能完全驾驭，更何况灵器这一层次的武器已经开始孕育器灵。上品灵器更是会自行择主认主，甚至能够随主人一同修行突破，若成为仙器，器灵便能化出灵体，拥有完整的自我意识。

以苏漓如今的修为，能发挥的灵剑威力尚不足一成，但若日日与灵剑相处，自可培养默契，有助于来日灵剑认主。

苏漓一脸喜悦地握剑在手，细细查看，然而细看之后，她的表情顿时凝住。

苏漓震惊地感应着手中细微的颤动，那种来自灵魂深处的共鸣——这是逐光剑，这是孟琅嬛的佩剑！

"师……师尊……"苏漓结结巴巴地问，"你这剑，是从何处取来的？"

那时她死于天雷后，傅行书以这把剑自尽，之后便再无此剑踪迹了。

容隽似乎没想到苏漓会有这么一问，眼神微动，向她看去："我……忘了。"

"忘了？"苏漓苦笑了一下，上品灵剑又不是什么寻常物品，这也能忘？苏漓心下猜测，一定是有什么隐情，容隽不想告诉自己罢了。

"灵器再好，也是身外之物，自身修行才最为重要，你先把灵剑收起来吧，今日的修行，已经耽误不少时间了。"似乎怕苏漓再多问什么，容隽抛下这句话，便径自走到亭子中，背对苏漓坐下。

苏漓心神久久无法平静。

昆仑血玉、逐光剑，这两样东西同时出现，难道真的只是巧合吗？

容隽为什么对自己这么好，把一把上品灵剑给不过是炼气境的自己？

苏漓满腹疑问，却一个都得不到解答。

只可惜逐光剑虽与她有共鸣，却不能回答她的问题，而容隽的身上，似乎也藏了不少秘密。

苏漓放下灵剑，朝瀑布走去，熟悉的箫声再度响起，她花了比平日更长的时间才入定。

苏漓不知道的是，容隽心中的震惊不亚于她。

三年前，他一觉醒来，便看到身旁躺着这把灵剑，然而无论他如何施压，这把灵剑始终不能为他所用。灵剑的自我意识非常强，甚至宗主也曾试过，却始终无法与灵剑沟通灵识，修为稍低的，甚至根本拿不起灵剑。而苏漓，一个炼气境的修士竟然轻而易举地拿了起来，而且似乎与灵剑产生了共鸣……

自那日得了逐光剑，苏漓便日日将它带在身边，明显可以感觉到逐光剑与自己的共鸣更加强烈，但是苏漓的修为尚低，并不能与之建立有效的联系。

转眼半月过去，苏漓日间运转《素心玉清诀》，晚上炼化凝霜草，水到渠成，突破炼气六层，甚至已经触碰到七层的边缘，但她并不急于突破，而是专心打磨自己的根骨肉身，毕竟这才是她修行的根本。而有了容隽的日日教导，她也没有了下山的必要，只在初七那日随容隽下山听课，其余时间一概待在山上潜心修行。

那日在纯阳殿前听课完毕，苏允凰说自己过两日在演武场有场对决，问苏漓是否前往观战。苏漓兴冲冲的，本想要答应，却见容隽一个冷眼扫了过来，只能悻悻摇头，说自己学艺不深，只怕看了也无多大用处，只能预祝苏允凰首战告捷了。苏允凰倒是笑笑，不以为意。

实则以苏漓的眼光，看筑基境界的修士对决，无异于看三岁小孩推搡玩闹，实在没有什么用处，不过是冲着苏允凰的面子，以及抱着想要碰上余长歌的心思才有了答应的念头。苏漓没有机会下山观战，其他几个师弟倒是耳目灵通，隔日便将演武场上的精彩对决绘声绘色地对她描绘了一遍。

"今次余长歌和苏允凰可是大出风头啊！"望舒说得两眼放光，"尤其是余长歌，越阶挑战，七连胜，打得几个神通境的师兄脸上无光，丝毫没将师兄们的面子放在眼里。苏允凰倒是彬彬有礼的，也是连胜五场，不过看着她态度还算谦和又长得跟仙子似的，师兄们倒也没有给她脸色看。"

苏漓笑笑，应了一句："他们二人早已是筑基大圆满，不过是为了夯实基础而没有急于破境，若论修为，应当是不输寻常神通境修士的，若说欠缺，也不过是缺了实战经验，我猜以后这演武场一定是两个人最常出现的地方。"

望舒笑道："师姐入门不到一个月，却是见识不凡了，其他长老也是这么点评的。不过那个余长歌倒不像欠缺实战经验，我虽未亲眼所见，但听观战的师兄们说，那人下手毫不留情，根本不像比试斗法，倒像是生死相拼似的，几个被他打败的师兄都负伤不轻呢。所以如今门内的师兄们对他是又怕又恨，而且被他打伤的修士有一个跟天榜第二十九名可是同族兄弟，好像是叫薛统，我听说那位薛统师兄已经跟余长歌约战了，那可是神通境五重的修为，余长歌跟他比可差远了。"

苏漓闻言，心中一动。这余长歌看起来并不像是个蠢人，怎么竟给自己招敌了？

望舒虽多说了两句，却也没有把其他山门的事情放在心上，不过片刻便将话题转开了，苏漓兴致缺缺，便没有仔细去听了。

"再过几日就是八月十五了，这在俗世是个极其重要的团圆日子，便是在蓬莱，弟子们也是要过节的，多年离家未归，大家也都将蓬莱当成了自己的家。"望舒说到此处，其他几个师弟似乎是想起了家人，纷纷垂目，各自难过，"师姐初来大概不知道，蓬莱有个惯例，便是每年八月十五晚上，各山门组织赏月宴，纯阳殿前还会有放飞天灯祈福的活动。我们空芰山因为人少，师尊每月十五身子又不适，所以一直没有举办什么活动，只是由小杨炒几个菜，烫一壶酒，吃喝一番了事，也只有童潜光会溜下山去找其他女修士一起放灯。"

童潜光听到此处不由得黑了一张脸："望舒你莫黑我，说得好像前年你没有去似的。"

望舒呵呵一笑，脸不红，心不虚，接着道："今年师尊应该也是不会和我们一起过了，不过难得咱们山上多了一个人，定要多热闹一番。我有个主张，你们听听成不成？"

童潜光最爱热闹，小杨也是一般，都是兴奋地望着望舒，连声道："你说，你说！"

望舒得意地顿了一下，见几人都是一副焦急的样子，这才道："我前些日子去空雾山采茶，有相熟的师兄匀了些焰火给我，我还得了一坛子醉仙酿，不如我们就自己在山上吃喝一番，然后放焰火和飞天灯，你们看怎么样？"

"我以为是什么好主意呢！"童潜光撇了撇嘴，失望地道，"本以为你还能约几个师姐上来……"

望舒敲了他一个栗暴，道："便是师姐们肯，也要师尊肯啊！"

童潜光揉了揉脑门，嘟囔道："师尊那日不是不出门吗……"

望舒白了他一眼，懒得理他，转头看向其他几人，热切地道："你们瞧着怎么样？"

小杨倒是一副嘴馋的样子，笑呵呵地点头说："好啊好啊，你居然能搞到醉仙酿，有你的！"

张寒也是面色淡然地点了点头："我原也不爱下山与人凑堆。"

八月十五说是团圆佳节，然而在这蓬莱仙宗里，倒是让正青春骚动的修士们过成了情人节，纯阳殿前成双成对的修士携手放灯，单身的年轻修士们眉来眼去便又成了一双，这也是童潜光热切想要下山的原因。

苏漓见其他人都同意了，自己更没有了反对的理由。因此这么一群人乐呵呵地商量好了，齐齐把容隽师尊抛到了脑后。

眨眼便到了十五这天，早上修行完，容隽便吩咐苏漓下午和隔日都休息，容隽也没有说原因，苏漓当然也不会多嘴去问，摆出一副恭敬的态度便离开了。

这段日子师徒俩的相处模式让容隽颇为舒心，苏漓不像其他女修士一身的坏毛病，总想往他身上贴。她每日里老老实实地修行，无论多难多苦也不吭一声，修行进度更是远胜常人，对他也是毕恭毕敬的态度，只除了修为太差，需要蹭飞剑，其他地方倒也无可指摘。若弟子们都这般好带，他倒也不在乎多带几个。本来容隽已是元婴九重圆满，正是突破法相的关键时刻，只是修行之路素来顺风顺水的他却在这里遇到了瓶颈，久久不得突破之法，宗主说突破法相需要神魂圆满，也需要机缘，想来是他机缘未到，便索性放松了心神，教导苏漓修行，自己倒也有所得益。

容隽虽然没有过问，望舒却乖觉地提前报备过了，因此容隽也知道几个弟子兴致勃勃地准备晚上庆祝一番。他素来不喜热闹，却也不会故意去打扰弟子们的兴致，因此淡淡地点了个头，便同意了，只说了一句"不可醉酒误事"。

苏漓离开飞霜殿后便直奔灶房，几个热菜刚摆上桌面。

　　小杨看苏漓来了，便笑着说："我时间掐得刚刚好，就猜师姐这个时间该到了。"

　　苏漓笑道："是师尊每日修行时间都算得刚刚好。"

第九章

怀苏帅兄

　　几个人边用着饭，边商量着下午的准备活动，难得能开荤一日，一个个兴奋得摩拳擦掌，小杨直叫要拿出自己的拿手好菜让苏漓尝尝。苏漓笑眯眯的，表示十分期待。

　　如此忙了一个下午，到夕阳西斜时，一桌丰盛的酒菜才做好。

　　一只皮酥肉嫩的醉仙鸡，是望舒紧巴巴倒了一杯醉仙酿出来腌制的，倒也不愧是修行界有名的仙酿，只一杯酒便让整道菜香气四溢，让人闻了食欲大开。张寒又从灵河里捕了几条白鱼，小杨挑了一条足有一斤半的清蒸了，淋上热油与酱料，鲜味便扑鼻而来。另外几条稍小的白鱼剔除了骨头，做成鱼片汤，本身就灵气十足的白鱼只需要加几粒盐巴便是一道可口的美食。小杨另外又炒了两个素菜——荷塘月色和地三仙，也是配色清爽、美味可口的模样。

　　最后端上来的便是忙活了一个下午才鼓捣出来的月饼了，十来个月饼堆成了一座小塔，小杨献宝似的介绍说："我这馅料可厉害了，有甜有咸，还在其中一个里面放了个龙晶石，谁若吃到了，保证今年有情人终成眷属！"

　　望舒笑嘻嘻地从最上面拿了一个，打趣道："小杨，你什么时候厨子不做，改做月老了？"

童潜光也拿了一个，道："我若真成了好事，便给你一个大红包！"

张寒见两人都拿了，便也跟着拿了一个，咬了一口，说："这是五仁馅的。"

童潜光也咬了一口，皱着眉说："榨菜咸肉的，我不爱吃，张寒，咱俩换换。"

张寒嫌弃地看了他一眼："不换，有口水，脏！"

童潜光听了便瞪大眼睛，龇牙咧嘴。

苏漓看着几人逗趣，心情也不觉好了起来，便也伸手拿了一个，说："我看看我吃到什么馅的……嗯……我的是蛋黄莲蓉的……"

话没说完，她便感觉牙齿碰到了什么硬硬的东西，拿开一瞧，不禁乐了："看来还是我运气好，龙晶石在我这儿呢！"

几个人把头凑过来，这一看，都笑了："不愧是师姐啊，我看我们空芨山的男修士估计都只能孤单一辈子了……"

苏漓笑眯眯地将龙晶石摘了出来，不过指甲大小，圆圆一小颗，虽然是最下品的红色龙晶石，却也让她心情大好。

"来来来，喝酒喝酒，我们祝师姐修行有成，早日寻到如意道侣！"小杨大笑着拍开了酒坛子，顿时香气幽幽飘了出来，让人未饮便醉。

淡粉色的酒倒在杯子里，映着天上一轮月，如此香气，如此美景，让人既不忍喝了酒破坏那轮明月，又忍不住想喝这美酒解馋。

几个男修士早被勾起了馋虫，哪有心思看什么美景，纷纷端起酒碗，干一下杯便喝。

苏漓也笑着一同举杯，甘醇的酒液入腹，一股热气便涌上四肢百骸，灵力也缓缓运转开来，一股不知是什么花的香味在唇舌间停留，令人回味无穷，她也忍不住又倒了一碗。

几人说笑着，轮流说着自己俗世家里人的事，不知是谁勾起了伤心事，小杨第一个哭了起来，另外几人也跟着黯然神伤，唯有苏漓愣怔地望着酒盏，不知在想什么。

望舒勉强笑道："让师姐见笑了，我们这些人离家久了，平日不说，可是遇到这种日子，总是难免难过。师姐离家也有一月了，可还想家里人？"

苏漓愣了一下，饮了口酒，笑着说："倒也不是很想，我很小的时候生母便离世了，我是庶女，父亲也不大管我。"

望舒闻言愣了一下，有些尴尬地挠了挠头："对不起，我没想到……"

"何须道歉？"苏漓不以为意，摇了摇头，"修行之路，还是无牵无挂的好，有这样的父母，倒不如说是我的幸运。"说着也自嘲般笑了笑。

当初孟琅嬛便是有了太深的牵挂……

望舒有些黯然神伤："师姐……就没有牵挂的人吗？"

苏漓望着杯中酒，酒中月，神思飞得很远，飞到九重天外，飞进无数轮回里，她笑道："大约有吧……有些醉了，竟是记不清了。"

那边童潜光传来一声大喊："放焰火了！放飞天灯了！"

小杨应声跑了过去，喊着："我来我来！"

"砰"的一声，焰火飞上高空，猛地炸开，散落了半天的琉璃宝石，耀眼得让人不能直视。张寒提了盏飞天灯来，对苏漓说道："师姐，这盏灯是给你的。"

望舒也拿了支笔给她，说："你可以在上面写一些你想说的话，寄给远方的人。"

苏漓愣怔地接过了笔，许久不知该写什么，仰头望了望月明星稀的夜空，醉意蒙眬的双眼里倒映着漫天璀璨的烟火，想起这荒唐伤情的几千年，不禁提笔写了两句——

误入红尘深处，沉醉不知归路。

她想起幼年时贪玩，独自一人溜出了淮苏山，结果在山海白雾间迷失了方向，跑得精疲力竭也找不到出路，最后坐倒在地，哭得一塌糊涂，甚至昏睡了过去。

朦胧中，是一个水墨天青般的身影拨开了重重迷雾，带着清爽又温暖的满身芬芳，温柔地将她抱了起来。她脑袋昏沉，趴在他肩膀上，双手无意识地抓着他的衣襟，感觉到一只手轻轻拍着她的后背，那人又是无奈又是担忧地说："总算找到你了……"

后来，她再也不怕迷路了，只因不管她跑到天涯海角，怀苏总是有办法找到她。

可是这一回，她真的等了好久……

这一夜，苏漓着实喝多了，不过其他几个师弟喝得更多，也没人注意到她是何时离开的，甚至连她自己都记不清了。最后一丝清醒的意识将她带回了小竹轩，　　进屋，门也来不及关，她便趴倒在床上。

夜里的风从敞开的门口吹了进来，酒劲过后她感觉到了一阵阵凉意，忍不住打了个寒战。

一只素白修长的手轻轻关上了门，叹了口气，将她抱上了床，又打来一盆热水，为她擦拭头和脸。

苏漓身上觉着冷，面上却红得发烫，脸颊泛起不自然的嫣红，眼角湿湿的，倒像是哭过一般。热毛巾擦去她额上的薄汗和眼角的潮湿，又洗过拧干，为她擦拭耳后的肌肤，些微的痒意让她忍不住瑟缩了一下，翻了个身，身子蜷成虾子一般，嘴里咕哝了几句含混不清的话。

修长的手指撩起苏漓贴在颈上的长发，轻轻顺着，让她苏漓舒服得眯起眼，不自觉地往那只手的方向贴去。

那人似乎轻笑了一声，收回了手。骤然失了爱抚，苏漓皱起眉来，哼哼唧唧两声，便睁开了眼。她墨玉般漂亮的眸子还带着挥散不去的浓浓醉意，她歪着脑袋，看了半晌，眼前的景象才缓缓清晰起来，只见一个身着白衫长袍的熟悉面孔带着自己不熟悉的表情出现在床前。

"希……希尊……"苏漓的舌头有些捋不直，讲话都不利索了。

容隽勾了勾嘴角，似乎笑了一下。

笑了？师尊笑了？

"好稀奇啊……"苏漓傻傻笑了一下，"师尊居然会笑，还是冲我笑。"

"阿漓，你醉得不轻。"

"没有啊……我清醒得很呢，还能修行……对啊，不能浪费时间，我还得修行呢……"说着竟摇摇晃晃地坐了起来，摆出个打坐的姿势，"我要修行什么来着……师尊，我们是不是要去灵河瀑布啊……"

容隽眉目间闪过一丝轻愁："阿漓居然会主动要修行了，不用师兄催着了吗？"

苏漓看着容隽，眼神越发迷茫起来："你说什么？不不不……为什么你叫我阿漓？只有师兄能叫我阿漓……"

容隽轻轻笑了一下，伸出手揉了揉她的脑袋："傻姑娘，你认不出师兄了吗？"

苏漓拍开他的手，生气地说："不要以为你是师尊就可以随便揉我的脑袋，师兄会生气的！"

容隽深深地感到无奈，漆黑的瞳孔直直望着苏漓，认真地说："阿漓，我是怀苏。"

"怀苏……怀苏……"苏漓默默念了两句，忽地展颜一笑，"这醉仙酿真厉害，我果然是醉了，居然梦到容隽师尊说他是怀苏……罢了，反正是做梦，就当是真的好了！"说着竟伸出手去，用力抓住了容隽的衣襟，一把扯了过来，容隽没有反抗，便被她扯到了面前，两人面贴着面，眼对着眼。

"你说！你为什么不来找我？"苏漓瞪着眼质问，"你是不是有了别的龙了，不要我了？"

容隽愣了一下，然后笑了，有些心疼，有些心酸："怎么可能？我找了你很久、很久……"

"你骗人，三千年了！"苏漓的眼眶微微红了，"你若真找我，怎么可能找不到呢？我一直在等你啊……他们都欺负我……师兄也不要我了……"说着眼泪一滴滴落了下来，"你一走，他们就抓了我，还诬陷我，把我绑上剐龙台，一刀刀割我的肉，可疼可疼了……不过我一声都没喊疼，我没给师兄丢人……"

容隽的心像被人狠狠攥住了，指尖深深刺入肉中。他早知道她受了委屈和折磨，可是她亲口说出来，带着撒娇与埋怨的语气，仍是让他心疼得想再杀上一回天宫。

"师兄帮你报仇了……"容隽伸出手，轻轻顺着她的后背，那是她最喜欢的动作，总是能在她生气难过的时候轻易抚平她的情绪。

果然，她在容隽轻缓的安抚下放松了绷紧的神经，轻轻地将脑袋靠在他肩上，说道："我想着，我一定要好好修行，这样，师兄不来找我，我也能去找师兄了，可是那么多年过去了……我又想，万一是师兄不要我了，怎么办……"

"师兄不会不要阿漓的。"容隽紧了紧拥着她的手臂，垂下眼睑，道，"师兄只是去处理了一些事。"

"什么事……比阿漓重要吗？"苏漓眨了一下眼，猛地抬起头，看着容隽的眼睛，"是不是画上那个人的事？"

容隽愣了一下，反问道："什么画？"

"就是师兄藏着的那幅画啊，画上有个穿苍青色衣服的人，我小时候偷看过师兄看画，那一定是师兄很在乎很在乎的人，对不对？"

容隽眉心微微蹙起，眼神复杂地看着苏漓，良久之后，叹了一声："是……不过，我去处理的那些事，与她无关。阿漓，你还是醒来吧，我有很重要的事和你说。"

"我不醒。"苏漓用力摇摇头，然后往前一扑抱住了容隽，说道，"醒来，你就不在了。"

容隽失笑摇头，白皙的右手抚上苏漓的额头，一道淡淡的白光笼住了她的脸，在那道白光下，苏漓的酒意缓缓消退，也松开了抱着容隽的手。

苏漓往后坐倒，捏了捏额角，如梦初醒般晃了晃脑袋，看向容隽道："师尊？师兄？我不是做梦？不是喝醉了？"

容隽笑了笑："你是喝醉了，但不是做梦。阿漓，我是怀苏。"

苏漓的瞳孔猛地一缩，难以置信地望着容隽道："怎么可能？怀苏师兄乃古神一族，怎么可能变成一个凡人？"方才发生了什么事，她记不太清楚了，只记得容隽说自己是怀苏，她处在震惊中，久久回不过神来。

怀苏伸出手，还未碰到苏漓，后者便往后一缩。怀苏有些失落地垂下手，笑道："我从太虚幻境回来后，便听说了你的事，因此下凡来找你。"

"哦……"苏漓此时清醒了，却不敢像先前那般肆意了，但对怀苏的那份怨念却仍在心底盘桓，她问，"你……什么时候回来的，又怎么变成这副样子了？"

怀苏一眼便看穿了她的别扭，眼底闪过一抹苦涩："阿漓可是怪我来迟了？"

苏漓揪着衣角说："也不是啦……看到师兄，我还是很高兴的……不过不太敢相信罢了……"

怀苏轻轻叹了口气，撩起衣角，在床畔坐下，说道："我自太虚回来，已是一千年后了。从旁人处得知了你的事，便上了天宫讨说法，阿漓，那些欺负过你的人，我一个也没有放过。"

苏漓抬起眼，望着他："天帝呢？"

怀苏轻描淡写道："如今已经换了人。"

苏漓瞪了大眼，难以置信地看着怀苏，嘴巴张得老大："师兄，你没骗人吧……天帝虽然不是个东西，但还是挺厉害的，你……你把他打得形神俱灭了？"

怀苏淡淡道："倒也不至于，只是没有一两万年是恢复不过来了。"

苏漓顿时两眼冒光，先前那点小别扭也消失了，猛地向前一扑抱住怀苏的手臂，小狗似的贴着他的手臂，讨好道："师兄你太厉害了！嘤嘤嘤……你不知道那个老头儿多可恶，当初把我折磨惨了，阿漓好疼啊，现在还会做噩梦呢！我就知道师兄会帮我讨回公道的！师兄，阿漓好想你啊，你想不想阿漓啊……"

怀苏低着头看她撒娇，淡淡笑着，揉了揉她的脑袋，掌心却少了龙角那熟悉的触感，心中不禁黯然："师兄自然也想阿漓。"

"那为什么这么久你都不来找我？"苏漓委屈地抽了抽鼻子，"凡间的日子好漫长，以往在漓江，与师兄几百年没见面也感觉平常，可是在凡间三千年，让人觉得好难熬。"

"我一直在找你。"怀苏心疼地望着她的脸庞，想到曾经看到的她饱受苦难的前世，他捧在掌心里的孩子，却在凡间吃尽了苦头，那一刻，他恨不得砸了轮回镜。

"我本想让天帝将你从轮回中放出来，但天帝说，天道之罚已下，便是他也无法撤回，我找了许多神仙，都说神力不能干涉。我便想，索性我亲自出手，将你的转世带回淮苏山，便是修行个百年也能成仙。但凡人肉身脆弱，无法通过九天罡风，这个方法也行不通了。而以我古神之身，又无法在凡间久待，不能陪你修行、护你周全，除非亲自入了轮回。"

"那师兄……你如今是转世为人了吗？"苏漓惊疑不定地看着怀苏，若真是，那怀苏的牺牲……真的太大了……

怀苏点了点头，道："算是吧，只不过想走些偏门，又出了点意外。"

见苏漓又露出不解的目光，他便耐心解释道："我既决定了要入轮回陪你，便要找出你下一世轮回的真身，可是任我踏破地府，也找不出你的灵魂所在，阎王说你的轮回在天道上，不在生死簿上。但我知道你若要轮回，必然要从地府经过，从往生池入六道，因此我便在往生池前等着，直到你到来。"

"可是……即便你和我手拉着手进入往生池，我们也投胎不到一块去啊，而且，都喝了忘川水，你怎么还能记得前世？"

怀苏笑了笑，道："我并没有进入往生池。不过那时，你已喝了忘川水，我便将你偷走，飞往人界，让你投生在我亲自安排好的胎身里。"

"等等！"苏漓惊得坐直身子，问道，"我这具肉身，是你亲自挑选的？你为什么给我挑个傻子投胎啊？"

怀苏无奈地笑了一下："这便是一个意外，许是我逆天而行的一个小小惩罚吧……"

苏漓咬着牙道："这惩罚一点都不小啊，幸亏我恢复记忆苏醒了过来。不过你为什么不干脆帮我选苏允凰那具身体呢？那可是天生双灵根，比我这肉身好多了！"

怀苏神秘一笑，道："她的双灵根，如何能与你相比？难道你没有感觉到自己的根骨与众不同吗？"

苏漓一想，道："是啊，我正觉得奇怪呢，根骨之强，远胜寻常凡人，可是又没有灵根，只能找其他修行之法了。"

怀苏宠溺地揉了揉她的脑袋，说："阿漓本是世间最尊贵的真龙一族，寻常凡胎如何配得上你？只有真龙骨和真龙血才配为你重塑肉身。我花了一番工夫才寻到真龙骨血，植入你的胎身内，如此滋养十几年，你便能修行真龙神通，到时候便可真正化龙，变回苏漓。"

苏漓惊喜不已，瞪大了眼睛："竟是这样！这……这……师兄想得太周到了！我本也想着灵根不行就肉身成圣，没想到竟是真龙骨血，可是这世间真龙也不超过一掌之数了，师兄，你该不会杀了条真龙吧……"

怀苏摇了摇头，淡淡笑道："我怎么会呢？它们好歹是你的同族，我不会杀它们的。"

苏漓松了口气："那就好，我就知道师兄最是温柔可亲……"

怀苏微微笑道："不过是刨了它们祖坟而已。"

苏漓一脸仰慕地望着怀苏："怀苏师兄……果然是个顶顶温柔的人啊！死了的龙怎么跟活着的龙比呢？师兄这么做是没错的！不过师兄为了我，真是把三界都得罪光了吧……那师兄你又怎么成了容隽？"

怀苏不禁微微皱眉，无奈地叹气道："这便是另一个意外了。我修改了生死簿，为自己准备好了另一副肉身，而且因为没有喝下忘川水，我还能保有前世记忆，寻思着等过几年便去找你，不料因为逆天改命，引来雷劫。我在下界实力大不如前，竟受了伤，还没有找到那具肉身，便迫不得已躲进这副身体里。当时这副身体气息刚绝，阴气未盛，倒是极好的复生之选，只是我元神受挫，为了自我修复，只能陷入沉睡。后来机缘巧合，被蓬莱宗主看中带回了蓬莱。有我的神魂滋润，这具身体的木灵根资质自然是万年难得，修行起来也是极快，我也因此从中受益，尤其是近几年突破元婴之后，元神之力大有长进。我每月满月之夜借助月之精华便能恢复神识，只是我恢复神识这段时间的所作所为，容隽却只能从旁人口中得知，自己一点印象也没有。"

苏漓皱着眉想了片刻，问道："所以你和容隽其实是一个人，只是容隽少了属于怀苏的那份记忆？"

怀苏微笑着点了点头。

"少了记忆，便会性情大变吗？"苏漓食指叩着脸颊，仍是满脸疑惑，"那个容隽，跟师兄的性格可是一点都不同呢，我完全没想到居然会是师兄的转世。"

"记忆不同，经历不同，自然性格也不一样。"怀苏淡淡笑道，"阿漓几世转世，在恢复记忆之前，性格不也有所差异？"

"这倒是……"苏漓眨了一下眼，想到过去，不觉有些神伤，"凡人的一生不过须臾数十载，却比神仙还要复杂……"

怀苏也看过她几世的遭遇，不禁心疼地揉了揉她的脑袋道："都过去了，以后师兄会陪着你，保护你的。"

苏漓仰起小脸，望着怀苏，甜甜一笑："嗯！师兄来了，我就放心了！"

看着她发自内心地欢欣雀跃，毫不掩饰对自己的信赖，怀苏心中顿时溢满了柔情。他在淮苏山养了那么多的灵兽，可唯有阿漓，最让他割舍不下，在得知她灰飞烟灭被打入轮回之后，他整个人几乎崩溃了。他从来不知道自己也有那么残暴的一面，恨不得夷平三界，屠尽众生来为阿漓陪葬，若不是得知还能救回她，也许盛怒之下，丧失了理智的他，真的会做出那样的事来……

可是只要她在自己面前，露出那样不设防的依恋，他的心便又会化为一池春水，在她面前，他愿意永远是她最喜欢的模样。

怀苏满怀心思望着苏漓，她却忽地眨了一下眼，坐起身来，一脸严肃地问："师兄，那逐渊的转世，你可知道是谁？"

怀苏闻言微微愣怔，眼底闪过一丝难以察觉的阴霾，说道："你和他的命数都被天道所藏，我也曾试图查探，却一无所获。"

"我怀疑一个人。"苏漓微低着脑袋，摩挲着下巴沉思道，"我在他身上看到了逐渊五世时的遗物，会不会和逐渊有关系？师兄你如今虽成了凡人，但我感应到你元神气息很强，你能不能看穿他的来历？"

怀苏沉默了片刻，问道："逐渊五世，可是傅行书？"

苏漓有些诧异地扬了一下眉梢："师兄也知道他吗？"

怀苏微微笑着，笑意却未达眼底："我在轮回镜里看到了。那一世，阿漓过得很是伤情。"

苏漓脑海中又掠过那些曾让她痛不欲生的画面，也不禁眼神一黯："都过去了……傅行书的昆仑血玉，如今在余长歌身上，而余长歌已经拜入云霁山门下了。我们若半夜去查探，会不会被云霁山长老察觉？"

怀苏道："察觉只怕是难免的，云霁山长老已是法相四劫道尊，不过即便察觉了，他也不会多说什么。"

听怀苏这么说，苏漓便放心了，立刻缠着怀苏道："那我们现在去瞧瞧吧！"

怀苏怎会拒绝苏漓的要求，微笑着便答应了，右手揽住她的腰身，一眨眼间便飞出门去，凌于云上。苏漓自然地伸出手攀住他的肩膀，她还小的时候飞行不稳，或者是懒得自己飞了，也是这般缠着怀苏带她。

云霁山和空芨山虽然有一段距离，但对于怀苏而言也不过眨眼便到。此时夜已深了，便是纵情狂欢的修士也都早已睡下。云霁山的新人弟子另外住在外围的居所，怀苏对云雾山也有一定了解，稍一过眼，便飞向新人弟子的居所，悬于上空。一股独特的气息吸引了怀苏的注意，他眉头微皱，伸出空着的另一只手，轻轻一拂，墙壁与屋顶便失去了阻隔，让人可以透视。

苏漓指着一个盘坐着的身影压低声音道："师兄，就是那人。"

怀苏先前感应到的气息，也是来自于这个人。

他因为未曾喝过忘川水，又是古神的修为境界，哪怕身受重伤又入了轮回，元神之强也是远超常人。虽说他不能看透轮回，但看穿一个人的根底还是绰绰有余的，但是那个余长歌……他看不透。

"那人身上古怪得很，似乎有一种力量，在阻隔别人的探视。"怀苏沉声说道，"那股力量，并非善类。"

苏漓闻言，猛地想起傅行书当时的变化，本来那么善良的一个人，却突然变得嗜血残忍，难道也是外力所致？

怀苏望了一眼主殿的方向，嘴角一勾，道："被主人发现了，我们走吧。"

他卷着苏漓的身子，往空芨山的方向飞去。

小竹轩内，苏漓托腮沉思，思来想去，觉得问题应该在那块昆仑血玉上。

"师兄，你可能看出那块血玉的来头？"苏漓抬头问道。

怀苏道："昆仑血玉乃地心火精喷发，灼烧昆仑玉千年而成，这种宝物身具灵性，有滋养灵魂和元神的功效，并非邪物。适才我查探之时，发现神秘力量阻隔了我的探视，因此异常是否出在昆仑血玉之上，我也无法确定。但此物曾为傅行书所有，如今又落到余长歌手上，恐怕也非完全偶然。只是余长歌身上的力量诡异且不善，你最好不要随便接近他。"

苏漓不以为意地笑了笑："师兄，我觉得天道的安排也有个漏洞，只要那人不是逐渊，他便是对我有滔天杀意也是杀不了我的。"

怀苏正色道："若他是呢？"

苏漓愣怔，答不出话来。

怀苏轻轻一叹："阿漓，我如今元神尚未恢复，一月里只有几个时辰是清醒的，其余时间怕是无法完全护你周全，所以你千万要自己小心，多待在空茏山上，待琅嬛古地开启，你才有自保之力。"

想到昔日横行三界的怀苏师兄，如今为了自己却化为凡人，甚至元神也受损，无法完全恢复元神意识，苏漓不禁难过得想哭。她咬了咬唇，一把抱住怀苏，脑袋抵在他胸口，哽咽道："都是我不好，害了师兄……"

怀苏轻轻抚着她细长柔软的青丝，柔声道："你无须自责，我做这些事，本就是心甘情愿的，只要阿漓没事就好了。"

听他这么说，苏漓更难过了。

"我有什么能帮到师兄的吗？师兄要恢复元神之力，需要什么仙草灵药？"

怀苏眸光一转，浅笑道："阿漓有这份心，我便很是欣慰了。明年周山论法，我会参加元婴期的对决，胜者的奖励之中有一枚太古神丹，此物对元神之力而言乃大补之物，寻常修士用它来破境法相，但我能因此而完全恢复元神意识。"

苏漓闻言大喜道："那可真是太好了！难怪容隽始终卡在元婴，无法突破，是师兄你故意为之的吗？"

怀苏笑道："那倒不是，元婴突破法相，需要的是神魂圆满，如今我的神魂力量不完善，自然无法突破了。"

苏漓不好意思地挠了挠脑袋道："是我误会师兄了。"

"无妨。"怀苏不以为意，笑着拍拍她的脑袋，道，"你也须潜心修行，以你的天资，在十月之前修行至炼气圆满应成问题。我会在九月十五之夜，帮你激发血液中的真龙血脉，你便可以将灵力重新转化，重塑龙珠。"

苏漓满脸欣喜，如小鸡啄米般连连点头："都听师兄安排，我一定会好好修行的！"

"现阶段，你便先用着逐光剑吧，蓬莱的人都知道这剑是容隽得来的宝物，你是容隽唯一的弟子，得了这上品灵器也是理所当然，旁人最多嫉妒羡慕，却也不会有其他怀疑。"

想起逐光剑，苏漓又是满腹疑问："师兄，你是从哪里寻到我前世的佩剑的？"

怀苏的目光落在一旁的逐光剑上，清冷的月光透过竹窗落在剑身上，幽幽光亮如水般涌动，映在他深不可测的漆黑双眸中。

"当年我在轮回镜里看到你的五世经历，便赶到你丧命之处，可惜已是来不及，只拿到你的佩剑。我想，你之后转世，必然会想方设法回蓬莱和琅嬛古地，便将逐光剑放到了蓬莱附近。三年前我恢复了意识，便将这把剑带了回来。那时你年纪尚小，记忆也还没有恢复，还没来蓬莱，而我虽然恢复了意识，但支撑时间尚短，也无法摆阵传送到烨国，只能苦等你长大。前两个月，蓬莱又开放考核之日，我不知道你记忆恢复了没有，但心想只要你来了蓬莱，我总有办法帮你恢复记忆，便吩咐了弟子，为你留了一个名额，又特意凝聚元神之力，授意于正心上人，让他助你入门。"

困扰了苏漓许久的疑惑解开，她恍然大悟道："我还以为那个名额是给苏允凰的呢。"

怀苏笑了笑："我虽力不能及，但始终关注着烨国的一举一动，尤其正心上人又是蓬莱的客座长老，有些消息我便能更轻易得知。而且，我托梦于正心上人之时，也明确说出了你的名字，他是断然不会弄错的。"

怀苏此刻说来轻描淡写，实则以他如今的元神之力，想要在千万里之外托梦，着实不容易，当中更是有不少凶险之处，只不过事情既已过去，他便不愿再说出来让苏漓担心。

苏漓素来觉得怀苏师兄最厉害，什么事都难不倒他，因此也没有多去细想，只是感动于师兄为自己筹谋良多，而自己一度以为师兄不要自己了，还心生怨怼，未免有些对他不住。

"师兄为我做了这么多，我先前还误会师兄了，师兄不会怪我吧……"苏漓讨好地抓着他的袖子轻轻晃着。

怀苏不禁失笑，揉了揉她的脑袋，道："我何时怪过你？"

苏漓嬉皮笑脸地贴了上去，道："就知道师兄最好了……只是……"

"只是什么？"

"我担心师兄为我做了这许多事，得罪了那么多人，如今又沦为凡人，神力全无，会不会惹来上头那些坏东西的报复？"苏漓忧心忡忡地说。

"那些人……"怀苏不以为然地一笑，"我这凡人之身就算死了，也不过元神归位罢了，他们没有能力将我打得形神俱灭，便不敢来报复。天界那些神仙，不过是欺软怕硬的东西。"

怀苏素来温和，此时语气淡淡的，却难掩一丝傲然。他生自太古，落地成圣，活了数万年，是三祖神之下最强大的存在。不周山之战后，三祖神相继寂灭，不周仙翁早已不知游荡到哪个异界，如今天上地下，又有哪个能与他匹敌？

苏漓满是倾慕地望着怀苏，讨好道："当日天帝栽赃陷害寻我麻烦，我便想师兄若回来了，定会为我讨回公道。可是师兄，有些事我始终想不明白，那天帝为何要寻我麻烦？我不过是一条与世无争的龙，也碍不着他什么事，为什么他非得置我于死地，而且那么巧就赶上了师兄不在的时候？我一直以为他是冲着师兄去的。你知道到底是怎么回事吗？"

"不是我……"怀苏神色似乎有些怅然，修长的指尖轻轻顺着苏漓的长发。苏漓受用地眯了一下眼，找了个舒服的位置，趴在怀苏膝上由着他顺毛。怀苏低着头看她熟悉的动作与姿势，似乎三千年过去，有些小龙的习性仍在她骨子里，一点没有变，这让他莫名地觉得有些淡淡的愉悦。

"或许……天帝只是低估了你在我心目中的地位吧。"怀苏的心思转了几转，决定暂时瞒着她真相。

苏漓微眯着眼，有些昏昏欲睡，嘴角却不自觉地扬了起来："我在师兄心里是不一样的吗……师兄养了那么多灵兽呢，嗯，阿漓最尊贵，阿漓最厉害，阿漓最体贴！"

怀苏不禁莞尔，心里默默补充了一句：阿漓最霸道。

她是万兽之主，淮苏山那些凶兽哪个见了她不是俯首帖耳？不到三百岁，她便将满山的凶兽驯得比兔子还乖巧，整日里嫌弃这个丑那个凶，霸道地想要独占淮苏山，独占他……

"你有了我还不够吗，养那么多做什么？"她坐在他膝盖上，一张小脸气呼呼的，额上两只嫩嫩的龙角一动一动的，令他忍不住伸手捏了捏。一旁的白虎听了她的话，委屈地呜咽一声，阿漓扭头朝它瞪了一下眼，"插什么嘴，一会儿把你吃掉！"

怀苏失笑扳过她小小的下巴，正色道："如今下界灵气稀薄，它们又不为上界所容，你将它们赶了出去，岂不是要了它们的命？"

苏漓纠结地皱起眉头。她虽恼怒凶兽们分了怀苏的关心，好歹一起长大，她嘴上嚷嚷着要吃了它们，却不是真心想要它们的命。

"可是……可是……"苏漓难过极了，伸出肉乎乎的小手抓紧了怀苏的袖子道，"师兄你别老是陪它们，你陪阿漓一个就好了，你养阿漓，阿漓帮你养它们！"

白虎想要发声表示反对，又害怕地低垂着脑袋和耳朵。

怀苏温柔地笑着说："好啊。"

阿漓在他心目中，自然是不一样的，可是阿漓似乎并没有真的意识到这一点……

此刻，怀苏低着头，静静地凝视着她莹白如玉的侧颜，虽不是看了几千年的那神女般高贵美貌的容颜，但无论阿漓变成什么样子，在他眼中都是一样的。旁人都说漓江神女最是高贵冷漠，他听了，也只是笑笑，并不为她辩解，她那些喜怒哀乐，女儿姿态，只在他一人面前呈现就好，旁人误会就误会吧。这么一想，他似乎也和阿漓一样，十分霸道。

只可惜她入了凡尘，终于也明白了那些俗世间的爱恨情愁，让他不知道是喜是忧。

"阿漓，你和逐渊……"怀苏忍不住轻轻问出了口。

苏漓已是半睡半醒的状态，听到逐渊的名字，鸦翅般的睫毛微微颤，眼神有些迷茫，又有些惆怅，她不自觉地轻轻一叹："是我连累了他……"

怀苏心上微微一抽，问道："阿漓喜欢他吗？"

苏漓的呼吸变得缓慢而悠长，说的话也含混不清起来："我……忘了……"

不是喜欢，也不是不喜欢，只是忘了。

怀苏苦涩一笑。

世人都说龙之一族最是多情，也最是无情，轻易地喜欢，轻易地忘记，却甚少真正往心里去，只怕所有的龙族，都不曾真正爱过人。那人如此，阿漓也是如此。

他本以为阿漓一辈子都不会明白何为男女之爱，直到那一日在轮回镜里看到她为傅行书身挡雷劫，愿意放弃成仙的机会，放弃她的怀苏师兄，只愿一辈子陪着她的行书哥哥……

那一刻，地府生生被震塌了一半，他嘴角溢出鲜血，忍着心口剧痛转身离去。

原来是阿漓先不要他了……

可他终究还是割舍不下。

怀苏垂下眼睑，苦笑，用指尖描绘她沉睡着的眉眼。

阿漓待他如兄长，敬他爱他，可是她给他的依赖，不是他想要的那一种。

苏漓在怀苏膝上沉沉睡去，好似三千年没有这般安心入梦了，只有在怀苏怀里才能获得这种安全感，好像天塌下来也不怕了。

怀苏轻轻将苏漓打横抱起，放到床上，刚想抽手，却被苏漓抓紧了衣襟。苏漓皱了皱鼻子，凑上去在他胸口蹭了蹭，呢喃道："师兄不许走……"

怀苏的心顿时软了。他的手枕在她脖子下，低下头，鼻间便充斥着她发上淡淡的馨香。苏漓唇畔犹自挂着一抹半是委屈半是满足的笑意，不知道是做了什么样的梦，那梦里可有他？

怀苏无奈地摇了摇头，轻轻掰开她的手指，松开了衣襟，待她躺好，便在她床畔坐了下来，温声道："好，我不走。"

苏漓动了动身子，侧躺着微蜷着腿，一只手抓着怀苏的手，睡得甚是香甜。

怀苏眸色沉了沉，心上转过万千思绪。

神仙的寿命是很长的，遇见苏漓之前，他已活了几万年，与阿漓在一起的一千年，她转世后的三千年，于他似乎也不过是眨眼一瞬，却带给了他比过去数万年更多的喜乐与忧愁，沉寂许久的心因为她又起了波澜，甜蜜的，心酸的……这似乎便是凡人所说的情爱，但是凡人的情爱，再深再浓，又能持续几个春秋？他和阿漓，还有千千万万年，他怕她也会像凡人女子那样，热烈地爱上，又极快地忘却，所以宁愿小心翼翼地守护着，能成为她唯一信赖的依靠，哪怕百年见一次，他也会满足。

直到他看到她为另一个男人哭，为另一个男人笑，他才知道了什么叫妒忌。他的阿漓怎么可以喜欢上别的男人？如果她有了真正喜欢的人，那他又算什么？

他的怒火焚尽了天宫，菩提挡在他身前，苦笑着说，她不过你养的一只神兽，何必为了她闹到这个地步？

不过一只神兽？

别人也是这么看阿漓的吗？

阿漓也是这么看他的吗？

"阿漓，在你眼里，我到底算什么……"怀苏执起苏漓温暖的手，轻轻摩挲着她柔嫩的手背，俯下身，将微凉的唇瓣落在她的手背上，"是师兄，还是饲主而已吗……"

怀苏的意识开始模糊，他知道自己的元神又快消散了，也许自己应该赶快离开，回到飞霜殿，但是阿漓温暖的手让他不舍得松开……

明明早了三千年，却还是迟了一步，这一次，他不会再放手了。

第十章
欺负师尊

辰时的阳光透过窗棂落在容隽的眼睑上，刺目的光线将他从睡梦中拉回，一股熟悉的不适感席卷了全身，就好像神识和灵力都被狠狠透支过，灵池中空荡荡的，提不起一点力气。

最近几年，每个月的十六早上，他都是在这种状态中醒来。容隽对此已经习以为常了，但是今天，他觉得似乎有些不对劲，因为他睁开眼看到的不是飞霜殿的屋梁，而是一张俏丽的睡颜。

少女白皙的脸上泛着红润的光泽，浓密而纤长的睫毛在眼下投出一片淡淡的阴影，平缓的呼吸轻轻将温暖的气息拂过他的脸颊。少女睡着的样子乖巧而美丽，容隽蓦地脸色发白，猛地站起身来，后退了一步。

趴了半夜的身子还僵硬着，这一下动作太过猛烈，直接将椅子碰倒在地，发出不小的声响，少女的睫毛颤了颤，睁开蒙眬的睡眼。

容隽波澜不兴的万年寒冰脸上出现了裂纹，他死死地盯着苏漓的脸，咬着牙问：“你怎么会在这里？”

苏漓坐起身来，抬起右手揉了揉睡眼，不紧不慢地打了个哈欠。早晨的阳光刺得她眯了下眼，她通常不会睡得这么沉这么久，只是在怀苏身边，她难得放松了心神，才有了这一夜好眠。

容隽背着光站在苏漓床前，苏漓看不清他的脸色，脑子尚混沌着，左侧脸颊被压出了浅浅的睡痕，她绽放出一个甜美的笑容，露出两个俏皮可爱的酒窝，道："早啊，师……师……"苏漓的意识缓缓恢复了清醒，那个"兄"字到了嘴边又被她咽了回去，眼底闪过一丝黯然，苏漓改口道，"师尊。"

容隽没想到苏漓会是这样一副态度，这么坦然自若，这么……无耻？

容隽铁青着脸，咬牙又问了一遍："你怎么会在这里？"

苏漓乌黑的眼珠子转了转，这下子彻底清醒过来了，明白了一件事，怀苏师兄不在了，而昨晚发生了什么事，眼下这个容隽师尊根本一无所知。

苏漓眨了眨眼，忽地起了玩心，故作无辜道："师尊说什么呢？这是我的房间啊……"

容隽闻言，转头看了看四周。他对小竹轩不熟悉，但也来过一两回，苏漓说得没错，这里是小竹轩，不是飞霜殿，是苏漓的房间，不是他的……

于是容隽的脸更白了。

"我怎么会在这里……"容隽捏了捏拳，不解地低声自问，语气里甚至带上了一丝不自觉的惊慌。

苏漓歪着脑袋，强忍着笑意，挤出一丝委屈又爱慕的神情来，小心翼翼地问道："师尊……都忘了昨晚的事了吗？"

容隽僵硬地转过脖子，看向苏漓，素来清冷的声音竟有些干涩："昨晚发生什么事了？"

苏漓故作娇羞地别过脸，扭捏地绞着衣袖，偷偷瞥了容隽一眼，又急急忙忙地别开，支支吾吾道："这……这我怎么好意思说呢……"

容隽踉跄了一步，只觉得浑身血液都被抽干了似的，手脚发凉，甚至眼前发黑……

不不不……应该不是我想象的那样……可是又怎么解释我会在小

竹轩，怎么解释苏漓这般欲说还休的娇羞模样？

容隽的呼吸乱了，目光游移着，几回扫过苏漓，却不敢直视她。

苏漓的衣衫有些凌乱，领口微微松开了，露出精致纤细的锁骨和一大片白皙娇嫩的肌肤。这一个月来她勤于修行，出落得越发美丽动人了，身上的每一寸肌肤都嫩得仿佛能掐出水来。这样的变化与美貌，在旁人看来都是惊叹不已，只是苏漓自己是不在意的，容隽清心寡欲，视女人如猛兽毒物，视皮囊如无物，更不会仔细注意苏漓的外貌，只是此刻，他却莫名地因此而微微失神。

过去数年里，他虽然也经常犯病，却从未做过任何出轨之事，为何这次会……

容隽脑海中一片杂乱，毫无头绪，嗡嗡乱响，让他静不下心来思考。万千思绪中，他忽地抓住了一点——对了，收苏漓为徒，并不是我的本意，而是我犯病时做的决定，难道说，这就是"那个人"的目的……

容隽的脸色一阵青一阵白，他几乎已经相信了这个判断。

苏漓在一旁坐着，静静地瞧着容隽。看他的神色变幻不定，苏漓几乎可以看见他心底的惊涛骇浪了。看样子，容隽似乎被吓得不轻啊……

过去一个月，苏漓时时对容隽保持着敬而远之、能少说一句是一句的态度，若不是知道了容隽其实是怀苏师兄失忆后的人格，她怎么会跟他开这样的玩笑？苏漓这么想着，心底嘿嘿一笑，难得有捉弄师尊的机会，看他惊慌无措的样子，她竟然觉得十分有趣。

容隽发白的嘴唇动了动，说了一个字："我……"然后便说不下去了，转身落荒而逃。

苏漓瞧着他走得看不见身影，这才倒在床上，蒙在被子里哈哈大笑。

怎么办？容隽这个样子好好玩啊！自己要不要澄清一下，跟他说实话呢？

每月十六是容隽的受难日，也是苏漓的假期，这一天容隽往往会闭门不出，打坐恢复，而苏漓便可自由活动。

苏漓昨日本是计划下山一趟的，但今天她又改变主意了。洗漱一番后，苏漓便迈着轻快的步子朝灶房走去。

苏漓今日起得晚了，本以为其他几个师弟应该已经早早用过饭各自忙去了，没想到刚到灶房便看到小杨在那边满面忧色，蹲着扇风煮东西。

"这是怎么了？"苏漓鼻子皱了皱，狐疑地看向小杨跟前的小火炉道，"你在熬药？"

小杨见苏漓来了，这才直起身来，唉声叹气道："师姐，这回我们可闯了大祸了！"

苏漓愣了一下，挑了下眉梢，问道："出什么事了？"

小杨重重叹了口气，说道："还不是望舒？他昨天晚上喝多了，闹着要乘风而去追飞天灯，他是什么水平你又不是不知道，师尊虽然有时候夸他两句天赋尚可，但他也不过是筑基初期的修为，哪里就会乘风御剑了，御物之术也不过学了半个月而已。偏偏昨天晚上大伙儿都喝多了，也没阻止他，童潜光那家伙还跟着瞎起哄，就看他晃晃悠悠地骑着飞剑上去了，飞了没几丈，就从空中摔了下来。童潜光不过飞得离地三尺，摔得倒是不重，望舒那小子可摔惨了，现在正哼哼唧唧躺着呢。天没亮张寒就下山去请了药师上来给他看病接骨，药师说没断送了小命已经是幸运的了，但是躺上三个月是免不了的。所幸今天师尊不用人服侍，到现在我们都没敢让师尊知道呢……"

苏漓呆了好一会儿才回过神来，她昨晚走得比较早，哪知道自己离开后居然发生了这样的惨案！

"你药可煮好了？我和你一道去看看望舒吧。"

小杨点了点头道："这就好了，你等我滤一下药渣。"

道童的居所就在离灶房不远的地方，苏漓跟在小杨身后，还未走进门，就听到望舒的呻吟和童潜光的长吁短叹。张寒沉着张脸坐在一旁，几人之中，数他最是老成，他如今也正为没有阻止望舒和童潜光而暗自自责。

见苏漓进来，张寒便站了起来，脸色有些尴尬，朝苏漓问了声安。苏漓朝他点了点头，便看向床上的望舒。

望舒如今看着很是凄惨，两只腿和左臂粽子似的，脑袋也缠了好几圈，疼得脸都变形了，只能哼哼着发出呻吟声，话都说不出来。

童潜光脸上有些瘀青，走路也有些不自然，但看起来行动自如，显然是没有大碍。

"师姐……"童潜光低着脑袋，样子讪讪的。

"你们……"苏漓叹了口气，也不知道说什么好了，如今再苛责也于事无补，闯了这么大祸，吃了这么大苦头，想必不用旁人说，他们以后也知道分寸了。

望舒泪眼汪汪地看着苏漓，他如今起不来，只能枕头垫高一些，让小杨喂他喝药。

小杨道："得亏是咱们蓬莱的草药灵气够强，药师也医术了得，否则你就不只是躺三个月了，凡人被这么一摔，早死得透透的了，你就看开一点吧。药师说了，这药喝了便不那么疼了。"

望舒"嗯"了一声。

苏漓想了想，自怀里拿出一个白瓷瓶来，对望舒说道："这里有两粒灵丹，对根骨修复有奇效，你今日便先服一粒，七日后再服一次。"

望舒噙着泪看向苏漓，哑声道："这是师尊给师姐的，我怎么好意思拿……"

"跟我客气什么？我是师尊的弟子，拿这些灵丹还不容易？倒是你，早日好起来才要紧，师尊那可不能缺了你呢。"苏漓安慰道。

望舒听了这话，面上更是不安了，说道："我还没敢跟师尊回报呢……不知道师尊知道了会气成什么样……"

苏漓微笑道："师尊这人面冷心热，嘴硬心软，他便是嘴上说你几句，也是为你好的，你不用太过害怕。你如今行动不便，师尊那里，便由我去替你说吧。"

望舒犹豫了一下，感激地道："那便多谢师姐了。"

苏漓从望舒住处离开后，思忖了片刻，便直接去了飞霜殿。

虽然知道容隽此刻可能并不想见自己，但她倒是有些想见容隽啊……

飞霜殿门扉紧闭着，苏漓拾级而上，立在门外，朗声道："启禀师尊，弟子苏漓，有要事禀报。"

屋里似乎传来什么东西落地的声音，静了片刻，又传来容隽的声音："什么事？在门外说吧。"

苏漓颇有些无奈地抬了一下眼，这容隽师尊脸皮也真是薄，心理还有些脆弱。再说了，便是他真的跟她发生了什么事，也不至于这么大受打击回不过神来吧，好像他吃了多大亏似的，这让苏漓着实有些不平衡。通常民间故事里，不都该是女子寻死觅活吗……

苏漓按捺下那点小情绪，清了清嗓子道："是望舒受了重伤，不能来服侍了。"

"望舒出什么事了？"容隽的声音里带着一丝疑惑。

苏漓回道："望舒从飞剑上掉落下来，摔成重伤了，今早药师来看过，说是必须卧床休养三个月，因此弟子代他过来，向师尊禀报。"

飞霜殿的门霍然大开，容隽沉着张俊脸走出来，眉头紧锁，望向苏漓："他又不会御剑，怎么会从飞剑上掉落下来？"

苏漓抬起眼直视容隽，眼神微动。容隽似乎刚刚沐浴过，衣衫已是换了一套，发上还带着淡淡的水汽和幽幽的草药香味，苏漓嗅觉灵敏，闻出来这是一种有助于凝神定心的草药。苏漓若有所思地缓缓说道："就是因为不会御剑，所以才掉下来的……他们昨晚喝多了，比试御剑，这才受了伤。"

具体细节苏漓便略去不说，只是喝酒这件事肯定是瞒不过的，她索性老实交代了。

容隽闻言，眉头皱得更紧了，脸色阴沉得都能滴出水来了，问道：

"喝酒？他们哪里来的酒？"

苏漓老实交代道："望舒得了一坛子醉仙酿，便与大家分喝了。"

容隽虽不饮酒，但醉仙酿的名头也是知道的，这酒便是元婴修士喝了也要醉，更何况几个筑基小童。容隽眼中闪过一丝愠怒，昨日是中秋佳节，蓬莱素来不拘弟子们在这一天纵情，但身为修行之人，大家都会有分寸，何时闹出过这么大乱子来？

"胡闹！"容隽拂袖冷哼一声，顿了一下，又看了看苏漓，问道，"你也喝醉了？"

苏漓眨巴着眼睛道："师尊为何明知故问呢？不过弟子虽然喝了酒有些微醺，但决计没有酒后乱性！"

容隽被狠狠噎了一下，白皙的脸上浮起一片薄红，似是有些羞恼。

苏漓又体贴地道："师尊似乎身体不适，还是多卧床歇息吧。"这么说着，她觉得自己好像是某个酒后乱性把容隽怎么了，害得他"身子不适"的狂徒败类？

"你……"容隽呼吸紊乱，今日回飞霜殿后无论如何都无法静心打坐，因此仍十分虚弱。人在虚弱之时，更加容易心神失守，意志动摇。他见打坐无功，干脆起身沐浴。以容隽今日的修为，不过一挥手，浴桶便盛满了温水，脱下外衣时，他却动作猛地僵住，将衣服拿到鼻间嗅了嗅，脸色又白了三分。

元婴修士的五感何其敏锐，他一下子就闻出了衣服上沾满了少女淡淡的体香，本还存着几分疑惑的容隽觉得好像被当头一击，彻底绝望了。前天夜里，他必是与苏漓极其亲密地接触过，衣襟上这才沾满了她身上的香味。那气味并不像脂粉味那般刺鼻，反而像天将亮时滚着露珠的鲜花带着沁人心脾的芬芳。

然而容隽像烫了手似的将衣服扔到了地上，只觉得天旋地转，扶着浴桶的边缘才勉强站稳了。

该怎么办？

容隽想到这一个月来与苏漓的相处，苏漓待他的态度是无可指摘的，恭敬顺从，从不多言，这样一个有天赋又能吃苦，还对他脾气的弟子，他基本算是满意的，如果不是出了这样的事……

想到今天早上苏漓对自己态度的转变，容隽心想，一定是自己的错，是自己犯病时对她做了什么事或者说了什么话，这才会引起她这样的转变。既是自己的错，那又怎能怪到苏漓头上？

容隽头痛欲裂，既想远离了苏漓，又莫名觉得心虚。

他沐浴完毕，刚想喝口水，却冷不防听到门外传来苏漓的声音，吓得手中的杯子掉落在地。

若是以往，苏漓的脚步还未到院子里，他便会察觉，只是今日他身子虚弱又心神不宁，这才会失态。

看苏漓那副欲说还休、半是嗔怪半是期待的模样，容隽便只觉得心里堵得很、闷得慌，却找不到一个宣泄的口子。

"师尊莫生气了。"苏漓温声道，"望舒他们是做错了，但也受到了教训，伤得实在很重呢，如今还惶恐着，怕师尊怪罪呢。"

容隽心道：我哪里是生望舒的气，我是生自己的气！

苏漓又自顾自道："我也跟望舒说了，让他安心养伤，不用担心师尊无人照顾，我会代他好好照顾师尊的。"

"什么？"容隽悚然一惊，望向苏漓。

苏漓微笑着回视他："由弟子照顾师尊，难道不好吗？"

容隽心想：当然不好！

苏漓面上微微有些落寞，垂下头来，看着自己的脚尖说："昨夜师尊还说想日日见到弟子呢……啊！师尊，你怎么晕倒了？"

苏漓又是心疼又是好笑地摇了摇头，将容隽搀扶着放到床上，为他脱去鞋子，盖上被子，又去外面倒了杯温水进来。

容隽并未真的晕过去，不过是一时气短，加上身体虚弱，猛地眩晕过去而已，不过片刻，便缓缓恢复了过来。苏漓捧着水杯进来，便看到容隽醒了过来，背靠着床，脸色苍白，双目无神而涣散，不知道在想什么。

容隽听着苏漓的脚步声近了，睫毛颤了颤，抬眼向她看去，一双漆黑幽深的眸子映着苏漓的身影，神色复杂，似乎心中正天人交战着。

苏漓突然有些心虚，自己是不是做得太过了？容隽虽是怀苏师兄的人格，但如今失了记忆，性情判若两人，怀苏师兄为人温和又风趣，容隽却冷情而古板，加上怀苏现身透支了他的神魂，如今他正是虚弱的时候，自己几次三番刺激，只怕他是受不了的……

苏漓心想：不如还是跟容隽解释一下，说是误会好了。

"师尊，先喝杯水吧……"苏漓低着头，将杯子递给容隽，心里盘算着一会儿要编个什么像样的理由。

容隽不声不响地接过了水杯，薄唇轻轻碰了碰水，浅浅抿了一口，水色的薄唇微微湿润，半晌，嘴角勾出一抹苦涩的弧度。

"罢了……"容隽哑着声音，叹了口气，"既是我对不住你，便当对你负责。"

苏漓闻言，猛地抬起头看向容隽，难以置信地瞪大了眼睛。

容隽似是不敢看苏漓的眼睛，只盯着自己手中的杯子，缓缓道："只是在这空芨山上，你我仍须谨守师徒本分，不可让旁人说闲话。"

苏漓脑子混沌了半晌，久久回不过神来。

她已经组织好大半的说辞了，比如容隽昨夜说的是拿她当妹妹什么的，结果容隽说什么了？负责？

见苏漓呆愣着一张脸，没有回应，容隽以为她是仍然心存不满与委屈，便忍了忍，又补充道："你修为尚浅，当务之急仍是提升自己，切莫为儿女私情耽误了修行，待来日修行有成，再谈这事不迟。"

苏漓呆愣愣地道："修成元婴便可以谈儿女私情了吗？"

容隽被噎了一下，脸上微红，道："你修行，难道是为了儿女私情吗？"

苏漓眨了一下眼，说："本来不是的……"潜台词就是"现在是了"。

容隽觉得这对话有些持续不下去，他本就不善言辞，更何况如今他理亏心虚，而苏漓又厚颜无耻。

容隽深呼吸了几下，缓缓道："修行界师徒结成道侣的也不在少数，只是也得待你出师之后方才不会为人诟病，你明白了吗？"

苏漓想了想，恍然大悟道："我明白了。"

容隽满意地点点头。

苏漓道："师尊想和我结成道侣！"

容隽呼吸停滞，险些又晕了过去，瞪她："你……能挑重点听吗……"

苏漓不好意思地笑了笑，道："知道了，我会好好修行，争取早日出师，和师尊结成道侣的。"

容隽已经不能强求更多了，苏漓能理解到这一层，他就满意了。

他方才想了许多，想明白一件事。他这病便是宗主也瞧不出缘由，也不知道有没有痊愈的一日，便是他今日狠狠拒绝了苏漓，却应了那句话，躲得了初一，躲不了十五，谁知道下个月十五他又会做出什么事来？那个人处心积虑地把苏漓弄上山，想必是不会善罢甘休的，他索性先安抚苏漓，给她定个修行的目标，免得她胡思乱想，自己也落个薄情寡义的骂名。

再说……他始终觉得苏漓是无辜的。

容隽虽看似冷漠，实则为人正直，欺负一个无辜的弱女子，他实在做不出来。

而那个无辜的弱女子，此刻正忍笑忍得肚子疼。

苏漓突然觉得容隽也是挺可爱的嘛……

虽然容隽和怀苏师兄的性情大不相同，但面皮薄，为人正直，生得又如翠竹苍松一般，倒是让她生出了几分好感——好想戏弄他的感觉。

容隽自以为稳住了苏漓，终于得了几分心安，而苏漓也配合着装作被稳住了的样子，对着容隽指天立誓，一定好好修行，争取早日出师。容隽淡淡一笑，只道此事得了妥善解决，结果第二天，他就知道自己错了。

以往都是辰时准时报到的苏漓，这一日起得特别早，容隽刚刚醒来，就听到几声短促的敲门声。

"师尊，弟子泡好了云雾茶。"苏漓乖巧的声音自门外传来，容隽的脸色顿时就变了。

容隽匆忙地换上外衣，沉着脸打开了飞霜殿的大门。

苏漓低眉顺目，双手捧着。容隽低着头，只看得到她小巧的下巴，还有唇畔那一抹浅浅的笑意。

"师尊早安。弟子昨日特意问过望舒师弟，听说师尊每日这个时候都要饮一盏灵泉泡的云雾茶，因此特意起早为师尊准备了，师尊尝尝，弟子泡的茶可还合口味？"苏漓说着，微微抬起了头，满是期待地看着容隽。

容隽嘴角微微抿着，显然心情并不怎么美妙，忍了片刻，深呼吸了几下，才放柔了语气道："这些琐事无须你做，你专心修行便好。"

"那怎么行呢？师尊总是需要人伺候的，弟子做这些事乃本分。"苏漓说着，面上微微一红，别过脸压低了声音说，"再说……我们昨日不是说好了吗？"

说好了什么？容隽皱着眉，觉得这两日脑子里一片混沌，像是笼在重重迷雾之中，让他进退维谷，不知所措。

容隽叹了口气，半是认命半是妥协，侧了身道："你进来吧，茶放桌上。"

苏漓眼底极快地掠过一抹得逞的坏笑，容隽背过了身去，也没有察觉。

将茶放在桌上后，苏漓又道："今日十七，又到了师尊纯阳讲道的日子，今天师尊带弟子去吗？"

容隽坐在桌前，右手提起茶壶，沉沉的紫砂色衬得他修长的手指越发白皙。热水划过一道漂亮的弧线落在茶杯中，氤氲热气，清冽的茶香缓缓四溢开来，让人闻之心神一震。

若不是苏漓提醒，容隽还真是险些忘了时日。

"你用过早饭后，一道去吧。"容隽满腹心事，觉得今日的茶竟有些尝不出味道了。

"是，师尊。"苏漓欣然一笑，而后翩然转身，往里间走去。容隽脸色一僵，忙问道："你这是做什么？"

苏漓微顿住脚步，回过头看容隽，理所当然地道："帮师尊整理床铺啊！"

"不用了。"容隽忙制止了她，"这些事我自己来便可。"

苏漓微微一笑："师尊不必同弟子客气，望舒往日不也是这么伺候师尊的吗？"

容隽面容僵硬地道："你与他不同，我屋内的事，便不用你伺候了。"

苏漓有些难过地低下头："有什么不一样呢？我现在是你的弟子，以后是你的道侣，无论哪个身份，做这些事不都是应该的吗？"

容隽猛咳了两声，白皙的脸上浮起一丝薄红，听到"道侣"两个字，他便浑身不自在，忽然有种自己挖了坑把自己埋了的感觉。他本就不善言辞，如今被苏漓这么反问，居然一时找不出辩驳的话来。

苏漓等了片刻，见容隽一脸尴尬地沉默着，忍不住想笑出声来，硬咬着下唇才没在容隽面前露馅。容隽抬了一下眼，见苏漓眼眶微红，嘴唇轻颤，还以为是自己的冷漠伤了她的心，竟觉得有几分自责，只好轻叹了口气，无奈地道："那便随你吧。"

苏漓笑着道："是，师尊。"

容隽的寝室一眼望去简单而整洁，没有燃着熏香，屋里却有一种清新的草木芬芳。苏漓想起前夜自己靠在容隽怀里时闻到的也是同样的香味，似乎是木灵根修士与生俱来的体香。许是先前急着给苏漓开门，容隽的床铺还保持着刚起床时的样子，被子掀开了一角，其他地方却平平整整的，可见容隽睡相必是极好的，甚至一夜未曾翻身过，这种人平时应是自律到了极致，连睡着了也一样。

苏漓轻轻把被子叠好，又打来水将桌椅擦拭了一遍，心想难怪望舒说师尊这个人极好伺候平日里没什么需求，除了修行，最多便是炼丹，侍弄侍弄院子里的珍稀灵草，他只需要每日擦拭一下纤尘不染的家具，偶尔跑跑腿，其他时间都可自行安排。

往日望舒整理内室的时候，容隽都是坐着饮茶，清心凝神。这一日整理内室的人换成了苏漓，容隽却怎么也无法静下心来，听着身后传来窸窸窣窣的声音，他紧闭着双眼，强忍着回头看的冲动。

有什么不同呢？不都是弟子吗？不都是整理内室吗？容隽实在想不明白，自己不自在什么呢？把苏漓当成望舒，这一切好像也没什么不同，可苏漓到底也不是望舒，跟其他弟子都不一样……

过去，在容隽的世界里只有两种人——宗主，以及其他人。如今其他人里，硬生生多出了一个苏漓——让他真真切切感到头疼的存在，那种感觉不同于看到其他女修士时的厌烦憎恶，也不同于看到其他陌生人时的无动于衷，夹杂了太多他自己也无法分辨的情绪，让他不知所措。

或许宗主说得对，他沉迷于修行，对于人与人之间的相处之道，了解得终究是太少了。

"师尊，是时候出发了。"苏漓的声音在旁边响起，打断了容隽的沉思。

容隽睫毛微颤，缓缓睁开了眼，幽深的双眸中掠过无数复杂的情绪，最终化为轻轻一叹："走吧。"

他这几天叹气的次数，似乎太多了。

苏漓驾轻就熟地坐在容隽的飞剑上，两人依旧保持着安全距离，只不过以往苏漓总是眼观鼻，鼻观心，或者岿然不动，或者举目远眺，不像今日这般，容隽觉得自己的后背快被她的目光灼穿了。

苏漓侧坐着，双手撑在飞剑上，笑吟吟地看着容隽的背影，看得容隽后背僵硬，线条绷得直直的。

"师尊，"苏漓忽然开口，令容隽肩膀微微一颤，她笑笑，"你以后，可不可以唤我的小名？"

"什么？"容隽微皱了一下眉，有些怀疑自己的耳朵。

苏漓浅浅笑着："我小名叫阿漓，师尊以后便叫我阿漓，好不好？"

容隽负在身后的手微微收紧了，一时沉默，无言以对。

"唉……"苏漓惆怅地长长一叹，"修行之路，道阻且长，一入蓬莱凡尘远，我这一世，大概是再不会回到俗世的家中了，师尊以后就是我唯一的亲人了。阿漓这个名字，是我最亲近的人为我取的小名，我只希望这辈了还能听到有人这么唤我，师尊连这个小小的心愿也不能满足我吗？"

容隽的后背顿时更僵硬了，像背着一座山那样沉重。

苏漓直勾勾地盯着容隽的后背，放软了语气哀求道："好不好吗？师尊……"

那声音绵绵软软的，又带了三分的哀戚，让容隽冷硬的心也不禁轻轻一软。他叹息道："好吧，我答应你就是。"

苏漓这才展颜一笑，嘴角的酒窝深深的，甜得醉人："师尊你真好。"

容隽虽没有回过头，但眼前仿佛出现了苏漓的笑脸，他嘴角的线条也不禁软了几分。

"那师尊你现在叫我一声吧。"

容隽背脊又是一僵。

"师尊……"苏漓可怜兮兮地拉长了语调，"不是才刚答应弟子的吗……怎么现在就反悔了呢……"

容隽忍不住抬手捏了捏眉心，以前怎么没发现这个弟子如此难缠？是之前她伪装得太好了，还是自己眼瞎了……

"师尊……师尊……师尊……"

身后一声接一声催魂似的喊叫传入耳中，容隽最终被逼无奈，微哑着声音叫了一声："阿漓。"

苏漓的嘴微张着，眼眶忽地红了，半晌后抿住了唇，偏过头，抬手捋起耳畔的发，轻轻应了一声："嗯。"

两人到了纯阳殿，苏漓自飞剑上落下，便往苏允凰的方向跑去，走到半路，却瞥见了一个熟悉的身影——余长歌。

余长歌独自一人占了一大片地方，他冷着一张脸，周围竟没有弟子敢靠近他。苏漓路过他身边时放慢了脚步，目光在他身上停留了片刻，这才走到苏允凰身边坐下。

"那个余长歌，好像突破神通境了。"苏漓若有所思道。

苏允凰朝余长歌的方向扫了一眼，点了点头："不错，你甚少下山，可能还不知道，他至今已经连胜十场比试了，这几日没在演武场见到他，应该就是在闭关突破，听说今日就是他与青云榜第二十九名薛统的决斗之日，很多人都下山来观战。"

"难怪今日广场上的人这么多……"苏漓扫视周围一眼，又转过眼看向苏允凰，笑着道，"还说他呢，姐姐你不是也突破了吗？"

苏允凰似乎并未将此事放在心上，淡然一笑道："元婴之下都不足道。"

"话也不是这么说，双灵根突破本就更难，我看姐姐这个月来进境着实不小。"

"你又何尝不是？"苏允凰赞赏地看着苏漓，"短短一个月，你的进步甚至超越了当初的我。"

苏漓吐了吐舌头，笑道："那多亏了我有个好师父啊！"

苏漓这一个月来进步神速，在同期弟子里已经引起了不小的关注度，甚至可以说仅在余长歌和苏允凰之下，考虑到她有那样一个惊才绝艳的师尊，又是空苨山唯一的弟子，其他人倒也没有太过怀疑，只不过更加嫉妒而已，一个个都觉得如果自己若也拜在空苨山容隽门下，进步一定比她更大。

"今日讲道结束，你我一同去演武场观战吧。"苏允凰看了余长歌一眼，脸色有些凝重，"这个余长歌，似乎深不可测，虽然手段狠辣，却未尝没有可取之处。"

　　苏漓想起怀苏的警告，又按捺不住对余长歌的好奇心，心想只不过是观战，应该没什么危险，因此点头答应下来。

　　讲道结束后，苏漓向容隽禀明了原因，便和苏允凰一同去了演武场观战。

第十一章

观战受伤

　　果然和苏允凰说的一样，下山观战的人比平日多了好几倍，乌压压地聚了一大群人，好在场地够大，倒也不影响观战，而神通境的师兄师姐们更是御剑凌空，找了个最好的视野等候。

　　苏允凰在蓬莱也是混出了些名头，凭着一张脸带着苏漓畅通无阻地进了内场观战。经过外围时，苏漓听到几个人在喊着"买定离手"，身前桌上摆满了白字条，似乎是各山门修士在下注。

　　苏漓远远瞥了一眼，笑着说："余长歌的赔率比薛统高了许多。"

　　苏允凰道："那是自然了，虽然余长歌势头正劲，但终究差了四重境界。神通境内，每一重都差距极大，更何况薛统入门多年，在门内积威已久，看好他的人理所当然要多于余长歌。"

　　苏漓之前并未亲眼看过余长歌与人对决，但也从怀苏口中得知余长歌是个危险人物，此刻听苏允凰说起余长歌和薛统的差别，不禁也有了几分好奇，转头问道："那姐姐你看谁的胜面更大些？"

　　"余长歌。"苏允凰几乎是毫不犹豫地开口，显然这个问题她也是认真考虑过的，"你若看过他的决斗，就会知道这个人极可怕，底牌多，更重要的是，他对待决斗的态度，不只是胜负，而是生死……像是搏命一样，毫无保留地全力以赴，甚至不将自己的性命放在心上。"

说到这里，两人已经走到了观战台上，苏漓这才发现今日坐镇演武场的，竟然是一个元婴强者。那人看上去三十来岁，看服饰应该是门内讲师。不过是神通境弟子之间的切磋，居然出动了元婴讲师坐镇，而且看那元婴强者面色之凝重，想必也是对这场对决心存忧虑。苏漓也不禁心中微微一沉。

"余长歌来了。"苏允凰的话将苏漓的注意力拉转回来，苏漓低头看向场中。

余长歌面无表情，却散发出一种凛冽的气息，让人心生畏惧，很容易忽视了他英俊刚毅的长相。

"那日入门之时，他的气息似乎还没有这么阴沉。"苏漓凝眸沉思，"会是修行功法的缘故吗？"

一般来说，修行功法很容易影响一个人的外貌和气质，像苏漓修行《素心玉清诀》，气质便越发温润，而修行火系功法的人，若定力不够，则很容易情绪外放难收。

"如果是这个原因，云雾山长老应该会注意到的。"

说话间，一个身形魁梧的高大男子御剑而来，从空中一脚踏落，猛地坠落在地，发出巨大的声响，将观战台上的所有人都生生吓住了。

"薛统来了。"苏允凰微眯了下眼，神色凝重地看向来人。

"你就是余长歌？"薛统神色倨傲，看着对面身形挺拔的男子，他来势凶猛，想要一开场便镇住余长歌，没想到对方连眉毛都没动一下，似乎全然没将他放在眼里。

余长歌气息未变，举手抱拳道："余长歌，神通境一重，请赐教。"

薛统本就对余长歌心存不满，如今见了他目中无人的样子，更是怒火上涌，怒极反笑，扯着嘴角，目露凶光道："好好好！现在的新人弟子都这般猖狂了吗，仗着天资出众就不将他人放在眼里了？今日我便替你师长教训教训你，教你知道，没成长起来的天才什么都不是！"说着右脚猛地一踏，气势节节攀升，灵力激荡之处，头发都飞了起来，身周隐隐有雷光电影闪动。

"金灵根，而且似乎参悟了一丝天雷法则。"苏漓本以为薛统只是块头大，但仔细看来，天赋倒也不错，能在神通境就参悟到天地法则的人，往往比同境界修士远胜三分。

此时薛统灵力外放，站在观战台前排靠薛统较近的低阶修士便有些承受不住威压，面露苦色了。

余长歌直面薛统的威胁，却面不改色，缓缓举起手中长剑，护于胸前，灵力催逼之下，剑身发出幽幽红光，将扑面而来的灵气一分为二。余长歌手中那把飞剑居然也是灵器，虽是下品灵器，但对一个神通境一重的修士而言已经是超出能力范畴了。

薛统看着都有些眼红，他的本命法宝是一把惊天锤，此时已被他握在手中，被灵力激发出阵阵金光。随着一声暴喝，薛统右手一拧，惊天锤携霹雳之势向余长歌飞去。余长歌神色一凝，举剑相抗，两件法宝在空中发出剧烈的撞击声，声波震荡开来，将观战台上的低阶修士震得一阵耳鸣。苏允凰立刻挡在苏漓跟前，为她挡去大半的声波。

苏漓如今修为层次尚低，直面这声波仍是有些吃力，所幸有苏允凰相助，她才没有受伤。她朝苏允凰道了声谢，便立即运转起《素心玉清诀》调理内息。

场中两人已经分开了，薛统看上去并没有讨到便宜，一收先前的轻视之心，拿出了十分精神来对付。余长歌催动灵力，顿时热浪滔天，剑身红光更甚。他本是火木双灵根，金克木，但是火不怕金，对付薛统，他自然运转火系功法。双灵根的灵力储量远胜同阶修士，薛统感受到余长歌灵力之浑厚，顿时脸色一变。而此时，余长歌已经再度逼近，如火神一般从天而降，一剑之威，仿佛要开天辟地一般。

薛统面色一沉，冷笑一声，顿时身周化出一道金色光罩，光罩上布满重重霹雳。当余长歌的长剑碰上光罩时，那霹雳便像银蛇一般卷上了长剑，将余长歌也一并吞没其中。观战修士们齐齐发出一声惊恐的呼声。

"这金光罩好生厉害，一旦碰上了，只怕都要身陷其中。"苏允凰眉心紧锁，似乎在想着若自己对上了该如何脱身。

苏漓却不以为然，笑了笑道："这都得益于那一丝雷系法则，但终究还是薄弱了点，对上比自己弱的修士还有用，但若遇上强于自己的，则不过抵御几次呼吸而已，想必薛统修成金光罩的时间也不长。"

苏允凰听苏漓这么一说，有些诧异地瞥了她一眼。看她眼中映着金红之光，却丝毫不惧，那份气度完全不像是一个炼气境修士，这让苏允凰不禁对空芨山的容隽真人生出了几分好奇心，他怎么能在这么短的时间内，让一个初入修行之门的弟子变化这么大？

余长歌的修为跟薛统的差距终究有些大，硬是胶着了好一会儿，才从金光罩中挣脱，但也受了不轻的伤，嘴角溢出一丝鲜红。薛统趁着余长歌被金光罩罩住的瞬间，一记惊天锤锤中他的胸口。此刻趁着余长歌气息未稳，薛统又飞身追击而来。

余长歌眼中掠过一抹猩红，忽然举起手中长剑，在左手食指上一割，鲜血顿时顺着剑身流下，使得薛统惊愕间顿了一下。却在此时，余长歌身上的火系灵气骤然攀升，像烈火烹油一样烧出冲天光焰。薛统脸色大变，脚尖在地上一点，急速向后退去，余长歌却不让他退却，向前追上，两人之间形势陡转。

"燃烧木灵力来激发火灵力！"苏漓心中一惊，"太凶险了，一不小心，会引火烧身的！"

苏允凰目光追逐着余长歌红色的身影，面色凝重地道："你看到了吧，这就是他的战斗风格，将生死置之度外。"

观战台上方的元婴强者已经有些稳不住了，眼睛紧紧盯着对决中的两人，随时准备着出手中止战斗。一个是修行有成的弟子，一个是潜力无限的天才，两个人不管谁出了事都是极大的损失。

但战斗中的两个人已经完全忘记了身外的人和事了，眼中只有对方。余长歌燃烧木灵力后气势陡然攀升到与薛统一个修为境界，两人正面交锋，打得难分难舍，一刻钟过去，也分不出高下。但是薛统自知，他如今十招里有七招是在防御，很难找到还手进攻的机会，如此下去，形势对他最是不利，但他只能强撑下去，只盼余长歌灵力燃烧尽，那便是自己反扑之时。

余长歌久攻不下，也意识到必须速战速决，否则待薛统气势回来，自己便必败无疑了。

此时观战台前排的修士但凡神通境以下的都耐不住热浪与雷光电影，纷纷向后避去，连空中观战的修士也纷纷向后退开几丈，只怕一不小心遭到波及，但眼看就要分出胜负，谁也不肯走得远了，只怕错失精彩之处。此时一眼看去，观战台前排竟只剩下寥寥几人，最为醒目的，便是苏允凰和苏漓二人，一个早已声名在外，而另一个则是修为太低了，但也正因此才让人刮目相看，连筑基后期修士都觉得难以忍耐的热浪和雷电，一个炼气期的修士怎么抵抗得住？便是那位元婴强者也忍不住朝两个少女投去几眼。

苏漓看上去神态自若，其实也并不轻松，只不过这个月来日日受灵河之水冲击，她早已习惯了类似的感觉，加上有上品的水系功法护身，因此倒还不觉得难以忍受。此时余长歌的灵力已燃烧近两刻钟，渐见疲态，忽见余长歌露出破绽，薛统眼睛一亮，大喝一声，惊天锤携万钧之势砸向余长歌。

余长歌眼中一抹猩红之色一闪而过，忽然间气息一变，本已衰颓的灵力如被泼了滚油一般，轰的一声炸裂开来。薛统瞪大了眼睛，不及细想便举起惊天锤挡住面部，剧烈的冲击扑面席卷而来，他像被一颗巨大的火球当面砸中。

"住手！"半空中传来一声厉喝，一道壁垒应声落下，将两人隔开，但余长歌外放的灵力已然收不住，与坚硬壁垒猛地一阵撞击，四下迸射开来，向观战台上飞去。

观战台上顿时乱成一团，能御剑的纷纷御剑逃走，不能御剑的各自使出法宝抵挡，但前排几人首当其冲，受到的波及也最是严重。元婴强者一开始顾着护住薛统，没料到余长歌那一击余威如此之重，让他一时来不及抽手挡住四射的灵力余波。

苏允凰和苏漓是离余长歌最近的两个人，受到余波的冲击也最强，以苏允凰之力，御剑后退绰绰有余，却无法带上苏漓。电光石火之间，她不及细想，便化出三重水障挡在两人身前，但听三声脆响，水障在余波冲击之下立时层层破裂，直直撞上苏允凰和苏漓。苏允凰灵力比苏漓强上许多，又是以十二分精力防备，因此身子微微一晃，却也抵住了。苏漓不过是炼气期的修为，被余长歌直逼神通境后期的灵力余波当面冲击，登时脸色一白，吐出一口鲜血，苏允凰分出手想要帮她，却已来不及。

便在此时，一道虹光凭空出现，化出光罩将苏漓笼在其中，将所有危险隔离开来。

"这是……上品灵剑？"远远躲开的众人，看着挡在苏漓身前的灵剑，都愣住了。

上品灵剑，有了一定灵识，能够感应到危险而自动现身护主，但苏漓是炼气期的修士，怎么会有这样的法宝？

还未等众人想明白，余长歌那边又起了变化，本已平静下去的灵力忽然间像受了刺激一般沸腾起来，一道比先前的火灵力更浓厚的猩红光芒如闪电一般向苏漓身前的逐光剑飞去，两物撞击之下，剑身发出一阵嗡鸣，刺得人鼓膜生疼，修为低的甚至晕倒在地。

苏漓晃了晃身子，向后踉跄几步，却强撑着没有倒下，眼看着那道红光不敌逐光剑，被剑芒劈成碎片。

苏漓松了口气，立刻坐下闭目调息，运转《素心玉清诀》，与此同时，两股灵力笼罩在她身上，助她疗伤。苏漓感应到稍弱的那一股灵力含着浓郁的水木气息，正是来自苏允凰，而另一股强横许多，应该来自那名元婴修士。

外界传来各种纷杂的议论声，都被苏漓自觉屏蔽在外，不知过了多久，声音渐渐散去，苏漓也逐渐缓过气来，睁开双眼。

苏允凰半蹲在她身前，眼中满是担忧之色："你觉得怎么样？"

苏漓脸色仍十分苍白，但还是点了点头，朝苏允凰露出笑容："稍微休息一下就好了，没有什么大碍。"

苏允凰听她这么说，这才稍稍松了口气："你没事就好，不过我还是不太放心，不如我陪你去药师那里仔细看看。"

"不用麻烦了吧。"苏漓看了看天色，发现自己竟调息了许久，演武场发生这么一场恶斗，今日剩下的决斗也都延后了，此时场中只剩下苏允凰和苏漓二人，她说道，"我与师尊约好下午还要修行，若有什么事，到时候让师尊帮我看看就好了。"

想起容隽的本事，苏允凰也没怎么怀疑，再看苏漓意识清醒，中气也恢复了，便道："薛统和余长歌都受了重伤，方才那名修士已经将他们都带去治疗了。既然你没有事，那我们也走吧，你和容隽真人约在了哪里？我送你过去吧。"

苏漓心想灵河瀑布那里是禁地，不好带苏允凰去，便找了个借口婉拒，好在苏允凰也没有坚持，苏漓便独自一人边走边调息，待走到灵河瀑布时，时间已超过了少许，容隽早已等在亭子里了。

听到苏漓的脚步声，容隽转过身来，看到她模样有些狼狈，便不禁皱起眉头问道："今日怎么迟到了？你内息不稳，脚步虚浮，是不是发生了什么事？"

苏漓苦笑，心想真是瞒不过师尊，只好老实交代道："回禀师尊，弟子去看了余长歌和薛统的对决，不慎遭到波及，是以受了点轻伤。"

如今事发不过一个时辰，容隽又独自一人待在山上，因此还不知道那一场对决的惨烈程度，只以为不过是两个神通境的弟子决斗，便是波及周围，也不会有多严重，苏漓居然还因此受了伤，不过是因为修为太差而已。

想到此处，容隽本还有些担忧的眼神便沉了下来："我早已说过，你修为不济，在筑基以前看别人决斗对你没有多大帮助，连旁人对决的余波都能伤到你，你可知自己与他人的差距？"

苏漓受伤未愈，又走了一路，本是身心俱疲，又被容隽声色俱厉地责骂，心中不禁十分委屈，但又知道容隽所说其实十分有道理，她就更难过了。

"弟子知错了，谢师尊教诲。"苏漓低下头认错。

见她虽然认错，但嘴角仍藏不住倔强和委屈，容隽知道她心中并不十分服气。他今日也是思绪纷杂，思来想去，脑海中都是苏漓的脸，以他的脾性，弟子若有错，直接责罚便是，但对着苏漓，他又着实感到有心无力，打不得，骂不得。

在心中叹了口气，容隽拂袖转身，背对苏漓道："罢了，你去瀑布下坐着。"

苏漓委委屈屈地走到瀑布下，平日里早已习惯的冲击力，今日竟让她觉得刺骨难受，胸腹之间气血翻涌，她努力运功压住，这才忍着没有吐血出来。

熟悉的箫声再度响起，但这一次，怎么也无法将苏漓带入状态。她闭上眼，看到的便是一道猩红的光芒朝着自己的面门飞扑而来。

傅行书临死时的情形一再在她眼前浮现。

"行书哥哥……"苏漓眉心紧蹙，在心中默默念着那个名字，仿佛看到那双本是漆黑而清亮的双眸，忽然之间染上了浓得化不开的猩红，像是浸透了鲜血与邪恶，而眼中的绵绵情意也在转瞬之间化为滔天杀意，向她迎面扑来。

苏漓心神一震，顿时压不住翻涌的气血，大口大口的鲜血自口中涌出，身子一软，被瀑布冲入水中。

感知到苏漓的气息一乱，随即便听到落水声，容隽忙停下箫声回头看去，只见水中的苏漓一动不动，脸色苍白，浓密的黑发在水中漂散开来，四周的水甚至被鲜血染成淡淡的粉色。

"阿漓！"容隽脸色大变，飞扑而去，足尖在水面上一点，便伸手将苏漓从水中捞出，放在旁边草地上。

苏漓双目紧闭，气息微弱，容隽伸手探了一下她的脉搏，神色顿时十分凝重。此时苏漓体内气息乱窜，横冲直撞，若不是她根骨经脉远强于常人，只怕早已爆体而亡了。

容隽当下不敢再耽搁，将苏漓盘膝扶正，双手贴在她后背上，将源源不断的灵力输入她体内，助她理顺内息。苏漓体内暴走的灵力，便如一盆凉水泼入热油之中，难以平息，容隽眉头紧锁，使出了十成的力气，费了不少工夫，才勉强将那些灵力压服。

"行书哥哥……"一声低哑的呼唤自苏漓口中溢出。

这一声呼唤，容隽听得分明，心想：这人应该是苏漓年少时认识的玩伴吧，只是这个名字好像并没有出现在新弟子中，跟苏漓受伤会有关系吗？

容隽早已敏锐地察觉到苏漓的内伤，不仅仅是受到灵力冲击，跟她的心境也有极大关系，方才她的情绪应该是波动太大，这才导致内伤加剧，吐血倒是小事，她之前强压着伤势，反而更不利于恢复。

早知道她伤得这么重，今日便不该让她在瀑布下修行，如此一来无异于加剧了她的内伤，容隽想到苏漓先前委屈的样子，不禁有些自责，只怕苏漓是不想被他责骂，这才隐瞒了伤势的严重程度。

眼见苏漓气息渐渐平稳了，容隽这才撤下贴在她后背上的双手，失去支撑的苏漓浑身无力地向后倒去，落在容隽怀中。容隽自袖中乾坤袋里取出一个白瓷瓶，倒出一粒调理内伤的丹药抵在苏漓唇上。苏漓意识全无，嘴巴也紧紧闭着，容隽只得将她的脑袋放置在自己膝上，一手掐住她的双颊，迫使她微微张开嘴，另一只手将丹药推入她口中。

苏漓的脸和唇都呈现苍白的颜色，触手更是冰凉。灵河瀑布的水温本就极低，如今苏漓身受重伤，没有了抵御之力，便冻得浑身冰凉。容隽将苏漓打横抱起，向空荵山的方向飞去。

丹药入腹，一股温热的气息便在腹中缓缓扩散开来，苏漓仿佛自寒冬落入了温水之中，既温暖，又觉得有些刺骨，发出轻轻的一声呻吟，无意识地往容隽怀里缩了缩，只觉得那处才让人安心舒服。

容隽低头看了看苏漓，看到她脸色渐渐好转，他心下也放松了一些，但仍加快了速度赶往空茇山。

一入小竹轩，容隽便将苏漓放置在床上，只是她浑身湿透，乌黑细软的长发湿湿地贴在脸颊和脖颈上，身上衣衫紧紧贴在身上，勾勒出少女纤细而柔美的线条。容隽想为她换上干爽的衣服，却又顿住了动作，头一次那般苦恼空茇山上没有其他女子。

容隽思忖片刻，方才想起苏漓还有个姐姐，便去了趟灶房找到正在照顾望舒的小杨和童潜光，让童潜光赶紧去一趟云雾山，叫苏允凰来一趟。小杨和童潜光不明就里，但看到容隽认真严肃的神色，也不敢多问。童潜光手受了点轻伤，不是很方便，却也立刻撒开了腿跑下山去。容隽又开了药方让小杨熬药，然后送到小竹轩，众人这才知道是苏漓受了伤。

容隽也没有多话，转身便又回到小竹轩。苏漓依然昏迷着，只是脸上已稍稍有了一些血色，不知道做了什么梦，眉头紧紧锁着，不时发出几声含混不清的低喃。容隽为她盖上厚厚的被褥，又取来干棉布，为她擦拭额上的水渍，如今也分不清是冷水还是冷汗了。

苏漓的呼吸一会儿平缓，一会儿又急促起来，睫毛轻颤着，显然是做起了噩梦，口中一会儿喊着行书哥哥，一会儿喊着萧白，一会儿喊着逐渊……

容隽叹了口气，心想这丫头认识的人还真多……

容隽素来不会照顾人，此刻更是不知所措，想了想，只能拍拍她的手背，放柔了声音道："阿漓，别怕。"

苏漓的挣扎忽地顿住了，像是受到了极大的安抚，身子也慢慢放松了下来，紧锁的眉头舒展开来，嘴角微微翘起。容隽没想到自己一句话居然这么有效，心头也浮上淡淡的欣喜，便要收回覆在她手背上的手，谁知手刚抽离，便被一只微凉的手紧紧抓住了。

"师兄，别走……"苏漓的双眼不知什么时候微微睁开了，但容隽看她瞳孔涣散，显然并不是真的醒来，否则也不会喊他师兄了。

她又是何时拜了其他师父的？

　　容隽眉心微蹙了一下，觉得苏漓身上有太多的秘密，让他着实看不透。

　　感受不到想要的回应，苏漓委屈地咬住了下唇，双目湿润，带着哭腔软软地说："师兄不要不管阿漓……阿漓疼……"

　　容隽的心口像是被针挑破了一个口子，狠狠疼了一下，有什么东西自缺口处缓缓流了出来。他不知自己的目光从未有过地柔和着，看着床上那仿佛害怕被遗弃的小动物般的苏漓，轻声说："好，我不走。"

　　得了这句允诺，苏漓这才放松了身子，缓缓昏睡过去，只是抓着容隽的手，始终没有放开。

　　容隽便这般由她抓着手，他坐在床畔低着头，静静凝视着苏漓的睡颜，回味着方才涌上心头的那种陌生的情绪……不……好像……也不是那么陌生……

　　容隽有种错觉，好像自己本来就该这样对她，宠着，护着。

　　可是……

　　容隽的眉头又缓缓皱了起来——萧白、行书、逐渊、师兄……这些又是怎么回事？

　　方才有些触动的心又缓缓沉了下来，因为容隽发现苏漓根本没喊过他的名字。

　　苏漓昏昏沉沉的，不知道身在何处，模模糊糊间只知道自己是在做梦，用力地想要睁大眼睛，却怎么也无法从一场场的噩梦中醒来，一会儿是刀山火海，一会儿是冰天雪地，身体忽冷忽热，骨髓里仿佛长满了倒刺，将她割得鲜血淋漓。那一日剐龙台上痛不欲生的一幕一再重演，她咬着牙不肯屈服，不愿意落一滴泪让人嘲笑，可是那股彷徨无助的恐惧却如同笼在心上的阴霾，始终挥之不去。

　　师兄、师兄，阿漓疼……

　　她瑟缩着身子想要寻找那个熟悉的怀抱，那让她安心的味道，依稀听到了一声轻轻的叹息在耳边响起——阿漓，别怕……

　　一颗无处着落的心，忽地安定了下来。

梦境也慢慢变得祥和了起来，不再那样鲜血淋漓。

苏漓巨大的龙身在漓江上划过一道水浪，仰头便看到灼眼的烈日，天空中没有一片云，空气中没有一丝水汽。她难受地眯了眯眼，又转身投入江水之中，只是连这江水也不如往日那样清冽，水位下降了许多，江底的龙宫也死气沉沉的，只有寥寥几只鱼虾在巡逻着。

她化成了人形，碧绿的龙鳞化成同色的长裙，两个龙角上挂着华贵的珠宝，逦迤而行，来到那个男子面前，好奇地打量着。

龙眼大的珍珠串成的帘子发出幽幽宝光，让她看不清那个男子的真面目，于是她伸出修长白嫩的十指，拨开坠在眼前的珠帘，将他的容貌看了个仔细。

男子的面容出乎意料地俊朗，高挺的鼻梁，幽深的双眸，身姿挺拔，宛若苍松，让人不禁心生好感。他亲眼见了苏漓的真龙原形，如今竟定定回视她的打量，没有丝毫畏惧。苏漓莫名觉得他有些眼熟，却不记得何时见过，但又细想一番，自己一觉便是凡人的一辈子，这男子看上去也不过二十来岁罢了，自己又怎么可能曾经见过他呢？

苏漓喜欢美人，本来被那男子骂是恶神，憋了一肚子的火，如今见了他，却不知不觉消了大半的怒火，反而好奇地问道："凡人，你叫什么名字？"

男子沉默了半晌，漆黑的瞳孔映着苏漓天真的面容回答："逐渊。"

逐渊……逐渊……

她默念了两遍，粲然笑道："这名字倒是好听呢。哎哎……吾乃漓江水神，你也看到了，我是个女仙，要美貌女子做祭品何用？既然献祭，自然是要年轻俊美的男子才是！你倒是生得挺好看，若是献祭了你，我便下场雨，你看如何？"

她不过忽起玩心，逐渊却愣了一下，问道："当真？"

苏漓又反悔了，说："骗你的！"

逐渊拂袖冷然道："尊上贵为水神，却罔顾凡人死活，致使遍地饿殍，你受万家香火，难道不会心中有愧吗？"

苏漓被他骂了，却也不恼："你们烧你们的香，又不是我吃进去的，我们修行，靠的是天地间的灵气，如今这灵气也是越来越稀薄了，所以我都待在水里不出去了。"苏漓哼了一声，又道，"看你长得好看，我才与你多说两句，楚地不降雨，是天帝的意思，你骂我也没用啊。"

逐渊愤然道："天帝何故降下这样的灾难？"

苏漓久居水下，也回答不了这个问题，只道："可能是你们的王得罪了天帝吧。"

逐渊惨然一笑："因为楚王一人的罪过，便要让楚地千千万万的百姓生不如死吗？"

"生老病死，人之常态，你也不必过于悲伤了，反正轮回之后，还是为人。"苏漓好心安慰了他一句。

逐渊却不领情，冷笑道："你贵为神女，自然不知道人间疾苦，你若在凡世走一遭，体会了凡人生老病死的无奈与痛苦，便不会说出这般没有人性的话了。"

苏漓不悦地皱起了眉头："你这人好不讲理，我本来就不是人，为什么要有人性啊？"

逐渊一时竟无言以对，半晌又道："你久居水下，难道不想知道如今人间变成怎样的炼狱了吗？"见苏漓面露犹豫，逐渊又蛊惑道，"我知道你既为神女，定然有怜悯之心，不过是因为不知外间疾苦才不在乎，你随我入世，若亲眼看到了凡人的无助与悲哀，断不会视若无睹。"

她终于还是被他说服了。

苏漓掩去了龙角，化作凡间女子，荆钗布裙，却难掩无双姿色，少了那些夺目的珠宝，反而将她绝世的美貌显露出来。逐渊看了许久，这才清咳一声道："你这般在人间行走，太过醒目了。"

苏漓疑惑地皱了皱眉："是吗？为什么啊？我穿得不对吗？"

"不。"逐渊真心道，"你生得太过美貌了。"

没有人会讨厌被夸赞，上界的神女哪有长得丑的？更何况神仙们都不注重外貌的美丑。仔细一想，苏漓竟从未听过有人这般真心诚意夸她长得好看，她立刻便对逐渊生出了几分好感。

苏漓想了想，便又幻化了一番，五官看上去好像没什么变化，却又不像先前那般美得光彩夺目了。

"你看这样可以吗？"她虚心求教。

逐渊勉强点了点头，道："就这样吧……我，该怎么称呼你？"

苏漓嫣然一笑道："我的名字叫苏漓。"

她化作凡间女子，跟在逐渊身侧行走在灵气稀薄的大荒，土地被烈日炙烤着生出了无数裂纹，人们不远万里跑到漓江边来打水，等走到家里，却已经蒸发了大半。一碗水一家人轮着喝，孩子们眼巴巴地舔着嘴唇，妇人们对着空空的灶房无泪号哭。路边不时有人倒下，然后便永远站不起来了，同样枯瘦的巡逻士兵一脸麻木地将尸体抬上车，拖到郊外扔掉。

苏漓一路走着，眉头越皱越紧。

路边，一个男子紧紧抱着一个中年男子的腿，苦苦哀求着："大夫，我求求你，救救我的娘子吧！她快不行了！"

那大夫一脸无奈，狠心踢开了男子的手道："不是我不救她，而是我无能为力，就是有了人参吊命又如何？没有水，没有吃的，她又能活多久？"大夫又看了一眼男子，叹了口气道，"你……也活不了多久了……"

那男子，也已经是油尽灯枯之相了。

他身后的木板上躺着一个奄奄一息的妇人，干裂的嘴唇微动，男子急忙扑了过去，哽咽着说："绣娘，你说什么？我在，我在呢！"

妇人忽地伸出手抓住他的衣襟，像是用尽了最后的力气，双眼瞪得浑圆："你……你好好活着……"说完浑身一僵，向后摔去。

男子抱着气息断绝的妻子，怔忪片刻，终于放声大哭。

"绣娘！绣娘啊……我救不了你，我没用，你让我活下去，可我有什么办法……你不在了，我又怎么活啊……"

苏漓愣怔地看着那个男人，心中莫名有些酸楚。

"那女人是谁？为什么她不在了，他就不活了？"

逐渊低头看了苏漓一眼，确认她真的是个完全不知世事的神女，说道："那是他的娘子，他深爱他的娘子，因此他的娘子过世了，他哀痛难忍，也不愿独活了。"

"那他娘子为什么叫他活着啊？"苏漓不解地皱着眉。

"因为……他的娘子也深爱他，死的滋味并不好受，她只希望他能好好活着。"

苏漓想了好一会儿，摇了摇头说："好复杂，凡人为何要结为夫妻，一个人自由自在的，不好吗？"

逐渊说："娲皇造人，分男女阴阳，本就是为了让他们结合，繁衍生息，两个人在一起久了，自然就会生出感情，不忍分离了。"

"是这样吗……"苏漓似懂非懂，但她想，自己和怀苏应该也是有感情的，不过分开个几百年，不也是很正常吗？凡人轮回一下不过数十年，分开也就一会儿的工夫，有什么好伤心得死去活来的？

"我虽然不太懂，但看他们这样子，心里也是有些难受。"苏漓想了想，悄悄施了个法术，一股丰沛的水灵气瞬间滋润了那男子全身，那男子瞪大了双眼，感觉到一股神奇的力量充盈全身，所有的疾病痛苦似乎都消失无踪了。

"绣娘、绣娘，是你显灵了吗？"男子抱着妻子，心痛大哭。

苏漓摇了摇头，轻叹道："他的娘子已经过世了，我没有办法救回来了。"

逐渊低头凝视着苏漓，她回望过去，好奇地道："你为什么这么看着我？"

逐渊淡淡一笑："没什么，只是觉得你应该也是个善良的神女。"

苏漓高兴地道："我自然是美丽又善良了。"

苏漓心情又好了一些，但是两人没走几步，忽然，旁边的屋子里传出一声凄厉的痛哭。她猛地站住了脚步，往门里看去，只看到一个妇人抱着枯瘦的孩子哭得撕心裂肺："云儿，我的云儿啊……"

邻居探出个脑袋，摇摇头，叹了口气说："第三个了吧，她的孩子，都死了……"

苏漓心中不忍，别过眼去，可是一转头，又看到几个头上插着草标的孩子一脸麻木地站在路边。她扯了扯逐渊的袖子，指着那些孩子问道："那些孩子怎么了？"

逐渊瞳孔一缩，刚要伸出脚，又顿住了，沉重地叹了口气："他们……是在卖孩子……"

"哦……卖到好人家里，孩子就有吃的了吧？"苏漓天真地问。

逐渊苦笑，快步向前走去，苏漓急忙跟了上去问道："你为什么不回答啊？"

逐渊眼中是浓得化不开的哀痛："把孩子卖给别人吃，然后买别人的孩子吃，易子而食。"

苏漓瞪大了眼睛："你骗人吧，虎毒尚且不食子啊。"

逐渊讥讽一笑："是啊，所以才跟别人交换啊。"

苏漓顿时觉得一阵翻肠搅肚的恶心，脸色发白，摇摇欲坠。

"那你……你为什么不帮他们啊？"

逐渊苦笑道："我曾经帮了很多，可是又帮得了多少？帮得了多久？现在你阻止了他的父亲，可一转头，他们又会被卖给别人。"

苏漓脚步一个踉跄，逐渊忙伸手扶住她，关切地道："你怎么了？"

苏漓皱着眉道："这里浊气太重了吧，我有些不适，找个地方歇歇吧。"

逐渊说："往前走不远便是我家了。"

逐渊的家离漓江并不远。漓江边上的百姓，是少有的活得比较好的人，然而也仅仅是与内陆的百姓相比略好而已。但因为这一点水，他们对漓江水神已经感激涕零了，家家户户都供奉着神像，虽然那神像与她本人一点都不像。

逐渊家中却没有神像，苏漓问道："你为什么不供奉神像、不拜我？"

逐渊嘴角勾起一抹讥诮的笑容："有用吗？"

苏漓低下头说："好吧，没用……你不懂的，我虽为水神，管着降雨，但降雨与否，降雨多少，却不是我能过问的，得由天帝降旨，你们不如拜拜天帝看看吧。"

逐渊仰头看了看万里无云的天，烈日无情地炙烤着大地，他冷笑一声，低下头说："若有用，又何至于干旱三十年。"

苏漓说不出话来，扶着床沿坐下，轻轻喘息。

便在这时，有人来敲了敲门。逐渊转身开了门，一个孱弱的老妇人走了进来，一脸的为难，说道："逐渊……你……你能否帮老婆子一个忙……"

逐渊了然道："可是柏渊病了？"

老婆子混浊的双眼微微泪湿："柏渊是饿病了，我、我家里没水了……"

"你先回家吧，我这就帮你去打水。"逐渊温声道。

"那可麻烦你了啊……"老妇人千恩万谢的，一抬头，看到房内多了个姑娘，她虽老眼昏花，却也瞧得是个极美貌的女子，惊诧地道，"逐渊，这位姑娘是……"

逐渊顿时有些尴尬，不知道如何介绍苏漓。

苏漓却没有多想，朝老人家微微一笑道："我是苏漓。"

"哦哦……苏姑娘好啊……"老妇人见苏漓半靠在逐渊的床上，眼中闪过一丝恍然和欣喜，抓住了逐渊的袖子，低声说，"这位姑娘，可是你的相好？"

逐渊急忙否认。

老妇人却笑着说："我听说你昨日在漓江边救了几个要被献祭的女子，这姑娘是其中一个吧，定是看你英雄了得，对你有意了吧。"

逐渊无奈地道："姑姑，真不是这样。"

老妇人叹了口气，哀伤地道："你一表人才，难得有这样的缘分，我们家柏渊怕是没有这样的福气了，若能看到你结婚生子，我也是高兴的。"

逐渊听她这么说，便不再否认什么了。

送老妇人离去后，逐渊转身回了屋子，却见苏漓睁着一双墨玉般清亮的美目望着他。她好奇地问道："什么是相好的？"

逐渊尴尬地解释道："就是好友的意思。"

苏漓恍然大悟，高兴地道："你这人好像还挺好的，我愿意当你相好的。"

逐渊略显蜜色的皮肤顿时红了一片。

苏漓又道："你是要去帮那婆婆打水吗？不用去了，我就在这里，你何必跑那么远呢？"说着纤纤玉指一指，几个水缸便都满了。

"我可以汇聚天地间的水气，只是水气太少了，我也只能收集这么点了，还是因为这里靠近漓江，若是远了点，怕我也聚不了半缸水。"

逐渊却已十分欣喜，向苏漓道了几声谢，便倒了两大桶的水送到隔壁去。

苏漓虽身子有些不适，却还是好奇地跟了过去。

柏渊家的门开着，里面传来一个男子的咳嗽声："娘，你就不要为我费心了，剩下这点米，你自己吃了吧，左右我也活不长了。"

老妇人痛哭道："你可不要放弃啊，你若不在，娘活着还有什么指望？"

"我不在了，你就把逐渊当成自己的儿子吧，他定会孝顺你的。"

逐渊听到此处，垂下了眼，掩饰着眼底的悲痛。

他悄悄将水倒进水缸里，然后压低了声音问苏漓道："你……可有办法救我堂兄？"

苏漓往里看了看，点点头。

逐渊大喜过望，忙道："那……那可麻烦你了……"

苏漓抿了抿嘴，笑着问道："那你怎么感谢我啊？"

逐渊表情一滞。

苏漓"扑哧"一笑道："跟你开玩笑的，我原先说让你献祭，也不过是骗你的，我早答应怀苏师兄，不吃人了。"

逐渊脸色顿时有些古怪，问道："你说的献祭，是吃人？"

苏漓歪了歪脑袋，理所当然地道："当然啦，不然是什么呢？"

"吃人，也分好看不好看吗？"

苏漓点头道："自然是了，秀色可餐，长得好看的，才吃得下去啊，我是个女子，所以不愿意吃自己的同性。不过你放心，我是不吃人的，更何况如今我们是相好的了，虽然不能降雨，但帮你点忙还是可以的。"说着她便越过逐渊，屈起手指，在指尖凝了一道灵气，轻轻一弹，灵气便飞入屋中。

逐渊站在她身后静静地看着，眼神不自觉地柔和起来。

他自出生起，所见所闻，只有哀号与痛哭，所有人的面上都带着将死的麻木与悲哀，身周天地，宛如熔炉炼狱，直到遇到苏漓，这女子如清泉一样清冽甘甜……

苏漓见施法成功，便拉着他的手笑着说："他明日便会大好了，我们走吧，别让他们发现了。"

逐渊淡淡地笑着，由着她拉着自己的手一路小跑了出去。

苏漓却觉得有些喘了，在下界几次施法，她还是有些负担的，这炎炎烈日，她也不喜欢。她抬手擦了擦脸上的薄汗，白皙通透的肌肤泛起了淡淡的胭脂红，更为她增添了几分媚色。

第十二章

神女下凡

　　两人走到逐渊家门口，见到一个少女在门口徘徊着。少女听到脚步声便抬起头来，看是逐渊，她脸上顿时露出喜色，又看到逐渊身旁的苏漓，她脸色顿时白了。

　　"表哥……这位是……"少女如临大敌般看着苏漓。

　　苏漓卖弄着自己刚学来的词汇，得意地道："我是他相好的！"

　　少女难以置信地瞪大了眼睛，看向逐渊以求证。

　　逐渊低下头，看着苏漓扬扬得意的笑脸，心底顿时一软，轻轻点了点头，说："是。"

　　少女的眼眶顿时红了："我……我从没见过她……"

　　苏漓说："我们昨日才认识的呢。"

　　少女咬了咬下唇，望着逐渊问道："她便是你昨日救上来的女子吗？"

　　逐渊犹豫了片刻，点头承认了。

　　少女猛地一跺脚，气急道："表哥，你太糊涂了！族长要拿你问罪了！你得罪了漓江水神了，你知道吗？"

　　"怎么了？"逐渊脸色微变。

　　苏漓也是一脸迷惑，她不觉得自己被得罪了啊。

少女眼中噙着泪道："你昨日搅乱了献祭，漓江上兴起风浪，回来后，族长的小孙子便断气了，他们都说是因为你得罪了漓江水神！"

逐渊冷然道："胡说八道！族长的小孙子本就病重将死，族长就是为了给他的孙子祈福，才要将那些女子投江，难道他的孙子是条人命，别人的女儿就不是人命了吗？"

苏漓连连点头道："就是就是！他孙子的死真的不关我的事！"

少女恨恨地瞪了她一眼："表哥定是为了救你，这才搅乱了献祭！"

苏漓觉得很是无辜，她抬头望了一眼逐渊，叹气道："凡人真是愚不可及。"

少女又道："那天师说了，本来若是献祭了美貌处子，漓江水神便会在三日后降雨，如果三日后不降雨，就是你的错，到时候他们便绑了你投江，向漓江水神谢罪！"

少女话音刚落，便有一大群人跑了过来，嘴上喊着："逐渊在那里，快将他抓住！"

少女惶恐地擦了擦泪，喊道："表哥，你快跑啊！"

苏漓倒是不慌，扯了扯逐渊的袖子，失笑道："他们这回真要把你献给我了啊，放心，我绝不会吃你的。"

两人稍稍停顿，便被二三十个人包围了。那些人看了苏漓，都愣住了，少女肤若凝脂，一双乌黑清亮的眸子仿佛盛满了漓江水，莹莹映着水光，他们竟从未见过这么美貌的女子。为首的男子很快反应过来，喝道："这女的一定是祭品，一并抓回去！"

一个男人推了苏漓的肩膀一把，苏漓踉跄了一下，靠在逐渊身上，生气地回头瞪那个动手的男子。男子被她瞪了一眼，顿时有些心荡神驰，又有些心虚。逐渊伸手将苏漓揽过来护在怀里，冷声道："我们自己走！"

逐渊在族中素有威望，那些人倒也不敢太难为他，见他愿意配合，便也没有动手动脚了。

苏漓久未上岸，这日施法又有些多了，神态便有些疲倦。逐渊低头见了，不禁心生担忧，俯下身压低了声音问道："你是不是身子不适？"

灼热的气息拂过苏漓耳畔，她小巧圆润的耳珠顿时泛起绯色。她微微缩了一下脖子，低声说："是有些不适，不过并无大碍，你放心，几个凡人而已，伤不到我的。"

看着她吹弹可破的肌肤细腻白嫩如凝脂一般，逐渊心头像是被什么东西轻轻挠了一下，又痒又麻，他忙移开了眼，不敢再看。

两个人被关在了柴房里，外间挂着白布，一片哀戚。

苏漓神色疲倦地靠在逐渊肩头，懒懒地道："逐渊君，这世间凡人，也不都是好人啊，难怪天帝会降下惩罚。"

逐渊神色肃然道："难道因为几个恶人作恶，便要全天下的好人陪葬吗？"

苏漓低头想了想，叹气道："我不太懂，究竟是好人多，还是恶人多呢？"

"善有善报，恶有恶报，却不应该是这样无论善恶一并受灾。下界大旱三十年，轮回复轮回，生死又生死，这样的灾祸，何时能结束呢？"逐渊垂下眼帘，轻轻一叹，"若连你身为水神也无能为力，这天下苍生又该向谁求助？"

苏漓抬起眼，凝视逐渊，问道："便是族长那样的坏东西，你也要救他吗？"

"他自有他的报应，我打断献祭，是为了救那几个无辜女子，向你求雨，是为了救无辜苍生。"

苏漓支起下巴，认真地看着逐渊，半晌轻轻一笑，道："我见过的人不多，你却是顶有趣的一个，我便是不救旁人，也是要救你的。"

她与他靠得很近，近得他鼻间满是她身上的幽香，那是凡间所没有的香味，悄悄勾住了他的心神。逐渊深深凝视着那张芙蓉般的面庞，三分妩媚，三分高贵，没有人会怀疑她是落入凡间的神女，可是他竟从不知道原来神女是像她这样的，单纯而天真，他本存了心想利用她，却又深深地不忍了起来。

如她所言，苍生受难，又与她何干呢？既不是她造下的孽，这人间疾苦，也不是她所能解决的苦。

苏漓感觉到体内的灵力正在以极快的速度流失，炙热的空气让她越来越难以忍受。她忍不住伸出粉嫩的舌尖舔了舔发干的嘴唇，不舍地看了逐渊一眼，说道："我得回漓江去了，三日后，或者你去寻我，或者我来寻你。"

"好，你要小心。"逐渊手指动了动，指尖只碰到她细软的发梢，便缩了回来。

苏漓眨了眨眼，从逐渊的眼中，她感受到了一种熟悉的情感，让她想起怀苏师兄，怀苏师兄看着她的时候，好像也是这样温柔的。在苏漓心里，和怀苏师兄相像的，应该都是好人。

她化作一缕青烟，悄无声息地离开了柴房，飞回漓江，本以为三日后便能再见到逐渊，却没想到事态的发展超出了她的控制。

她在漓江上久等也不见逐渊前来，于是化成凡人赶往逐渊被关押的地方，却从路人口中得知逐渊被绑上了祭坛。

祭坛在村子中央，四面的石柱上涂满了鲜血，前方一张石桌上摆放着一尊漓江水神像，无数村民跪在神像面前俯首叩拜。祭坛之上，逐渊被铁链紧紧捆绑着，铁链勒进了肉里，鲜血染红了衣衫。逐渊脚下堆满了干柴，一个穿着黄色衣袍的白发修士正举着火把向他走去。

"逐渊，牺牲你一个，能为大家带来救命的雨水，这是你的荣耀，也是你的责任，你心里不要有怨恨，知道吗？"那黄衣老道皮笑肉不笑，站在逐渊面前说道。

逐渊脸色苍白，嘴唇干裂，隐隐可见血丝。他面无表情地掀了掀眼皮，发出一声冷笑，嗓音因久未饮水而显得干哑："欺世盗名，残害百姓，你拜的根本不是漓江水神。"

黄衣老道脸色微变，压低了声音怒斥道："你休得胡言乱语！"

逐渊转过眼去，不愿看他，瞳孔有些涣散，望着远方，眼底闪过一丝怅然："漓江水神是个善良的神女，又怎么会托梦让你施行这种残忍的献祭之术？"

"神女……"黄衣老道混浊的眼珠一转，冷笑道，"那日与你同行的女子，便是漓江水神吧，我虽没有亲眼看到，但听其他人描述，想必是漓江那条真龙无疑了。只可惜那日被她逃走了，否则让我抓住了，嘿嘿……说到底漓江水神到底什么模样，还不是老道说了算。老道千辛万苦寻来的极阴之身被你救走了，那就拿你的命来抵吧。我倒是没想到你的神魂如此之强，对魔神来说，倒是大补之物。"

听到"魔神"二字，逐渊眼神一凛，怒视那老道："你果然是在引导村民拜祭邪神！"

黄衣老道自知失言，但也不惧一个将死之人，得意地笑道："那又如何？如今你被锁魂链绑着，就是死了，灵魂也不得超生，能成为魔神大人的食物，是你无上的荣耀。"说着弯腰将火把伸向木柴。

眼看火焰就要吻上那堆干柴，忽然，平地骤起狂风，将那火把吹熄。黄衣老道脸色剧变，直起身来眯着眼睛四处张望。一道绿光自眼前掠过，站到了祭坛之上。

黄衣老道瞪大了眼睛，看着眼前绝美的女子，失神片刻，方才开口大喊："是妖怪！妖怪来了！快拿驱妖水来！"

趴在地上的村民一个个站了起来，惊恐地看着苏漓。听到黄衣老道的叫喊，他们这才回过神来，跑到一边取出早已备好的水弹，强抑着恐惧靠近苏漓。

逐渊震惊地看着苏漓，喊道："你快走！他设下了陷阱抓你！"

"抓我？"苏漓冷哼一声，轻蔑地扫了那黄衣老道一眼，"不过区区凡人，他有那本事吗？"说着袖子一甩，一股强大的力量将那黄衣老道撞飞出去。

苏漓转过身看向逐渊，皱眉道："三日不见，你竟变得这般凄惨了，我帮你解了锁链吧。"苏漓的五指在铁链上轻轻拂过，铁链便应声落地。逐渊双腿一软，险些摔倒在地，苏漓忙伸手扶住了他。感应到他的生命气息十分微弱，她也来不及细想，便将灵力注入他的体内。逐渊体内就像干旱了许久的土地猛烈地吸收着来自她体内的灵气，她微微皱了一下眉头，却没有收回手。

便在这时，那些村民将手中的水弹投向了苏漓，水弹大部分落到了地上，却有一个砸到苏漓脚下。苏漓本没有在意这些东西，直到水弹破裂，一股气味刺鼻的符水溅上她的衣摆，她才惊叫一声，向后一缩。

被符水溅到的地方竟被烧穿了，她小腿上甚至留下了一道灼伤的痕迹。苏漓瞳孔一缩，完全没想到自己竟会被一群凡人伤到。

黄衣老道捂着胸口退到了人群之后，见符水伤到了苏漓，神色一喜，大喊道："看到没有？那女妖怪怕这驱妖水，你们赶快扔符水！"

苏漓有些畏惧地看了一眼那些水弹，见那些人又拿了水弹过来，便化出一道水障挡在身前。谁知那些水弹竟然无惧水障，直接穿过水障向她飞来。那些村民本对苏漓有些惧怕，如今见水弹能威胁到她，一个个都振奋起来，更加卖力地投掷。逐渊见水弹向苏漓砸来，毫不犹豫便转身挡在苏漓身前，为她挡住那些符水。

水弹砸在背上发出砰砰两声，逐渊发出一声闷哼。

苏漓抓着他的肩膀，关切地道："你没事吧？"

逐渊扯出勉强的笑容，哑声道："没事，这些符水似乎只对你有用，伤不到我。"

但村民有数十个，一个逐渊又怎么挡得住那么多人的围攻？他紧紧将苏漓拥在怀里，村民越逼越近，无数水弹落在背上，他忍不住呕出一口鲜血。

又是一颗水弹落在脚边，烫伤了苏漓的小腿。

苏漓提气想要带着逐渊飞走，却在这时，地上的铁链猛地弹起飞向苏漓，将她紧紧捆住。

苏漓大惊失色道："捆仙索！"

铁链退去表面的锈迹，露出它赤红的本来面目，将苏漓紧紧束缚住。

黄衣老道嘿嘿阴笑着，缓缓走上前来。

"什么捆仙索，这是捆妖索，专门捆你这个妖怪！"

苏漓怒视那个黄衣老道，呸了一声："你可知道我是谁？"

黄衣老道挑了挑眉，看着苏漓的目光如视瓮中之鳖，道："你？你不就是漓江里那条兴风作浪为祸人间的妖龙？"黄衣老道说着振臂一呼，"村民们，你们可还记得三千年前的不周山之战？就是这条妖龙的先祖撞倒了不周山，导致弱水肆虐人间，把人间变成如今的大荒！现在我们遭受大旱，也是因为这条妖龙，是她不降雨，才导致楚地大旱三十年，你们说，她该不该杀？"

"杀！杀！杀！"无知的村民们大声附和着，一个个恶狠狠地盯着苏漓，恨不得将她碎尸万段。

苏漓被这老道颠倒是非黑白的浑话气笑了："好好好，你既然知道我的身份还敢这么对我，想必是活腻了！你以为这区区捆仙索就能抓住我吗？"

黄衣老道嘿嘿笑道："如果是平时的你，当然是抓不住了，可是你化为人身上岸，法力已经打了折扣，刚刚为了救逐渊又被吸收了大量灵力，然后又中了我的封神水，如今，你还有力气挣脱捆仙索吗？"

苏漓不信，使尽了力气，却果真无法挣脱捆仙索。

这一刻，她才真正慌了。

"你……你是故意设计抓我的！"苏漓看了看黄衣老道，又转头看向逐渊，难以置信地瞪大了眼睛，"你也和他们一伙吗？"

逐渊痛苦地摇头："不，我怎么会伤害你？"

"不用多想了，逐渊也是要死的，他勾结妖龙，为祸人间，两个一起烧了！"黄衣老道冷笑着后退，让人再次取来火把。

苏漓万万没想到自己竟会折在几个凡人手里，但是这捆仙索、封神水，应该不是凡人之物，只怕背后有人在操纵。

眼看着黄衣老道举着火把逼近，苏漓神色渐渐变冷："你真的以为龙神会是这么容易被你抓住的吗？"

黄衣老道闻言愕然，却见苏漓紧咬下唇，周身气势陡然增强，额上缓缓生出一对龙角。黄衣老道大惊失色，踉跄着后退了几步，大喊道："不好！她要化形！"

在受了伤又被捆仙索缚住的情况下，苏漓本是极难化形的，但是形势迫在眉睫，她不得不逼出潜能，透支灵力强行化为龙身。捆仙索剧烈地震动着，娇嫩的皮肉被勒出了血痕，染红绿色长裙，苏漓仰天长啸，但见狂风平地而起，一道绿光直上九天，冲破云霄。

黄衣老道捂住眼睛，再睁开眼时，祭坛上已经空无一人了。

"可恶！该死！"他气得直跺脚，"她一定跑不远！快去找！"

苏漓确实没有跑远，飞出不过几里，便从空中跌落，摔进了林子里，砸得山林巨响，百兽狂奔。

这片树林早已经干枯，一眼望去没有遮蔽，更何况发出了这么大的声响，想必已经惊动村子里的人了。苏漓艰难地睁开眼，又化为了人形。

"苏漓，你还好吗？"逐渊急忙将她从地上扶起来抱在怀里，只见她绿色的长裙上染满了鲜血，苏漓的脸色苍白，气息微弱，显然受伤不轻。这大概是她有生以来，受伤最重的一次了……

苏漓咳了两声，嘴角溢出一丝鲜血，逐渊抬手为她轻轻擦去。

"带……带我回漓江……"苏漓无力地抓着逐渊的衣襟，头靠在他胸前，气若游丝地说。

"好！你撑着！"逐渊说着，将她背了起来。她无力地趴在他宽厚的背上，双手绕过他的脖子，闭着眼睛轻轻喘息。

身后传来追寻的声音，逐渊看了看前方，咬咬牙，对苏漓说道："如果我们继续往前走，一定会被抓住，我知道有一条枯竭的河谷密道通往漓江，可能会远一点，我们走那里吧！"

苏漓轻轻"嗯"了一声，逐渊当即不再犹豫，向着河谷的方向跑去。

苏漓柔软的身子紧紧贴在他后背上，感受到背上传来轻轻的起伏，他才稍稍放心。很快，天便暗了下来，连续跑了两三个时辰，逐渊的气息已经不稳了。

苏漓昏睡了一会儿醒来，见逐渊还不停地跑着，听他气息，知道他已是累极了，便轻声道："休息一下吧，他们没追上来。"

"可是你的身体……"

"没事，我能撑住。"苏漓虚弱地笑了笑，"我可是龙神，不过受了点伤而已，没那么容易死的。"

逐渊松了口气，说道："那好，前面有个山洞，我们在那里休息一下。"

说是山洞，不过是古河道里一个稍微凹进去的洞穴罢了，靠在洞穴石壁上，仰头还可以看见满天星斗。

逐渊轻柔地将苏漓放在地上，见她发丝凌乱，忍不住伸出手为她理了理鬓角的碎发。苏漓愣了一下，抬起眼看向他。逐渊猛地对上那双清亮无邪的眸子，顿时有些窘迫，像被烫到似的缩回了手："抱歉……是我唐突了，我……我看到你头发有些凌乱……"

苏漓侧了侧脑袋，不以为意地笑了笑，自己抬起手理了理贴在脸颊上的头发，白皙的脸蛋被压出了淡淡的粉色睡痕。

"没关系的……只是你的动作，让我想起了我师兄。"

"你有师兄？"逐渊见苏漓没有在意，心里悄悄松了口气，却又莫名地有些失落。他在苏漓身旁，不远不近地找了个平坦的地方坐下。

"嗯。"说起怀苏，苏漓目光也温柔了几分，"师父捡了我便将我扔在淮苏山，我是师兄带大的，师兄一向最疼我了。"

逐渊脑海中浮现出一个有些年纪的男人的相貌，微笑着说道："他一定将你保护得很好。"所以她这样纯真善良……

"是啊……"苏漓抱着自己的膝盖，下巴搁在膝上，眼底是浓浓的思念，说道，"可是他离开我已经几百年了，去了很远很远的地方……"

几百年啊……逐渊心想，她的师兄可能是死了。

"如果师兄在的话，就没有人敢欺负我了。"苏漓难过地垂下眼帘。

逐渊黯然轻叹一声，第一次为自己身为一个无能的凡人而觉得痛苦："对不起，是我拖累了你。"

苏漓不以为意地摇了摇头："他们本来就是冲着我来的。"

"可你若不是为了救我，也不会落入他们的陷阱。"

苏漓想了想，歪着脑袋看向逐渊，笑着说："你所说也有道理，都是你拖累了我。"

逐渊愣怔地凝视她的双眸，在她的眼里，倒映着满天星辉，美得让人移不开眼。她浑身是伤，却仍带着俏皮的微笑问他："你要怎么赔偿我呢？"

"那……你想要我怎么赔偿？"逐渊的嘴角微翘，温柔地反问她一句。无论她想要什么，他的命，他的心，他的魂，他什么都愿意给。

苏漓反而愣住了，摩挲着下巴认真想了起来，说道："我也不知道，我什么都不缺呢……先记着吧，以后想起来了，我再找你要。"

逐渊温声说："好，我记着，这是我欠你的，无论何时，只要你说，我就还。"

苏漓并没有听懂逐渊话里的情意，夜里的冷风直往洞穴里灌，她虽不怕冷，却觉得风跟刀子似的刮得脸颊生疼，问道："逐渊，你不冷吗？"

逐渊刚想说不冷，苏漓却已伸出手摸了摸他的脸颊，道："你都快结冰了。"

逐渊愣怔地望着她，她已收回了手，但那柔软的触感仿佛还留在他的脸颊上。

"你也受了伤，我帮你取暖吧。"苏漓说着握住了逐渊的手，将一股暖暖的灵力渡入他体内。

"不用了，这点寒意我受得住，你不要再浪费灵力了。"逐渊摇头拒绝，抽回了手。

"凡人很脆弱的，怎么受得住？"苏漓不信，看着逐渊的脸说，"你的脸和手都冻僵了，还逞强，这里又没有柴火取暖……有了！"苏漓眼睛一亮，忽地拉住了逐渊的手，说，"你抱着我就好了，我的龙身是冷的，化成人形却是暖暖的呢，不信你摸摸。"说着拉着逐渊的手贴在自己脸颊上。

逐渊觉得自己仿佛碰到了一团燃烧着的火焰，这火焰真烧进了他心里。

苏漓见逐渊没动，便自顾自地钻进他怀里，说道："我小时候就喜欢往师兄怀里钻，后来长大了化成人形了，师兄却不抱我了，他说我身子烫。我猜他是酥草化成的神仙，最是怕热了，不过这个体温，你们人族好像不怕呢。"

逐渊低下头，看到她窝在自己怀里，她似乎毫无身为女子的自觉，仍将他当成一只灵兽，心无芥蒂地与他亲近。苏漓一张小嘴碎碎念着，好像寂寞了几百年，找不到人说话一样，开口闭口都是师兄。他不知道那个师兄是什么样的人，但想必是一个好人，把她保护得不知世事，如果她遇到的是一个坏人……

逐渊自嘲地笑了一下，心想，自己大概也不能算什么好人，因为他没有那个师兄的毅力，所以不能去拒绝一个温暖的身体和一颗毫无防备的心。

"苏漓，你一直在说你师兄。"

"啊？是吗？可能是因为……我所有的回忆都只有师兄一个人吧……我还是个蛋的时候就被师父捡到了，也没见过我的父母，一直都是师兄照顾我的。后来被封了水神，我就来漓江住下了，因为师父是在漓江捡到我的，我想说不定能在这里找到关于我父母的线索。"

"找到了吗？"

"没有。"苏漓叹了口气，"过去那么久了，我也放弃了，反正我一个人也挺好的。"

"苏漓，以后我陪着你吧。"

"啊？"苏漓睁大了眼睛，扭过头去，望进了逐渊深不见底的漆黑瞳孔里，说道，"可是你是人，我是龙，你不能下水，我不喜欢上岸。"

这真是个现实的问题啊……

逐渊黯然笑了笑，说："那我在岸边结庐而居，你若无聊了，就来找我。"

苏漓笑着说："也好啊，可是，你不想办法救你的百姓了吗？"

"不想了……"这一刻，逐渊什么都不想了，他只想好好拥着怀里温暖而柔软的少女，将她捧在掌心里，不再让她受到伤害。

"我也不想了。"苏漓有些生气地咬了咬下唇，说道，"凡人好多是坏的。"

"那我呢？"逐渊问。

苏漓笑着回过头说："你和他们不一样，你是好的。"

逐渊望着她妩媚而天真的脸，那漆黑双眸深处的缱绻情意，直到很多很多年以后，苏漓经历了无数的人世沧桑才想明白。

她无心撩动了他的情意，这让彼此生生世世地纠缠与折磨，成为她内心深处最不敢面对的心魔。

苏漓从酸痛中醒来，睁开眼，看到的不是洞穴，而是白色的纱帐。她过了好一会儿才想起来自己是在小竹轩，而不是在三千年前那个寒冷的河道洞穴里。

门外传来脚步声，她颤了颤睫毛，抬起眼看向门口。苏允凰捧着药碗稳稳地走来，见苏漓睁着一双乌溜溜的眼睛望着她，不禁微微松了口气，淡淡笑道："你终于醒了。"

"我……睡了很久吗？"苏漓开口，发现自己的声音嘶哑着，嗓子干得像被火烧过。

"睡了三天三夜了。"苏允凰将药碗放在床边，取过枕头垫在苏漓背后，待她坐好了才将药碗递给她，"药刚好温着，趁热喝吧。"

浅褐色的药汁散发着淡淡的苦涩味，但许是加了甘草，入口并不那么难喝，反而微微有些甘甜。见苏漓将药喝完，苏允凰接过药碗，这才把三天来发生的事告诉她。

"那天傍晚，你们空芨山的道童跑到云雾山来找我，说是容隽真人有急事找我，我想可能是你出事了，便立刻御剑赶来，没想到你竟伤得这么重。"苏允凰说着，面上露出一丝内疚，"早知道，那日我便不该放你一个人离开，也不该拉你去演武场看决斗。"

苏漓拍了拍她的手，微笑着安慰道："你何必自责？这事怪不到你的，即便你没有邀我一同去，我也是忍不住好奇的，再说了，我的身体我自己清楚，伤得并没有那么重，后来怎么昏迷了这么久……"苏漓疑惑地皱了皱眉，"这事也是有些蹊跷……你可听我师尊说过是怎么回事？"

"容隽真人倒未同我细说，但看他神色，似乎当中也有些古怪，不过他亦说你的伤势并无大碍，休养几日便能痊愈。"苏允凰忽然想起那日踏入小竹轩时看到的一幕——容隽真人坐在床边，左手垂落在床上，苏漓脸色苍白地昏睡着，却仍是紧紧握着容隽真人的手，而那个看似冷漠不近人情的容隽真人，便这样由着她亲近。当时他侧身对着苏允凰，阴影中的脸看不清表情，但苏允凰隐约觉得容隽真人对苏漓大概不只是师徒之情那么简单，如此一来，苏漓手上能握着那把上品灵剑似乎也有了解释。

苏漓昏睡这三日，容隽真人时常过来探视，每日三次为她疗伤。苏允凰暗中观察，更是肯定了自己的猜测，只是苏允凰不会贸然开口试探容隽真人，此刻自然也不会和苏漓细说，以免两人尴尬。

苏漓最后的记忆，便是自己落入冰冷刺骨的水潭之中，之后一切便是混混沌沌的，接连做噩梦，生生世世，生生死死，一幕幕都是逐渊……她仿佛在梦中又重新经历了这三千年，醒来之后，仍久久无法回过神来，一副呆呆倦倦的憔悴模样。苏允凰只道她是伤重未愈，便让她躺下多休息，自己去灶房为她准备些清淡的食物。

"哦，对了……"走到门口的苏允凰脚下顿了一下，转过身对苏漓说道，"昨日，余长歌上空芨山来了，说想见你。"

"他？"苏漓皱了一下眉，有些疑惑地道，"他来做什么？"

苏允凰笑了笑："他那日决斗之后也受了不轻的伤，我昨日见他的模样也不比你好多少，似乎是听说你因为受到波及伤重不起，所以想登门道歉吧。"

"那却不必了。"苏漓无力地摆了摆手道，"他也不是有心的。"

事实上，苏漓是有些耿耿于怀的，但不是因为受伤，而是因为最后被逐光剑劈碎的红光让她想起了傅行书，她隐隐觉得两者必然有关联。

"我跟他说了你昏睡未醒，他便直接转身走了，看他那样子，决定了的事似乎不是他人轻易能够改变的。"苏允凰淡淡地笑了笑，"他若是再来，你自己与他说吧。"

苏漓有些头疼地捏了捏眉心，翻了个身闭目养神，脑子里仍是乱糟糟的一团迷雾，只有逐渊那双幽深的眼睛挥之不去。

在遇到逐渊之前，她从没将自己当过人。可是逐渊似乎不这么想，那一夜在河道洞穴里，是她不经意撩动了他的心，可是一千多年后，她才恍然大悟。所以后来逐渊为她舍命，为她奋不顾身，并不是她以为的朋友义气，而是……

苏漓心头沉甸甸的，被压得喘不过气来。她天不怕地不怕，便是天雷极刑加身，她也毅然咬着牙昂着头，不肯服软，可是她最怕的，就是亏欠。她怕欠了别人的恩，更怕欠了别人的情，欠了的恩尚且好报，可是欠了的情，又如何偿还呢？是她误了逐渊一生，还不了他的情，只能在无尽的轮回里互相折磨……

容隽走进小竹轩，他刻意加重了脚步声，但沉浸在自责中的苏漓并未察觉，仍紧锁着眉心，满面愁容。容隽一踏进门，便看到苏漓一脸纠结，以为她是身子不适，心微微一揪，加快了步子。

"你怎么了，可是哪里不舒服？"一只温凉的手覆上苏漓的额头。苏漓睫毛一颤，抬起眼来。容隽面上神色淡然，眼底却闪过一丝担忧，右手又按住苏漓的右手腕，一股温和的灵力缓缓探入她的经络之中。

身体被他人的灵力进入，并不是一件多舒服的事，苏漓忍不住轻哼一声。容隽立刻撤回了灵力，悄悄松了口气："看情形，你体内的灵力已经理顺归位，并无大碍了。"

"嗯……我也觉得好很多了，只是……可能是躺久了，身子有些酸痛。"苏漓随便找了个理由，总不能说自己是做了噩梦，心里不舒服吧。若是怀苏在这里，她自然会把心中的愁闷与他倾诉，可容隽没有了怀苏的记忆，她说出来，他也不懂，便没有了说的必要。

"适当打坐修行有助于恢复，你明日起便可照常修行了，只是不用再去灵河瀑布了。"

"为什么？"苏漓疑惑地道，"弟子觉得身体应该没问题了。"

容隽目光淡淡地扫了她一眼："你既不是水灵根，瀑布下修行对你来说，意义便不是很大了。"

苏漓瞪大了眼睛，嘴巴微张，说不出话来。

"这几日我为你疗伤便发现了，你体内同时含有水、木两种灵力，但这灵力不是来自外界，而是体内自行炼化运转而来。我猜测，你必然服用过含有这两种属性的极品灵物，因此才会出现这种情况。"容隽缓缓说来，似乎也不是十分惊奇，却让苏漓莫名地有些心虚，微微地低下了脑袋，说道，"上个月考核之时，凝霜草忽然不见了，宗主说是白尊者吃下了，如今看来，应该是另有其人吧。"

"师尊……"苏漓咽了咽口水，脑袋几乎埋到胸口。

容隽定定地看了苏漓半晌，却见苏漓始终耷拉着个脑袋不敢面对他，他便知道自己猜中了。

"罢了……"容隽轻轻一叹，拍了拍她的肩膀，安抚道，"为师并不是在追究你的责任，凝霜草乃白尊者所有，如何处置，是它的权力，它既将凝霜草给了你，便是你的机缘，它为你隐瞒，也有它的道理，而你怀璧在身，谨慎行事也是理所当然。"

苏漓闻言猛地抬起头来，一双水润乌黑的眼睛望着容隽，带着讨好的表情笑道："师尊说得是，弟子也是这么想的！"

容隽轻笑摇头，心想这徒弟还真会顺台阶爬。

"不过此番受伤，你也算是因祸得福了。以你的功力，想彻底炼化凝霜草，没有三年五载难以成事，但此次受伤，灵力激荡，你体内灵力宛如沸腾一般，竟催化了凝霜草的炼化。我趁机为你疏导经络，如今你的灵力，应该已经突破炼气九重了。"

"什么？"之前苏漓醒来只觉得心绪不宁，并没有注意自己灵力的变化，现在听容隽这么一说，急忙提气探查灵池，运功之下，灵力果然澎湃远胜之前，岂止突破了炼气九重，若是她有灵根，此刻早已筑基成功了。

见苏漓面露喜色，容隽便忍不住提醒她道："如今你体内灵力充沛，不过是因为炼化了凝霜草，实则根基尚未扎实，因此当务之急仍是聚集灵力，再行突破，只是……你的灵根似乎有些奇怪……"

见容隽已经看穿了自己的根底，苏漓也不再隐瞒了，老实交代道："师尊，我没有灵根。"

"什么？"容隽愣怔，脸上难得现出了惊色，眉头紧紧皱起，"没有灵根，你又如何继续修行？"

"弟子……"苏漓垂下眼帘，眼珠子一转，又编了个借口，"弟子听说琅嬛尊者学究天人，创造功法一万八千，都藏在琅嬛古地内，当中甚至有为无灵根之人谱写的炼体功法，因此弟子想要到时入内寻宝，看是否有机缘得到。"

容隽沉思了许久，缓缓点头道："若没有灵根，确实只能走锻骨炼体之路了，但是这条修行之路艰苦百倍。"

"弟子不怕吃苦。"苏漓坚定地望着容隽。

感受到苏漓眼中的执着，容隽细想她这一个多月来的表现，便知她确实比寻常人更能经受住磨炼。容隽不知道是什么在支撑着一个看似娇弱的少女逆命修行，但作为师父，他所能做的大概就是默默站在她背后护她，助她。

第十三章
放心不下

　　第二天一早，苏漓确定身体已基本无碍，便送了苏允凰下山。苏允凰本想着再留两日照顾苏漓，但苏漓担心耽误了苏允凰的修行，执意不肯，苏允凰也只好回了云雾山。

　　见苏允凰的身影远远离去，苏漓这才转身回山，不料没走几步路，便听到身后传来一个低沉的声音。

　　"苏俏。"

　　苏漓愣了一下才反应过来，想起这也是她的名字，于是顿住了脚步，转身看向来人。余长歌面容冷峻，穿过竹林和晨光向她走来。

　　"你……"苏漓顿了一下，眉心微蹙了一下，而后缓缓舒展开来，露出淡淡的笑容，"我听允凰说你前日来找过我。"

　　余长歌在苏漓面前停下了脚步，不远不近，保持着有礼的距离道："我是为那日的事情来向你道歉的。"余长歌说着，眼中闪过一丝歉意，表情也微微柔和了几分，"听说你伤势不轻，昏迷了几日。"

　　苏漓并非不讲理的人，加上余长歌态度也还不错，她便没有扫了对方的面子说道："你也是无心，我不会把这件事怪到你头上，说到底，还是我自己根基太差才会受伤，你也不必过于自责。"

　　苏漓见余长歌平日神情冷峻、气场阴沉，还以为这人凶残成性，不料他也有讲理的一面，倒是让她有些惊讶。

"你不怪罪是你的大量，我却不能无所表示。"余长歌从袖底摸出一个小玉瓶，递到苏漓眼前道，"这是三枚小还丹，我看你如今竟似炼气接近圆满了，小还丹对你将来冲击筑基境大有帮助。"

苏漓的目光在那玉瓶上停驻许久，才缓缓上移，对上余长歌漆黑的双眸，这人让她越发看不透了……小还丹对炼气期的修士来说确实是宝贝，即便是筑基期的修士也是眼馋得很，市面上一粒小还丹便价值不菲，更何况是三粒？余长歌出手也确实阔绰，但苏漓想不通，余长歌这么一个孤傲冷僻的人有什么理由对她示好？

"不必了。"出于谨慎，苏漓还是拒绝了余长歌的好意，"我既说了你无须道歉，便没有理由接受你的丹药，再说，我师尊早已赐我不少丹药，我手上不缺灵丹妙药，所以你还是收回去吧。"

余长歌见苏漓拒绝，倒也没有坚持，将玉瓶收回去，说道："是我疏忽了，容隽真人乃炼丹高手，你自然是不缺丹药的。只不过我余长歌素来不愿亏欠他人，你既然不接受这份礼物，那我便仍然欠着你，日后任何事，你若有需求，而我又帮得上忙，你自可向我求助，我必会尽全力帮你。"

苏漓哭笑不得，连声道："喂喂，你不愿亏欠他人，我也不愿被人欠着，可我真不觉得你欠了我，咱们掰扯清楚，别弄得彼此心里都不愉快好吗？"

他沉默了片刻，转过身去背对着苏漓。

"下个月琅嬛古地，若有需要，我可以帮你。"说完也不等苏漓拒绝，余长歌便御剑飞走，留下苏漓一个人原地跳脚。

"余长歌！你这个人怎么……只讲你自己的道理啊？"苏漓真不知道该哭还是该笑，去琅嬛古地寻宝，她还需要别人帮助吗？

苏漓黯然叹了口气，不知怎的又想起了逐渊。她原来不懂事，喜欢同逐渊开玩笑，做了些许事便问逐渊拿报答，其实她又何尝想要逐渊为她做什么？他不过一个凡人而已，又能做什么呢？她不过是喜欢看他被追问时脸上微微闪过的窘迫而已。后来经历这许多事，她便不愿再与别人互相亏欠了，这是最难理清的缘，往往不会有什么好结果。

为了应付一个月后的琅嬛古地之行，苏漓身体刚刚痊愈，容隽便为她制订了新的修行计划，让她开始为期一个月的闭关修行。因为苏漓没有灵根，无法突破筑基，因此这个月所能做的便是最大限度地强化灵力，同时容隽传授了她几种较为常用的防身法术。

看到苏漓轻而易举地完成了化灵，在掌心凝出一团冰花，容隽面上没有赞赏，反而流露出些许遗憾。

"师尊，我做得不好吗？"看到容隽的神色，苏漓不禁有些惴惴不安。化灵一般是筑基之后才能做到的，需要的是更强的灵力感知和灵力操控能力，而她以炼气期的修为却做得比其他筑基修士更好，容隽居然还不满意？

容隽眉心缓缓舒展开来，脸上虽然没笑意，眼角却柔和了些许："不，你做得很好，我只是觉得可惜，以你的修行天赋和灵力感知强度，如果有灵根，只怕将来修为不在我之下。"

苏漓有些诧异地眨了一下眼。容隽这样的评价可以说是相当高了，容隽自己被认为是蓬莱有史以来天赋最高的修士，甚至有望超越琅嬛尊者，先她一步突破法相，但他如今说苏漓的天赋在他之上……

"师尊过奖了……"苏漓一点都不骄傲，反而有些心虚，她可是有几千年的修行经验啊，比其他人强也是理所当然的，又有什么值得骄傲的？

然而看苏到漓谦逊的样子，容隽却觉得她更是难得，又有天赋又肯吃苦还很谦逊，这么好的弟子真是天下无双啊……

可惜容隽便是有通天的本事，也没有办法给她移植灵根，只能在修行上多指点她一番，然而苏漓会举一反三，甚至能触类旁通，有些他还没教的地方，苏漓竟也自己摸索出门道来了。看着苏漓堪称妖孽的修行天资，容隽不禁有些怀疑自己可能是一个假的天才……

"师尊、师尊、师尊？"苏漓连叫了好几声，才把容隽的思绪拉了回来，难得见到容隽失神的样子，苏漓不禁有些好奇，凑上前伸出白嫩修长的五指在他眼前挥了挥，笑着问道，"师尊，你在想什么呢？"

容隽纤长的睫毛颤了颤，将目光自苏漓的掌心移到她带笑的眉眼之间，说道："没什么，只是在想关于你修行的事……下午我有事出门一趟，你便自行修行吧，明日你也自行安排，不用来飞霜殿请安了。"

"是，师尊。"苏漓听话地屈了屈膝，刚有些好奇容隽是为什么事外山，便猛地想起一件很重要的事来——今天就是十五了！

苏漓瞳孔一缩，心头咯噔一下。

最近这段时间，她一直和容隽保持着亲近而不过分亲密的态度，倒是让容隽自在多了。他还以为苏漓是听进去他的话了，打算潜心修行，其实苏漓是想到了一件很可怕的事……

之前她只知道容隽缺失了关于怀苏的所有记忆，不记得怀苏苏醒时发生过的事，但是怀苏呢，他能不能感知到发生在容隽身上的所有事？

苏漓几日后才后知后觉地想起这个问题，万一怀苏师兄能感知到容隽身上的记忆，那她干的那些蠢事岂不是都落在怀苏师兄眼里了？那师兄会怎么想？

想到这一节，苏漓便有些如坐针毡，不敢再对容隽口头调戏或者动手动脚了，不然等到十五晚上，怀苏师兄苏醒过来，估计难堪的就会变成她了……

见苏漓忽然神色不自在起来，容隽以为她是想到了上个月十五发生的事，不禁也略觉窘迫。虽然他始终记不得那个晚上发生了什么事，但是……他隐隐觉得还是想不起来的好，万一想起来了岂不更尴尬？

日落之前，容隽御剑到了纯阳殿求见宗主。

"什么，你要进琅嬛古地？"宗主一听，眉头紧皱，"不行，这太危险了。"

"我觉得那点程度的危险，我能应付过来。"容隽直视着宗主的眼睛，表达自己的坚决之意。

宗主摇头："不行，这不是你一个人的事。琅嬛古地会将进入者的境界压制在神通境之下，你虽然元婴圆满，但进入琅嬛古地之后也只能达到神通境圆满的境界，到时候面对种种危机，未必能全身而退。明年就是周山论法了，这个时候你一点意外都不能有！"

"宗主！"容隽眉心一蹙，上前一步，道，"琅嬛古地我之前进过一次，有一定的经验，即便被压制修为，我也有足够的机变能力去应付。"

"是啊，你已经去过一次了，为什么还要去？而且你身为元婴圆满，琅嬛古地的宝物对你来说未必就那么重要。"宗主目光一凛，直直看进容隽内心深处，问道，"你是为了你那个徒弟？"

容隽沉默，便是默认了。

宗主也不说话，负着手，走到祖师像前，抬头看着珈罗真人微笑的面容，轻轻叹了口气："我听说你那个徒弟修为突飞猛进，想必你背后出力不少吧。"

容隽本想说苏漓天赋惊人，转念一想，她空有天赋却无灵根，情况特殊，只怕不宜被其他人知道，因此瞒了下来，顺着宗主的意思，认下了这份"功劳"。

"你四岁那年，我带你上蓬莱，至今十六年，除了修行，我从未见你对一个人上心。你那个徒弟，是叫苏俏吧，我也见过，天资平平，相貌也不十分出众，不知是哪里入了你的眼？"宗主缓缓转过身来，审视的目光落在容隽面上。

容隽不是个善于说话的人，更加不会说谎，因此只能垂下眼帘，避开宗主的审视。

见容隽这个态度，宗主只能在心里轻叹一声：劫啊……

十六年前，他还未当上蓬莱宗主，与友人医仙陆玄青行走大荒之时，人称玄风道尊，他一袭黑衣，几乎走遍了半个南大荒。他们二人行医济世，伏魔降妖，救了不少人，容隽是最后一个。

那时容隽还小，醒来后又昏昏沉沉了好几个月，半大的孩子本就不记事，加上一场重伤，他彻底失去了过去的记忆。而玄风道尊见他身世凄苦，便也没有再和他提起那些往事，只说自己在南大荒捡到了他，带上山来。而容隽也不是个好奇心强的人，玄风道尊那么说，他便也信了，从不追根问底，这让玄风道尊松了口气。

因为那些往事太过残酷，让他不知该如何说起。

初遇容隽的时候，他被一个衣衫褴褛的女子抱在怀里，小脸苍白，五官和抱着他的那名女子有七八分相似，虽然只有三四岁的模样，却精致漂亮得让人心疼。玄风道尊坐在茶楼二楼沿街的座位上，忽然听到一阵凄厉的女子哭声远远传来。

"不——不要——你不要卖了我儿子！他才四岁啊！你把他卖到那种地方会要了他的命啊！"女子撕心裂肺的哭喊声吸引了所有人的注意，包括玄风道尊。

一个披散着长发的女子大半个身子拖在地上，紧紧将稚子护在怀里，不肯松手。穿着书生服饰的瘦高男子狰狞着一张脸，两只手紧紧抓着女子的胳膊，想把她的手掰开，把小孩从她怀里抢出来。看上去弱不禁风的女子不知道哪儿来那么大的力气，他竟掰不开她的胳膊。男子一气之下，高高举起手来，狠狠在女子脸上甩了几个巴掌，清脆的响声显出了不轻的力道，女子的脸颊立刻肿了起来，嘴角溢出鲜血。

"呸！那种地方是什么地方？你不就是那里出来的吗？我没嫌弃你，你倒还嫌弃上了！那里不是最适合你们娘儿俩去的地方吗？那个王老板可是许诺了一百两银子啊！把儿子送进去，他以后吃香喝辣，不会饿死，我们两个也有的吃穿，不好吗，啊？"青年见武力不能让女人屈服，又开始用好处诱惑她。

听他这么说，女子居然笑了起来，越笑越大声，越笑越凄厉，两行热泪滚滚落下："那是什么地方？我难道不知道吗？我的女儿就是这么被你偷偷卖掉的，吃香喝辣？吃香喝辣？哈哈哈哈……她死得好惨啊！你敢看看她吗？她死的时候甚至没有一张席子裹着，就那样被扔到了荒郊野地，她身上青一块紫一块，满身鞭痕，没一块好肉！她被多少人凌辱啊！我的孩子，她死的时候才十岁！那也是你的女儿啊，你怎么就那么狠心？为了五十两银子就把她卖进窑子！"

女子血泪俱下的控诉让围观的路人纷纷侧目，愤恨厌恶的目光聚到男子身上，男子心虚地缩了缩脖子，却更加恼怒女子的指控让他颜面尽失。他一口唾沫吐到女子脸上："我呸！你又是什么清白女人？你不也是个妓女吗？当初就是你骗了我为你赎身，害我被赶出了家门，你现在还有脸说我了？"

"是我骗了你吗？"女子漆黑的瞳孔中迸射出滔天的恨意，"是你骗了我啊！是你说要娶我，是我愚蠢，相信了你的甜言蜜语，是我拿了自己的私房钱让你赎我。你说要上京赶考，需要钱，我拿了一千两银子给你；你名落孙山，说要和朋友做生意，我又拿了三千两银子给你。我卖身五年，当上全城最红的花魁，却为了你换下绫罗绸缎，穿着粗布麻衣为你操持家务，为你生儿育女。我把攒下来的五千两银子全给了你，结果你骗我，你拿我的钱根本不是去做生意，你去花天酒地，你还滥赌，欠了一屁股债，气死了你娘，被你爹赶出了家！你爹都看出你是个禽兽了，只有我蠢，我还跟着你！我以为你真的知道错了，会诚心悔改了，谁知道……是我害了我的女儿啊……"女子说着，痛哭出声。

"禽兽！"

"人渣！"

"你们别信她胡说！她就是个妓女，她说的话能信吗？"男子顶不住那么多人唾弃的目光，忙着澄清。

却在这时，一队人拨开了人群，挤到中间，嚷嚷道："都聚在这里干什么？别人还要不要做生意了？散开，都散开！"

看到为首的那个男子凶神恶煞的脸，路人面上都露出一丝惊恐，敢怒不敢言，只能缓缓地散开，眼睛却不住地往那里瞄。

"林老大，怎么是你啊？"男子见了来人，露出一副谄媚的嘴脸来。

被称作林老大的男子阴鸷的目光在地上的母子身上扫过，冷冷说道："李宪，怎么，你还没解决你家婆娘吗？"

"这……马上，马上就好了！"李宪转过身对着自己妻子的时候，又变了副嘴脸，"容娘，林老大亲自过来了，你快识相点，把儿子抱过来！"

容娘死死抱着孩子，一双美目含着泪与恨意，抬起手擦了擦脸上的泪，再抬起头时，却是一脸妩媚风情的笑意，对着林老大柔声道："林老大，这孩子才四岁大啊，他做得了什么呢？你放过他吧，要不，你买了我吧，我当年可是最红的花魁……"

"呵！"林老大皮笑肉不笑，上前两步弯下腰来，伸出两根手指捏着容娘尖尖的下巴道，"我知道，当年艳名动四方，一舞倾天下的容舞容仙子嘛，如果早个十年八载的，一百两银子连见你一面都不配，可是现在，呵呵……也不照照镜子看看自己什么样子，你的手比砂纸还粗糙，脸上皱纹还少吗？你今年三十岁，看上去起码四十了，也就这双眼睛还看得过去。不过你该庆幸，你生了个好儿子，我阅人无数，看一眼就知道，他可是继承了你的美貌，只要好好调教几年，日后名声不在你之下，到时候日进斗金，你的好日子也就来了。"

"不、不……"容娘疯狂地摇头，"不可以！他还那么小，那个地方他待不住的！他是我的命，我不能让你们害了他！"

"你也是那个地方出来的，自然知道男孩子最好还是从小教起，大了就不值钱了，有些贵人最喜欢小男孩了。"林老大笑了两声，低下头来，看向容娘怀里的男孩，虽然他眼下苍白瘦弱，但仍然难掩天生丽质，尤其那一双眼睛……

林老大正看着，忽然，那男孩睁开了眼睛，漆黑而冷漠的双眸如明镜一般，映着林老大狰狞丑陋的脸，让他不知怎的居然自惭形秽。

林老大不自在地退开了两步，又觉得自己竟被一个孩子的目光吓住了，着实有些窝囊，便将这怒火撒在了李宪身上，一脚踹了过去，冷冷道："那是你儿子，你是他老子，父卖子是天经地义的，你连这个都做不了主吗？过了今天，可就未必有这样的好事了！"

李宪被狠踹了一脚，疼得直吸气，却不敢表现出不满，点头哈腰道："我一定办妥、一定办妥！"说着两三步赶到容娘身边，这下再不留情，几个巴掌狠狠地抽下去，抽得容娘口吐鲜血，几乎要晕了过去，他还狠狠骂道，"贱人！敬酒不吃吃罚酒！"

"别打我娘了。"一个清冷而稚嫩的声音从容娘怀中传了出来，"我跟你去就是了。"

"隽儿……不要……"容娘十指紧紧抓着他瘦弱的身子，艰难地说着。

"娘，你放手吧，你争不过他们的。"李隽神色淡漠，将容娘的手从自己身上扯了下来，她眼前发黑，耳中嗡鸣声不断，头痛欲裂，没有了抵抗的力气，只能由着李隽从她怀里挣脱出来，向那群人走去。

瘦小的背影站得直直的，没有回头，他走到李宪身前，对一脸惊喜的李宪说："爹，这大概是我最后一次叫你了。"

听到儿子的话，李宪脸上难得闪过一丝愧疚，但也仅仅一闪而过。

"拿了银子，你要给我娘治病，和她好好过日子。"

"好好好！我答应你！"李宪喜不自胜，这时候自然什么都答应他。

"你不要再打她了。"

"你放心，我以后一定好好对她！"

"还有一件事……"李隽顿了一下，向旁边看了一下，压低了声音说，"不能让别人听到，你附耳过来，我悄悄告诉你。"

李宪心想难道是容娘还偷藏了银子不愿让人知道，于是立刻蹲了下来，将脑袋靠了过去，道："你说你说。"

李隽向前一步，靠到李宪耳边，用稚嫩的声音轻声说："你害了我娘，害了姐姐，为什么不去死呢？"

脖子上传来一阵剧痛，李宪猛地瞪大了眼睛，手捂着脖子向后倒去，眼前是李隽冷漠的小脸。李隽手上拿着一支不值钱的簪子，簪子上沾着血，他便是拿着这支簪子刺进了李宪的脖子。

"娘说这是你亲手打给她的定情信物，她拥有那么多价值连城的首饰，都为你卖了，只留下这支簪子，不值钱，卖不出去。"李隽嫌恶地扔掉了那支发簪，说道，"死在这支发簪下，你也算有始有终吧。"

便是见惯了血雨腥风的林老大，也被那个孩子冷漠的样子吓住了，他一副无所谓的样子，仿佛只是踩死了一只蚂蚁，而不是杀了自己的生父。

鲜血从伤口处汹涌而出，李宪张大了嘴却说不出话来，垂死的恐惧侵占了他全部的心神。他向林老大爬去，想要求救，却被一脚踢开。

整条街顿时陷入了死一般的寂静之中。

李隽转身走到容娘身前，跪了下来，长长的睫毛遮住了漂亮的眼睛，说道："娘，你保护了儿子那么久，也让我保护你一次。那个人，再也不能伤害你了。"

容娘躺在地上，眼泪止不住地流，发出一声痛苦而无力的呜咽："跑……跑……"

林老大最先回过神来，率先抢上前，按住了李隽瘦弱的肩膀，目露凶光："你杀了人，跑不掉的！跟我走！"

"我没想跑。"李隽摸了摸容娘的脸，说，"子杀父，罪当凌迟。"

"不要啊……"容娘紧紧抓着李隽的小手，泣不成声，"不要杀我的儿子！"

"我倒是有办法让他不死……"林老大抓着李隽肩膀的手一紧。

像是看穿了林老大的心思，李隽回过头，一双淡漠无情的眼睛看向他："我这样的人，你们还敢要吗？"

被那双眼睛看着，林老大冷不防地背脊一凉，松开了手。

"我去衙门自首。"李隽说着，伸手为容娘整了整衣襟，然后站了起来，转身离开。

"隽儿……"容娘呕出一口鲜血，凄厉地喊着儿子的名字。

李隽顿足，说了最后一句："娘，我死后若有墓碑，便写容隽吧，我是娘一个人的儿子。"

说罢，他忽地冲向路旁的石柱，脑袋猛地撞上石柱，绽开凄艳的血花。

挣扎着坐起身来的容娘眼睁睁地看着这一幕，嘴唇颤抖着，忽然发出一声撕心裂肺的哀号，双臂在地上撑着，拖着残躯爬了过去，一路的眼泪，一路的血。

她抱着双目紧闭的孩子，张大了嘴，啊啊地叫着，满脸的泪，却一个字也说不出来了。

一道黑影从天而降，落在容娘身前，她只觉得身子一轻，人便飞上了半空。她不知道发生了什么事，也不想知道了，她活着唯一的指望就是隽儿，如今孩子死了，她也彻底没了求生的意志，整个人痴痴傻傻的，紧紧抱着孩子，一会儿哭，一会儿笑。

"你这又是何必呢……"陆玄青看着友人的举动，无奈地叹了口气，"这个孩子满面黑煞之气，命中当有此劫，我不让你救，是有道理的，如今人也死了，你又何必再多此一举把他带走呢？"

玄风道尊目露哀戚，看着已经丧失心智的女子，还有气息已绝的孩子，深深地叹了口气："玄青，我知道你有办法。这孩子虽然气息已绝，但我已施了锢魂术，只要七日内服下九转金丹，他是有机会复活的。"

陆玄青一口气差点上不来，说道："你知道你在说什么吗？九转金丹！你就这么给一个小孩子吃，而且不一定能活呢！"

"这孩子……太可怜了……"玄风道尊不忍地闭上眼。

"咱们这一路上看过的可怜人多了去了，你救得过来吗？"陆玄青翻了个白眼。

玄风道尊说："能救一个是一个吧，这个孩子，不是普通人。"

这句话，陆玄青没有反对。他不但精通医术，更是精通相术，看人面相断吉凶，从未出过错。他早已看出那个男孩面相大凶，有生死之劫，因此方才在茶楼之上他一直拦着玄风道尊，不让他救人。知天命者，最怕的就是逆天命，而且那个孩子的眼神让他觉得不同寻常，但他是见多了生死的人，玄风道尊说他铁石心肠也没有错，他是做不到玄风道尊这样心软的。

陆玄青定定地看着容隽毫无生机的脸，叹了口气："我们行走大荒这么些年，除了行善积德为你减轻下一次天雷的强度，再者就是寻找炼制九转金丹的药材，保你下一次渡劫时安然无恙，这可是你的救命仙丹啊……你真的想拿自己的命来救那孩子的命吗？"

本已浑浑噩噩的容娘耳朵一动，似乎是听到了救孩子的话，神经被触动了，她猛地瞪大了眼睛，看向对面分别穿着黑衣和青衣的两个男子，年长一些的温和慈悲，年轻的儒雅风流，竟像是画里的神仙。

"神仙、神仙……"容娘脑袋猛地磕到地上，颤着声音苦苦哀求，"你们救救我的孩子，救救我的隽儿，他是个好孩子啊……"

容娘一个接一个地磕头，发出咚咚的声响，地上很快染红了一片。玄风道尊立刻出手制止了她，袖风一扫，容娘便晕倒在地。

"由着她疯下去，只怕要再多死一个了。"玄风道尊叹了口气。

陆玄青也是摇头叹气："由着你疯下去，你也要跟着死了。"

玄风道尊不以为意地笑了笑："之前的天劫，没有九转金丹，我不也撑过来了？"

陆玄青气急，拂袖怒道："你明明知道三次天劫为一个坎，这第三次天劫会比前两次更加凶险，若不是这个原因，我又何必辛辛苦苦地陪你找药材？好不容易炼成了，你却要拿来救一个小鬼？"

"玄青，我知道你是为了我好，但是……"玄风道尊低头看向小容隽，无奈地摇了摇头，"今日我若不救他，我心中便有了魔障，来日渡劫之时，更是凶险。"

陆玄青眯起眼来，一双细长的眼斜睨着玄风道尊："你这是拿自己的命威胁我？"

"不是不是，我哪敢威胁你啊……"玄风道尊急忙否认，"这是我的真心话。"

陆玄青深呼吸着，在屋里来回踱步，不时顿一下，恨恨地瞪玄风道尊一眼道："你这老好人……你是要气死我啊！"

陆玄青这人自私且喜怒无常，也不知怎的就和玄风道尊这样的老好人成了挚友，总是被他拖累。玄风道尊遭了陆玄青的白眼，也只能赔笑。

"罢了罢了……"陆玄青最后还是又一次让步了，说道，"大不了我再想办法搜集药材，看来不来得及再为你炼制一次吧。"

"多谢陆神医！"玄风道尊大喜过望。

陆玄青冷笑一声，说："不敢当。"

陆玄青的乾坤袋里东西齐全，当口便先为容隽修复了额上骨裂的伤口，待第二日喂他服下九转金丹。

为容娘治伤的时候，陆玄青的眉心紧锁起来，修长的十指飞快地在她身上点了几处穴位，然后对玄风道尊道："这女子，已经油尽灯枯了。"

"什么？"玄风道尊大吃一惊。

"她的身体老化得非常厉害，生机渺茫，宛如行将就木的老人，这是其一。其二，她遭逢大变，心神严重受伤，简单来说，就是失心疯，这种心病是精神上的，我也治不了，而生机渐绝，是命，我也治不了。"陆玄青无奈地摊了摊手。

"你不是神医吗？"

陆玄青冷笑一声："我如果不是神医，她此刻已经是个死人了，但以我的医术，最多也只能为她续命一个月，想要救她，除非还有一颗九转金丹。但是我告诉你，如果你把金丹给她，救了老的，没了小的，她活过来也没活下去的意志，等于糟蹋了金丹。"

玄风道尊沉默了，他知道陆玄青说的是事实。

"那……尽力而为吧……"玄风道尊叹息一声。

第二日，容隽服下九转金丹。第七日，容隽复活。

容娘也苏醒了，看到死而复生的儿子，她整个人似乎也好了七分，神志也清醒了许多。容隽复活后身体仍然十分虚弱，一日里至多只有一两个时辰是清醒的。容娘日日在他床边照顾着他，看着儿子，她的眉眼说不出地温柔。

可是容隽好似不记得她了。

"伤了脑子，失忆也是正常的。"陆玄青这么解释，"再说了，那种记忆，忘记了未尝不是一件好事，记住了，反而可能成为心魔。李隽已死，活着的是容隽，一个新生的生命。"

重获新生的容隽依然有着那样一双漂亮漆黑的眼睛，但是更加澄澈干净，没有一丝阴霾，乖巧得让人心疼，让人喜欢。陆玄青在为他检查身体时，发现他心口多出了一点朱砂，不知从何而来，但似乎对身体并没有影响，他猜想是九转金丹的药性所致。

一个月后，容娘还是含笑而终。

埋葬了容娘之后，玄风道尊和陆玄青带着容隽回了蓬莱仙宗养病，更是将他收为关门弟子。陆玄青在蓬莱一住便是五年，一边为容隽治病，一边等待玄风道尊的第三次天劫。容隽身体恢复后，便跟在陆玄青身边学了些药理知识。陆玄青发现他聪慧过人，便将炼丹之术倾囊相授。更让玄风道尊惊喜的是，容隽的修行天赋也堪称妖孽，进步之速前无古人，他便立刻决定将容隽收为亲传弟子。

陆玄青凉凉地说道："天资惊人，应该是九转金丹之功。"

玄风道尊也不以为意。

五年后，在陆玄青的帮助下，玄风道尊成功渡过第三次天劫，也成了蓬莱新一任的宗主。陆玄青事了拂衣去，辞别了玄风道尊，独自一人继续去游历大荒。

离去那日，陆玄青与玄风道尊说了一些话。

"还有一件关于容隽的事，我要告诉你……"陆玄青的眼神复杂而充满警惕，"逆命而行，十分凶险，你当自己是救人一命行善积德，但老天未必这么想，他也许觉得你是阻挠了他的安排。当年我看容隽命中应有生死之劫，你强行救他，逆天命而行，那么这个劫数，必会在将来加倍应验。你如今又收他为亲传弟子，那么说不定将来你也会被牵连其中。"

"未来之事说不准,怎么能为说不准的事而放弃眼前人呢?"玄风道尊不以为意地笑了笑,"更何况,你自己不也教他炼丹术了?"

"可我和他没有师徒之名,而且我现在也打算远远躲开了。"陆玄青不满地冷哼一声,"若有一天劫数来临,必会有迹象,你定要小心防范。"

"什么迹象?"

"这我也不确定。"陆玄青叹了口气,"所谓事出反常必有妖,也许当他身边发生一些反常的事情时,那么便是天命到来之时。"

玄风道尊虽然不全信,但仍是将陆玄青的话放在了心上。多年后,容隽第一次犯病,在十五之夜,性情大变,他以为那便是应劫的迹象,可是又过去了几年,一切倒是风平浪静。但是今天,容隽为了另一个人想要以身犯险,玄风道尊又一次感受到了那种来自天命的威胁。

他抚养容隽十六年,自认为对容隽十分了解,看起来冷漠疏离的容隽,其实心思最是明净单纯,他有着不为人知的善良与原则。旁人以为他孤高自傲,其实不过是讷于语言,他藏慧其中,内敛而真挚,不动情则已,若是动了情,只怕……

玄风道尊忽地想起那个当年手执发簪一脸决绝冷漠的孩子,只怕容隽骨子里,仍然是那个重情重义,罔顾生死,决绝无比的人。

"我知道,一旦你决定了的事,旁人很难再左右你。"玄风道尊神色凝重地望着容隽,"可是你能不能给我一个你非去不可的理由?"

容隽微侧着头,思索了片刻,抬眼回视玄风道尊:"苏俏不过炼气修士,琅嬛古地于她而言万分凶险,弟子……实在放心不下。"

"放心不下……"玄风道尊将这四个字咀嚼了一番,苦笑道,"你竟也有放在心上的人了。"

"并不是……"容隽眉心紧蹙,觉得并非如此,却又找不出合适的语言来辩解。

玄风道尊问道:"你可还记得你玄青师叔?"

　　容隽点了点头。

　　"他离开蓬莱前曾对我言说，你四岁那年虽逃过一劫，但来日恐怕会遭遇更大的劫数，为师担心，这个苏俏就是你的劫数。"玄风道尊观容隽神色，见容隽似乎并不以为然，他心中也是暗暗一叹，"罢了……你修行之路一路坦途，从未遇过什么挫折，可真正的修行，往往就在生死之中。只有窥破生死之间的大恐怖，才能成就大造化，这是你的劫数，也可能是你的造化吧……你的道，为师无法帮你做出选择，我只有一句忠告给你，无论你选择了什么样的路，务必要内心坚定，如此才能窥破迷惘。"

　　容隽听着玄风道尊的殷殷教诲，想到这些年来玄风道尊如师如父的养育之恩，不禁心中一热，俯首长揖道："弟子谨遵师尊教诲。"

　　玄风道尊微微点头。

　　过了片刻，却见容隽依然立在原处，没有要走的意思，脸上微微有些窘迫，玄风道尊不由得好奇地道："你还有什么事？"

　　"弟子还有一事相求。"容隽艰难地开口，"今夜乃月圆之夜，弟子担心病发之后做出不当举动，因此……想要借师尊的闭关石室一用，请师尊将我锁在其中，看守一夜。"

　　玄风道尊闻言，面色顿时变得十分古怪："你是不是之前做过什么出格的事了？"

　　容隽白皙的面上微微泛红，低声道："弟子也不记得了，只是以防万一……"

　　"石室借你是没有问题，只是……"玄风道尊心情有些复杂地看了自己的弟子一眼，有件事他瞒了容隽很久，早在容隽刚发病的那几次，他就试图出手阻拦，想困住容隽，但结果让他无比震惊——身为五劫道尊的蓬莱宗主，他居然打不过元婴期的弟子！

　　对着容隽疑惑的眼神，玄风道尊只能默默咽下满腹牢骚，僵硬地点了点头，说："好吧。"

　　苏漓从日落便开始等，她有种感觉，容隽今晚想躲着她。他想怎么做呢，把自己绑起来？把自己打晕？苏漓想了许多种办法，但是又一一否决了，这世上又有什么手段能困住怀苏师兄？

月移影动，一阵清风掠过门口的竹林，苏漓惊得从椅子上弹了起来，然而等了片刻也不见人影，方知是自己神经太过紧张了。苏漓抬手按了按心口，一颗心跳得比平时快了三分，有些期待，又有些忐忑，也不知怀苏何时会来，索性坐在床上，盘膝运功，试图让自己镇静下来。

也不知过了多久，夜风又凉了少许，苏漓一颗燥热的心才缓缓冷静下来，体内的灵力运转也越来越快。就在此时，一股不属于她自身的灵力陡然入侵，她猛地一惊，睁开双眼。

"别乱，继续运功。"

一双漆黑而温润的眼眸近在眼前，苏漓喊道："师兄？"

"是我。"怀苏微笑着点了点头，温凉的右手搭在她的手腕处，一股柔和却磅礴的灵力自他掌心传来，苏漓放弃了抵抗，顺从地接纳了来自怀苏的灵力，他道，"保持着这个状态，我会以我的灵力激发你的真龙血脉，这个过程可能会很疼，你要撑着点。记着，我在旁边看着你，你不会出事的。"

怀苏的声音温和而有力量，让苏漓悬着的心莫名地安定下来。她看着他的眼睛，缓慢而坚定地点了点头。

手腕上的力量陡然消失了，怀苏的右手移到苏漓的心口处，隔着薄薄的衣衫，距离不到半尺，忽然间，掌心灵力一吐，与苏漓体内那股力量相互呼应，颤抖着产生了共鸣。苏漓只觉得仿佛被人内外夹击，灵池被重重轰了一拳，霎时间天旋地转，脸色发白，灵池之中骤起狂风巨浪，风浪的中心，一个旋涡正急速成形。

"气归百脉，心守灵池。"怀苏的声音仿佛从很远的地方传来，却破开了重重迷雾，在苏漓心中敲了一个警钟，让她从风浪之中回过神来，听着他的指示，将灵力散到全身经脉之中。如此一来，灵池便仿佛没有了任何防御，赤裸裸地暴露在怀苏的灵力之前。只有对一个人全然信任，才会这样毫不设防地露出自己的软肋。

怀苏此时的神色无比凝重，改命格，逆天化龙，他承担着的风险不比苏漓小。苏漓此时脸色白若纸，灵池中的旋涡不断扩大，仿佛有一把钻子在她心口狠狠地钻着，她痛得想要喊出声来，却死死咬着下唇硬撑着，下唇被咬破，渗出血来，她仍然一声不吭。

"阿漓，不破不立。"怀苏心疼的目光自她流血的双唇上扫过，却不敢有一丝分神。

六年前，他将那滴真龙精血藏在了苏漓的心口。这么多年来，她虽然无法激发真龙精血的力量，身体却不断受着滋养，因此根骨越来越强横，也只有如此，才经受得住今日的脱胎换骨。怀苏深吸一口气，闭上眼，让感知变得更加敏锐，悬于苏漓心口上方的手发出淡淡青光，试图捕捉藏匿于其中的真龙气息。

苏漓的呼吸越来越急促，灵池传来的剧痛越来越强烈，整个空间开始动荡起来，仿佛随时可能崩溃，而在那种灭顶的剧痛中，忽然闪过一丝灼痛。

怀苏猛地双眼一睁，掌心催发出一阵吸力，将那股烈日般灼热的气息牢牢捕捉住。苏漓心口慢慢浮现出一点殷红的朱砂，似鲜血，似火焰。那朱砂仿佛有生命一般微微颤动着，想要逃离怀苏灵力的束缚。

一股强大的反噬力量震得怀苏掌心一颤，脸色微微一变，一股血腥甜意涌上喉头。龙乃万兽之主，而真龙更是龙族之中最为尊贵与霸道的存在，哪怕只是一点精血，其残存的意识和力量也不是一个凡人能够轻易掌控的。全盛时期的怀苏自然不怕这点力量，但如今他沦为凡人，实力不足之前万一，在真龙意识的反噬之下，仍是受了不小的内伤。

"我已束缚住了真龙精血，你试着以意识沟通并控制住它。阿漓，你的元神乃真龙转世，只要足够强硬，它必然臣服于你。"

苏漓觉得心口仿佛有烈焰在灼烧，在那点朱砂出现的瞬间，灵池中的风浪顿时停了下来，变成了一片沸腾的火海。那种感觉让她觉得莫名熟悉，甚至有种亲近的感觉。她听从怀苏的话，将意识沉入火海深处，忍着灼烧的疼痛试图沟通真龙的意识。

在一半是火一半是海的意识深处，一双苍青色的巨大眼眸缓缓地睁开，高高在上地俯视着她，那双瞳孔深处没有一丝一毫的情感，映得她无比渺小与卑微。

苏漓自诩血脉尊贵，可是生平第一次，她竟然感觉到了一种威压，这种威压一般是高等生物对低等生物血脉的压制，可是，怎么会有生物的血脉比她更高贵？这滴真龙精血，怀苏到底是从哪里找来的？

苏漓按捺下心头杂乱的思绪，挺直了腰板，飞上半空与那双眼睛对视，放声道："我苏漓，乃祖龙之后，真龙血脉。祖龙之下，以我为尊，天下万兽，见我称臣！你还不速速拜服，为我驱使！"

那双瞳孔中闪过一丝难以言说的情绪，还不等苏漓看仔细，便见那瞳孔越缩越小，最后她终于窥见了对方的全貌，一条银色巨龙盘于苍穹之中，龙鳞如皎洁的月光，熠熠生辉，体态修长健美，举止优雅从容，从一条龙的角度看，对方真的是苏漓生平所见最为俊美的神龙，竟让她一时有些看呆了。

"祖龙之后……"一个分不清雌雄的声音宛如叹息一般，那苍凉的声音在苏漓心中回荡着，余音不绝，"让我看看你的血脉……"

苍青色的瞳孔缓缓锁定了苏漓，而后银色的身影一闪，向苏漓俯冲而去。苏漓瞪大了眼睛，眼睁睁地看着对方将自己一口吞下。霎时间，她陷入了寂静与黑暗之中。

不好！真龙意识想要反过来吞噬她！

苏漓意识到这一点，急忙盘腿坐下，抵御对方的侵蚀。一股霸道无比的力量在她脑内轰然炸开，随即如燎原之火般蔓延到她四肢百骸之中，粉身碎骨般的剧烈疼痛让她终于忍不住惨叫出声。

"阿漓！守住心神！我会护着你！"一个声音焦急而坚定地在她耳边说着。

苏漓死死咬着牙根，脸白如纸，汗出如浆，心口的朱砂痣红得发亮发烫。感受到苏漓元神在战栗，隐隐处于崩溃边缘，于是怀苏一咬牙，刺破中指指腹，将血口印上那点朱砂痣，以心血为媒，以灵力为辅，将真龙精血压制住。

突如其来的一丝凉意缓解了苏漓灵魂的灼痛感，她开始有意识地抵御经脉中的真龙之力。苏漓的灵力与真龙的力量交缠着，不知不觉竟开始有了相融的迹象，而之前被摧毁了的根骨，正在以肉眼可见的速度重新修复。

"是他……"一个轻微的声音叹息着，很快又消失了。

那双苍青色的瞳孔再一次出现，苏漓睁大了眼，不屈而坚决地回应对方的凝视。那双瞳孔越来越近，仿佛想要将她看清似的。苏漓看着那抹苍青色，越到近处，似乎反而越淡，最后淡到像水一样，影影绰绰。

她的身子猛地一震，心神顿时失守。可是预料中的反噬没有到来，反而无比祥和与安宁。

她环视四周，发现自己似乎身处在海洋深处，四周不见一丝亮光，可是那种感觉让她觉得很安全，很自在。忽然，一道光破开了无边的黑暗，她眯着眼睛，不敢直视那道强光，直到光线缓缓变暗，她看到一个人影向她走来。

"该醒了……"那个人说。

第十四章

他的劫数

她看不清那个人的模样，只知道应该是个身材高大的男子，她跟着他走出了黑暗，之后的世界，便开始有了光明与色彩。

可是周围的一切如走马灯一样迅速地掠过，她甚至来不及捕捉其中一幕，只隐约感觉到满目的荒芜与苍凉。不知道过了多久，这一切终于慢了下来。她看到自己落在了一座长满了绿草弥漫着芬芳的仙山上，一个淡青色的修长身影远远地走来。

她看不清对方的脸，也看不到对方的表情，可是她想他应该是在微笑着，因为连空气都带着一丝甜甜的味道。

苏漓瞪大了眼睛，想要看清这个人的样子，可是忽然之间天地一暗，五感尽失，只余胸腔一团烈火仍在燃烧，但那灼痛已减轻了许多。无尽的黑暗中，一声叹息在脑海中响起，宛如惊雷，宛如洪钟，震得苏漓双耳嗡鸣，早已衰竭的神经在这一刻彻底崩溃，失去了知觉。

苏漓骤然失了力气，整个人向前倒去，落进怀苏怀里。怀苏忙将她接住，竟然有些慌乱，但在感应到她平稳的呼吸和有力的脉搏之后又平静了下来。这一刻的苏漓，看起来和原先似乎没有什么不同，但若细细查探，便会发现她的根骨与血脉生命力无比旺盛，心口处那点朱砂已经消失不见了，取而代之的，是一颗随着心跳起伏而怦然跳动着的金丹。这便是兽族所拥有的内丹，而苏漓所有的，则是力量最为磅礴纯粹的龙珠，只是如今龙珠初初形成，还未能展现出它翻江倒海的力量。在小小的金丹内，一缕龙魂盘踞其中，等待着吸收力量，破丹而出。

怀苏松了口气，总算是有惊无险地渡过了这一劫，让苏漓委实受了不小的折磨，而他自己也失了相当一部分的心血与元神之力。此刻浑身如被碾压过一般疼痛，脑仁亦如同被炸裂了似的，他无法提起精神去思考。

"阿漓……"怀苏轻轻唤了一句，怀中的少女却没有任何回应。怀苏几乎用尽了力气才将她扶正，放在床上躺好，自己却晃了晃，险些支撑不住扑倒在她身上。

昏睡中的少女对周遭发生的一切浑然无觉，浓密纤长的睫毛微微翘着，怀苏双手撑在她耳畔，近在咫尺的呼吸吹得睫毛轻轻一颤。怀苏的呼吸有些紊乱，本是因为内伤，而这一刻，似乎又因为一些别的东西。他静静凝视着她的睡颜，目光自她温顺的眉眼移到殷红的唇瓣，本该娇嫩的唇瓣上留着几个伤口，是先前疼痛难忍时被苏漓自己咬破的，如今微微地红肿着，反而更加惹人遐思。怀苏温润的眸光微微一沉，移开了眼。

这一番遐思与动作又让他内息乱了几分，捂着嘴闷声咳了几声，腥甜的铁锈味又涌上喉头，一时控制不住，鲜血自嘴角溢出，落在了床单上。怀苏深呼吸着，试图调整紊乱的内息，然而此时天色将亮，他的神识也越来越模糊。这一夜耗费了太多精力，他本该早点来小竹轩，却被玄风道尊绊住了脚步。对于那个老好人师父，怀苏还是持着几分敬重的，因此和他过手的时候没有太下杀招，结果被纠缠了好一会儿才得以脱身。到了小竹轩时，刚好见苏漓运功正入佳境，恰是激发龙血的好时机，他便没有再耽搁，直接将灵力送入苏漓体内。

看着苏漓在自己身旁沉睡的样子，怀苏不禁有些失落，他本有许多话想对她说，可惜要再等一个月……

其实这一个月来，苏漓的所作所为他都能感受到，虽然看不见、听不到，但是他和容隽本是一体同魂，能感受到容隽的所思所想，苏漓那些调戏，竟在容隽心里荡起了涟漪。想到这里，怀苏不禁露出一丝苦笑，苏漓只怕是将容隽当成他，这才毫无顾忌地与容隽开这种玩笑。这让怀苏心情很是复杂，苏漓没将他当外人，这究竟是好是坏？

几千年了，他在她心里的印象是不是根深蒂固了？她将他当成亲人，当成饲主，却不知道他终究也是一个男人，便是神仙，也会有怦然心动的时候。

怀苏悄悄伸出手，指腹在她柔嫩的颊边流连。这一世，苏漓的相貌自然不如她的原身，可活了数万年的他看破了轮回与红尘，所眷恋的，不过是那一缕澄澈的神魂。

苏漓这一夜睡得很好，她翻了个身，向右侧躺着，双腿微屈，脑袋蹭了蹭，找了个舒服的姿势做了一夜好梦。梦中似乎下了很久的雨，但那场雨如甘露一般滋润着她的灵魂，让她舒服得眯起眼，发出一声轻轻的呢喃。

容隽便是被这个声音惊醒的。

阳光有些刺眼，不对。

窗户的位置，不对。

右手臂酸麻的感觉，更不对。

容隽不敢去想，也不敢去看，他浑身僵硬着，脑海中一片空白，又一片喧嚣。

像是过了几百年之久，他才缓缓低下头，看向自己怀里温热的娇躯。苏漓的睡相不怎么好，她的脑袋枕在他手臂上，一只手搭在他腰间，双腿胡乱地将被子踢落在地，衣服凌乱地敞开着，似乎是被灵力震裂的……

容隽右手一僵，五指动了动，心凉了半截。

这动静惊扰了苏漓的美梦，她轻哼了一声，睫毛颤了颤，才缓缓睁开眼。她抬起头来，一双水润漂亮的眼睛像笼了一层迷雾，呆呆地望着容隽。许久，那迷雾渐渐散去，她眨了眨眼，从床上坐了起来，打了个哈欠，懒懒地道："师尊早……"

仍带着七分睡意的嗓音微微有些沙哑，像几颗火星落在容隽的心上，将他烫得微微一颤。

容隽僵硬着脖子，目光不期然而然地落在苏漓的唇上，那上面的牙印与伤痕太过明显，以至于他完全无法忽略，震惊得找不到语言。

凌乱的床铺，撕裂的衣服，咬伤的嘴唇，这一切的一切，似乎在提醒他昨夜发生了怎样激烈且不得了的事。容隽的人生经历非常单纯与平顺，但在遇到苏漓之后，只剩下大起大落了。他的感情生活是一张白纸，但这并不意味着他在某方面就是一个白痴，该懂的事他也懂，但此刻他恨不得自己什么都不懂……

不不不……

容隽头疼得像被巨石碾过一样——我犯病的时候，难道会变成禽兽吗……可是之前宗主不是这么说的，宗主说我犯病之后反而更像个人，其他见过的人也说我犯病之时性情是挺温柔的……可这一点都不像温柔的样子啊……

苏漓愣怔地看着容隽，后者脸上一会儿红，一会儿白，漆黑的瞳孔里似乎狂风暴雨正席卷着，而他一副摇摇欲坠神情恍惚的样子。

"师尊？"苏漓担忧地看着他，心想难道是昨晚怀苏帮自己结果受了严重的内伤，不及细想，苏漓便伸手搭上了容隽的手腕，想要查探一下他的伤势。没想到她指尖刚碰到容隽的手腕，后者就像被火舌燎到似的，猛地一震，将苏漓的手弹开，收回了手。

苏漓当时愣住了，后来才反应过来——自己按住的乃命门，若非至亲至爱，是不会轻易将自己的命门交到另一个人手中的。想明白了这一点，苏漓便有些了然，也有些伤心，虽然知道容隽此时没有了怀苏的记忆，算不得是怀苏本人，但被这样提防着，那滋味委实不好受。她又心酸又难受，面上便忍不住露出了几分委屈："对不起……我一时情急……"

看苏漓面露委屈，容隽想到自己拒绝得太过生硬，恐怕是伤到苏漓的心了。可是此时此刻，苏漓的碰触让他没有办法冷静下来。

"我不是那个意思……"容隽慌乱地解释着，却又解释不清。

苏漓咬了咬下唇，抬起眼来看他："师尊是什么意思？"

容隽眼神飘忽着，不敢直视苏漓的眼睛，然而垂下双眸，目光落在床单上时，他忍不住僵住了。

那是一抹血迹！

容隽瞪大了眼睛，脑海中仿佛响起了阵阵天雷，将他劈得魂不附体，魂飞魄散。

他……终究是做了禽兽不如之事……

"师尊，你是不是身子不舒服？"看容隽的神色实在是太不对劲了，苏漓担忧地道，"是不是昨夜太辛苦，身子透支得厉害？"

苏漓问得真心实意，一张俏脸天真无邪地望着他，但这话落在容隽耳中，又是一个霹雳，让他身子晃了晃，险些坐不住，一只手撑在床上，另一只手捂着嘴，猛咳起来。

苏漓吓了一跳，忙屈身上前扶住了容隽，问道："你没事吧？要不要打坐调息一下？"

像是所有血液都涌到了脸上，容隽的面色红得不自然，胸膛剧烈地起伏着，呼吸急促而紊乱。他每个月的这个时候都会感觉不适，但从未有过一次如今天这般……

所以他昨天晚上到底是怎么"透支"了？

不对、不对、不对……

他脑海中思绪纷乱，总觉得哪里不对劲……是了，苏漓不对劲，不，自己也不对劲……他觉得自己和苏漓的反应有些错乱了，难道不是应该她娇羞悲愤，他安慰劝抚吗？怎么娇羞悲愤的那个变成他自己，而苏漓一副落落大方还担忧他身子不适的模样……

容隽深呼吸着，他不知道自己此时此刻到底怎么做怎么说才合适，最后他只能强撑着问了一句："你……身子还好吗？"

苏漓愣了一下，随即灵力运转了一周，刚刚重塑过的肉身还有些阻滞，但经脉大致已经畅通，想必再休养几日就能痊愈了。苏漓按捺着心中的兴奋，脸上红扑扑的，笑着说："昨夜还很疼，现在已经好多了呢！"

容隽呼吸一滞，艰难地点点头说："那就好……那就好……"

可是他很不好……

容隽踉跄着扶着床沿站了起来，深呼吸一口气，缓缓道："你……好好休息，我明日再来看你。"

看着容隽步履蹒跚的背影，苏漓忧心忡忡地道："师尊，你没事吧？还是……我送你回飞霜殿吧……"

"不，不用了。"容隽迎着刺眼的阳光走了出去，努力地让自己走得更自然，更沉稳。作为一个男人，他……总是需要自尊的……

容隽忽然发现他最讨厌十六早上的太阳，总是刺眼得让人想流泪。

苏漓坐在床上，歪着脑袋支着下巴，费解地看着容隽远去的背影。她总觉得容隽今天怪怪的：是因为和我睡一起了吗？不过……这也不是第一次啊，上个月他不也是在我房间里醒来的吗？也许，还是因为受伤太重了吧。

苏漓低下头，看到床单上的血迹，只怕那是昨夜怀苏受伤吐血落下的，他为她做了那么多，或许她也该去飞霜殿照顾他一下。

容隽沉坐在温水之中，眉峰紧锁，灵力激荡之下，浴桶内的水缓缓荡起涟漪，波动越来越强，正如他此时起伏不定的心绪。容隽已全然不记得昨晚发生了什么事，但脑海中却不断浮现出一些旖旎的画面，让他分不清那到底是自己幻想出来的还是真实发生过的。

昨天傍晚，他明明已经嘱托过宗主——无论如何要把他拦住，不能放他出去，只因他心中隐约有种不安，怕会发生什么超出控制的事，没想到还真的发生了……

水温越升越高，容隽白皙的面上被热气蒸出淡淡的绯红。他微微睁开眼，右手撑着木桶边沿，自水中站了起来。随着迈出浴桶，他身上的水分也随之蒸干。容隽伸手随意一抓，干爽的衣服便飞过来盖住肩头，衣领垂落在锁骨边缘。他低头想要系上衣扣，却忽然发现心口的朱砂颜色似乎淡了一点，本来是鲜血一般嫣红的颜色，此时却好像被水冲淡了，呈现出淡淡的粉红色。

怎么回事？

容隽皱着眉，指尖轻轻在心口处按了一下，却没有任何不适感。自有记忆起，这点朱砂便一直存在着，他只当是胎记，也不当一回事，但从没有见过朱砂痣有这般变化。容隽不知怎的忽然想起陆玄青曾经跟他提过守宫砂的制法与原理，他脸色猛地白了一瞬，头晕顿时又加重了几分。容隽晃了晃，跌坐在床上，良久，长长叹了口气……

过去二十年发生过的事，都没有这一个月来发生的复杂坎坷，容隽平淡的人生阅历实在不足以支撑他渡过这样的心理磨炼，或许正如师尊所说，这是他的劫，也说不定是他的机缘，不入红尘，怎破红尘？

容隽安慰自己——不过是往后的岁月中，多承担起一份责任罢了，没什么大不了的。但无论怎么自我安慰，他仍然无法拂去心头那份燥热不安。他剖开自己的心细细地分析着——我到底是在烦躁些什么？是因为意外失守，还是因为身心的疲惫？是对苏漓不满，还是对自己不满？

容隽回想今天早上醒来时的狼狈，顿时又是一阵羞恼，简直斯文扫地，威风丧尽，明明昨晚犯下罪行的是自己，可他居然不济到让身为受害者的苏漓来担忧自己，竟是一点尊严也没有了。

到底是贞操比较重要，还是尊严比较重要？容隽想了想，罢了，反正两者他都没有了……

日暮时分，苏漓来到飞霜殿外，容隽看起来似乎已经恢复了很多，正在院子里抚琴。他盘坐于院中小亭里，白衣曳地，焦尾古琴置于膝上，双目微合，琴音如潺潺流水，蕴含着丝丝灵力，滋润着院中的仙草。西斜的余晖洒落在他的衣角，给白衣染上一抹娇羞的绯红，在他身畔流连，容隽俊美的脸庞隐没在阴影之中，只隐隐勾勒出一个引人遐思的轮廓。

便是多日朝夕相处看惯了容隽的脸，苏漓也不禁被眼前的美色震得微微愣住，久久回不过神来。她想起曾听望舒说过，容隽心绪不宁的时候会抚琴以静心，如此看来，他此时的心情应该不是太好。

是因为谁呢？

苏漓在院门口踌躇了两步，不知是不是该离开，却忽然听到琴声戛然而止。

"既然来了，就进来吧。"容隽清清冷冷的声音传来。苏漓抬眸望去，便看到容隽睁开了眼，正凝视着自己。那眼神在阴暗中让人看不清情绪，但苏漓觉得其中应该没有针对自己的不满，于是提了衣角，轻轻踏过门槛，走向容隽。

"师尊。"苏漓向容隽一屈膝，说道，"弟子担心师尊身体有恙，因此过来请安。"

容隽微垂着眼眸，指尖随意地拨弄了两下琴弦："我没事……"

苏漓心想：你这看上去可不太像没事的样子。

虽然平时容隽也是一副神色淡漠的样子，但她敏锐地察觉到，此刻容隽心境并不平稳。

"师尊可是有烦心的事？不知道……弟子可有能为师尊分担之处？"苏漓小心翼翼地问道。

容隽的指尖在琴弦上顿住。

苏漓的反应有些出乎他的意料，他原以为对方是来兴师问罪的……

上个月十五，他第一次犯病后，苏漓对他表现得出奇地殷勤，但自他对她语重心长地开导教诲了一番，苏漓真的是收敛了许多。这些日子以来，她虽取代了望舒的位置，照料他的起居，却也没有什么出轨逾矩之处。经过昨夜之事，他想再超然事外，敷衍对方，已是做不到了，苏漓却还是维持着那份恭敬与距离感，是自己吓着她了吗？

思及此，容隽心中不禁有一丝淡淡的内疚，语气也柔和了许多：

"你……过来坐下。"

苏漓虽不知容隽心中所想，但还是乖巧地走到容隽身旁，跪坐在他身侧，一双琉璃般澄澈的眼睛有些疑惑地望着他。

容隽手指微动，自怀中取出一物，递给苏漓。

苏漓不明所以地接过来，才发现这是一面银镜，不过巴掌大小，背面镌刻着奇怪的印记，苏漓认出来这是上古一种符文，却也不知道具体代表什么意思。

"这是锢魂镜，带在身上，可以保护你的神魂，使之七日不散。我又在上面留下了神识印记，无论你在哪里，出了什么事，我都能感应到。"

苏漓闻言，心中微微一动，忍不住抬眸看向容隽，抓着银镜的手不自觉地收紧了，问道："师尊，这可是很珍贵的宝物，你要送给我？"

容隽面色淡然地点了点头，好像并没有把这样东西放在心上。

锢魂术，是只有法相尊者才能修习到的神通，修习难度极高，条件也相当苛刻。学会锢魂术的法相尊者相当于有了二次生命，哪怕是在天劫中丧生，及时以锢魂术收住魂魄，便还有办法起死回生。这种神通已接近于仙术了，施展一次消耗也极大，而难度更大的便是将这种仙术以法器的形式保存下来，留给他人使用。上古时期有炼器师精于此道，只有一个人同时身兼法相尊者与炼器宗师的身份，又精通锢魂术与炼器符文，炼制十年以上，才有可能将锢魂术锁于法器之上。而这等珍宝，想必非是至亲至爱，不会轻易给予。

从容隽第一次犯病开始，他便知道自己的神魂不稳，宗主也曾提过他命中会有一劫。之后容隽于各地秘境中历练探险，机缘巧合之下得到这一面锢魂镜，本是为自己来日应劫之时准备，但今日看到这面镜子，不知怎的他想起了苏漓。想起宗主说过苏漓可能是自己的劫数，他的指尖在锢魂镜上流连了一会儿，便决定将这面镜子送给苏漓。

左右……她也是他的劫数。

苏漓心中微微有些触动，若是旁人，也许她还心存顾忌与提防，但容隽既是怀苏转世，她便没有了那层顾虑。容隽没有了怀苏的记忆，本是淡漠无情的一个人，却莫名对她那么好，这让她有些感动，也有些疑惑。

"师尊……为什么对我这么好？"她忍不住问出心头疑问。

容隽心想：这还需要问吗？

"我既与你结为道侣，对你好，便是应该的。"容隽垂着眼，有些不敢直视苏漓清亮的双眸。

苏漓愕然，皱了一下眉，没料到容隽真把那件事往心里去了，道："其实，师尊不必将那件事放在心上……我们修行之人，早已视身躯为尘土，视红颜为枯骨，是弟子一时没想通，才纠缠师尊。弟子如今想通了，师尊……你也是无心的，弟子理解师尊用心良苦，以后定然勤勉修行，不敢再对师尊心存绮念，也不敢再提结为道侣之事了。师尊……你还是把锢魂镜收回去吧！"苏漓说着，将头深深低下，双手捧着锢魂镜送到容隽眼前。

苏漓欲哭无泪，师兄为她做了那么多事，结果她却这样坑他。昨天晚上师兄一句话都没跟她说，只是帮她结了金丹，她今天越想越不对劲，只怕是师兄心里有些恼她了。苏漓来飞霜殿之前便打定了主意，一定要纠正之前犯下的错，不然下个月师兄又不理她怎么办？

可是她头低了很久，也没等到容隽伸手拿回银镜，终究，她忍不住悄悄抬起头偷看对方。

容隽沉着一张俊脸，嘴角微抿着，线条非常僵硬，漆黑的瞳孔里似乎在酝酿着一场风暴。苏漓从未见容隽有过这样激烈的情绪，登时有些吓傻了。

"师、师尊……"苏漓咽了咽口水，道，"是不是……弟子说错什么话了？"

容隽胸口深深起伏着，压抑着那股莫名生出的邪火。

好，很好……

他好不容易想通了，想要接纳她了，结果他的好弟子还真看得开啊，她也想通了，可她想通的和他不一样！什么叫视身躯为尘土？什么叫不必放在心上？她就是一个这么随意轻浮的女子吗？可他不是这样的男子！

"我给出的东西，便不会收回。"容隽冷冷地说着，站了起来，任由古琴摔到了一边，也不看一眼，转身拂袖便走。

苏漓再傻也知道一定是自己惹怒了容隽，急忙爬了起来跟上前去道："师尊！师尊你别生气啊！你告诉弟子哪里错了！弟子一定改啊！"

然而容隽脚下越走越急，像是背后有恶鬼追着似的。苏漓眼看着快追上了，飞霜殿的门"砰"的一声在她面前狠狠关上，险些砸到她的鼻子。

苏漓哭丧着脸站在门外，抓着锢魂镜无措地咬着唇道："师尊，你什么都不说，弟子猜不到你在想什么啊……"

男人心，海底针啊，他不是不喜欢她纠缠他吗？如今遂了他的愿，他还有哪里不满意啊？她苏漓活了几千年，轮回好几世，却还是没看懂男人这种生物。

一门之隔内的容隽，捂着心口撑着桌子坐下，脑仁一阵阵发疼。为什么苏漓可以这么满不在乎？难道男女之事在她看来就如云烟一般？

容隽对男女之事唯一的了解来源便是陆玄青。作为神医，他调理阴阳，对人体的奥秘几乎无所不知；作为修行者，他也入世颇深，对凡人心中的情感变化更是了然于胸。可是今时今日，容隽所经历的一切和陆玄青说的好像截然不同。

陆玄青说，女子最重贞操，俗世女子，若是失了清白，便只能从了那个男子，否则便为世所不容。

陆玄青说，女子最是娇羞，须得好好呵护，如待这仙花仙草一般悉心温柔。

容隽问，难道世间女子皆如此，没有例外吗？

陆玄青想了想，促狭一笑道，也有例外，不过嘛……如果一个女子跟男子欢好后却不愿嫁给那个男子，那必然是因为那个男子身有残缺，"能力不足"。

容隽思及此，心口猛地一震，差点吐血出来。

难道……他……也是因为这样才被嫌弃了？

一阵眩晕袭上眼前，容隽只觉得这个可能性，比失了贞操更让他难以接受。

苏漓被冷落了，容隽在躲着她。

整个空芟山的人都知道了，容隽自那日起，便不愿再见苏漓一眼，也不再督促她修行了。任苏漓在门外苦苦哀求着，容隽只说她已修行到炼气圆满，自己也没什么可教的，只等琅嬛古地开启再说了。

苏漓心想整个空芟山最了解容隽的应该是望舒吧，于是去探病的时候顺便问了下容隽为什么发脾气。

望舒很是惊讶："师尊动怒了吗？师姐真厉害啊！师尊虽然看着性子冷淡，但其实很少生气动怒呢，你到底做了什么事啊？"

苏漓摸了摸鼻子，觉得有些事实在难以启齿，只能支支吾吾地说也没做什么，就是拒绝了师尊送给她的宝物。

"这我就不懂了，有什么好生气的呢？"望舒羡慕地看着苏漓道，"师尊待你可是真好啊……"

苏漓叹了口气说："是啊，所以我才更不安哪……师尊已经十几日不见我了，我天天一早就煮了茶水在飞霜殿外候着，他让我放下茶水走人，我不走，他是不开门的。"

"这……师尊也……"望舒本想说师尊过分了，但弟子不言师之过，他对容隽还是敬畏非常，只能改口道，"师尊也是失望吧，送出去的东西，自然是希望对方欢欢喜喜地收下。师姐你不如去向师尊卖个好吧，既然是师尊给你的礼物，你又何必推辞呢？明日你们便要启程去琅嬛古地了，你修为最低，师尊定然是担心你的安危，这才将宝物赠予你的。"

苏漓只能点点头："你说得也有道理，无论如何，明日一早我便要启程了，今天也该去辞别师尊了。"

苏漓便径直去了飞霜殿。

飞霜殿门扉依旧紧闭着，苏漓敲了敲门，见没有回应，便又问道："师尊，您在里面吗？"

里面没人回答，苏漓推了一下门，确定门是从里面锁着的，里面有人，这才松了手，站在门口说话。

"师尊，明日弟子便要启程去琅嬛古地了，今天是来跟师尊辞别的……"苏漓低下头，看着自己的脚尖，想到这段时间来容隽对自己照顾有加，不禁也有些不舍。旁人不知道，但她自己早有计划，这一去琅嬛古地，时间不会短。琅嬛古地只会开放七日，但她熟知其中阵法机关，来去不成问题，便打定主意待到修行有成再出关。这件事她早已和怀苏商量好，只不过容隽仍不知道罢了，她现在也不好告诉他。只是七日之后，琅嬛古地关闭，她没有出来，容隽只怕会以为她在里面遭遇不测了……

"师尊，我会带着你赠我的锢魂镜的。在琅嬛古地里，我也会小心行事，不让自己涉险，可是如果万一……万一弟子出了事没能出来……"苏漓从怀里取出带着自己体温的镜子摸了摸，说道，"只要弟子仍活着，就会凭借锢魂镜与师尊沟通，师尊应该能感受到吧。所以……到时候师尊也不用为弟子担心。"

苏漓轻轻叹了口气："这些日子，弟子十分感激师尊的照拂与关心，只是不知道哪里做错了，让师尊不开心，弟子这里先给师尊赔罪了……"苏漓深深鞠了个躬，半晌才又直起身来，却见冰冷的门板丝毫没有要开启的迹象，说道，"弟子不在的时候，师尊千万保重。"

容隽垂眸坐于室内，听着苏漓的脚步声渐渐远去，这才微微抬起眼来，神色复杂地看向那扇门。刚刚，她就是站在那里说话，他却不知道该怎么面对她，只能紧握着拳，听她诀别一般的一番话。

一阵酸疼的感觉在心头蔓延开来，如涟漪一般，荡漾着，荡漾着，又消失无踪，好像从来不曾存在过，可容隽知道那不是幻觉。

他曾经不敢面对的，是苏漓的亲近与爱慕，而如今不敢面对的，却是她的恭敬与疏离。

是她变了，还是他变了？

容隽紧紧闭上眼，不愿再想。

十月一日，天微亮的时候，千名蓬莱弟子集结于纯阳殿前。

这次报名参与琅嬛古地探险的弟子，修为大多是在筑基中期到神通中期。筑基前期的弟子自忖修为不够，风险太大，有了机缘也抢不过他人，便都决定再修行三年，下一次再报名。而神通后期的弟子，大多已经参加过两次以上的探险，琅嬛古地对他们来说诱惑也有限，他们便没有凑这个趣。

苏漓作为唯一一个炼气圆满的弟子，成功吸引了在场所有人的注意。这些人一半震惊于她进步神速，另一半则震惊于她自不量力。

"入门不到三个月，从炼气一层升到炼气圆满，这算是天才了吧？"

"放在俗世肯定是了，不过她是空芨山唯一的弟子，多少资源取之不尽，你没看到人家连飞剑都是上品灵器吗？容隽真人肯定给她拿仙药当饭吃，她就是突破筑基了也不稀奇。要是让我吃那么多仙丹，我进步比她还快。"

"那倒是，她的机缘还真让人羡慕，就是不知道琅嬛古地还有没有这等机缘等着她。"

"呵呵，你以为机缘是大白菜吗？就算是，也要看你能不能守住。这里那么多师兄师姐，哪个修为不比她高？便是遇到了天材地宝，她能守得住？"

"她能保住小命就不错了。在琅嬛古地可是生死由天了，门内弟子争抢之下有死伤也在所难免。区区一个炼气修士，死了也就死了，没成长起来的天才，我们蓬莱仙宗也不会看重。"

苏漓挺直背脊站着，任由旁人说着闲话，她依旧神态自若，只当清风过耳。

苏允凰穿过人群，来到苏漓身边。

"妹妹，你……"苏允凰微皱了一下眉，旁边那些人说的话不好听，但有些是事实，在琅嬛古地寻宝对苏漓来说终究是太过凶险，但看苏漓眼神坚定，苏允凰还是将劝阻的话收了回去，叹息道，"一会儿你跟我一起走吧。"

苏漓笑了笑："不必了，姐姐不用担心，我自有自保之法。你还要领着云雾山的队伍吧，你不可能为了我放下他们，我也不喜欢跟不熟的人挤一块，所以就无须同行了。"

苏漓不想与人同行的另一个原因，就是如果进了琅嬛古地之后，还要甩了旁人，反而多了一层麻烦。

苏允凰看了看左右，神色凝重："我知道你定有不少底牌，但琅嬛古地之内有凶险，身旁之人也不可不防。"

"姐姐放心，我知道厉害。"

苏允凰见此，也只好点点头，转身回了云雾山的队伍之中。此次云雾山也出动近两百人，苏允凰与另一个神通境的女修士一同领导着一个十几人的小队。其他山门大多也是如此，少则三五好友，多则十几人凑成一支队伍，以照应首尾。孤零零一个人的，恐怕只有苏漓了。

不，还有一个例外。

苏漓的目光扫了一圈，落在余长歌身上。

余长歌也是孤身一人站着，不同于其他人对苏漓又是嫉妒又是蔑视。偷偷打量余长歌的目光不是畏惧就是厌恶，显然都是因为他在演武场打下的赫赫凶名，竟然没有人愿意与他组队同行。当然也有另一个可能，就是他不愿意与别人同行。余长歌怎么看也不是一个需要别人照顾或者愿意照顾别人的人。

似乎是感应到苏漓的目光，余长歌居然稍稍偏转了头，看向苏漓，二人的视线恰好对上。余长歌面孔冷峻，朝苏漓微微点头，倒把苏漓吓了一跳。她扯了扯嘴角，算是回应。

这几日她一门心思都拴在容隽身上，倒把余长歌这茬忘了，但看样子余长歌似乎没忘了他的承诺。

纯阳殿门此时缓缓打开，广场上的声音也顿时静了下去，千名弟子齐齐拜倒："弟子拜见宗主，拜见诸位长老！"

走出大殿的除了宗主玄风道尊，还有三位主峰长老。宗主的眉眼似乎天生带笑，让人望之便心生亲近之意。他朗声为修士们饯行之后，便让云雾山长老领着弟子们前往传送大阵。

琅嬛古地在距离蓬莱仙岛千里之外的海上，那处位于无尽海域与神州大陆的边沿，长年云雾弥漫。琅嬛古地方圆百里，入口每次都不同，只有蓬莱仙宗的宗主手上传下来的一份地图，预告了每次开启的方位，再由宗门内布阵，将弟子传送到入口处。

门内弟子之间亦流传有琅嬛古地的地图，但版本实在太多。据说古地之内遍布迷阵与幻想，所见未必属实，便是弟子们回来后绘制的地图也不那么可靠了。不过保险起见，所有弟子都买了些地图，当然，苏漓又是一个例外。

当跨出传送门，站上琅嬛古地的那一瞬间，看着眼前熟悉而又有些陌生的景象，苏漓不禁眼眶微热。

一千五百年过去了，山依旧是那山，但草木皆非，人也不在了。

第十五章

琅嬛古地

琅嬛古地和蓬莱仙岛类似，都是一方小世界，但不同于蓬莱仙岛乃得道金仙精心设计布阵。琅嬛古地前身不过是一片荒废的秘境，似乎是上古那场大战中被古神们无意撕裂的空间裂缝，其中迷雾遍布，不时有天雷闪烁，暗藏杀机。然而杀机之中亦有不少天生灵物，比如蕴含天雷法则的灵气飞鱼，食之炼化可增强对雷法的领悟；比如生于岩浆之中的火莲，乃火灵根修士提升灵根品质的至宝。这些却不是孟琅嬛创造出来的奇物，而是在这方秘境特异的环境下自然衍变出来的。孟琅嬛意外发现这个秘境后，前后花费了近二十年时间才将之重新规划布置，但也只是开辟出了一小方区域，用来收藏自己得来的珍宝，其余的大部分地区，孟琅嬛利用先天之势布下重重迷阵，也不过为了防止核心区域被人轻易突破。

此时修士们通过古地结界的缺口进入秘境，映入眼帘的便是秘境最外围的一片区域，被称为绮罗之森。这森林从外面看上去似乎十分平静祥和，但若仔细观察，便会发现这些密布的植物颜色绿得妖异，看得久了，便会心生恍惚。作为秘境最外层的防御，绮罗之森算是被研究得比较透的一片区域，早在出发之前，各山门弟子便已被告知过这片森林的诡异之处。

绮罗之森并不是一片森林，而是一棵树，可见其枝繁叶茂，占地之广。树干与树叶会散发出一种诱人的甜香，捕获所有靠近它的生物。一旦有活物贴近树干，便会被树冠上落下的无数藤蔓绞杀，即便侥幸逃脱围剿，但因为被记住了气味，要逃出整棵树的追杀是难上加难。更让人头疼的是，整片绮罗之森上空都是无法飞行的，因为空中有更加凶猛的飞禽，羽毛如精钢，发出的鸣叫如婴儿啼哭，扰人神经，实力堪比神通境后期的修士，数量更是极多，一旦被群起攻之，几乎难以活命，若不幸从空中坠落，更是会被绮罗之森直接绞杀，必死无疑。

好在经过千年来的经验总结，蓬莱也有了应对之策，那便是让弟子们服用两粒丹药，一粒可以提高对绮罗之森甜香的抵抗力，另一粒可以淡化自身的气味。

苏漓服下两粒丹药后，便随着其他弟子一同入林。虽然不能御剑飞行，但修为高的弟子疾行速度也是远胜他人，不过一个眨眼便远远深入林中，连背影也看不见了。苏漓因为修为最低，又有意脱离人群，便远远地落在最后，独自一人行走在遮天蔽日的暗绿色林木中。

自半月前结成龙珠后，她便每日提高了修行的强度，只不过龙族修行所需的灵力比人族要多十倍，蓬莱仙岛虽称灵气浓郁，但对她来说依旧不足。而琅嬛古地则不同，每三年开放七日，其中积攒下来的灵气胜出蓬莱仙宗又何止十倍？这对苏漓来说，如久旱逢甘露一般，她一边走着，一边默默运转内功，心口处的龙珠微微发亮，急速转动起来，疯狂地吸收着周围的天地灵气，甚至在她四周形成一个小小的气旋。

如今她已转而修行龙族的天赋神通了，整个人的气势也开始慢慢转变，旁人尚且不觉，日日与她见面的几个师弟原先觉得她亲和，近几日都莫名地对她生出几分敬畏来。

苏漓在林中越走越快，早前还能听见细微的脚步声与说话声，到这时已经什么都听不到了，想必其他修士都已经走远。

绮罗之森被无数人探索过，修士们大多认为这片森林已经没有秘密，也没有宝物了，因此对这里毫不留恋，都盼望着早一刻离开此处，争取更接近核心区域。

苏漓走了大概半个时辰，眼看着就要出了绮罗之森，忽然前方出现三个身影，她忙慢下了脚步。

"苏师妹，好巧啊！"

苏漓放慢了脚步缓缓走近，微微警惕地着看着拦在眼前的三个修士——两个神通境中期，一个神通境后期，以这三人的实力，按理说应该是最早一批出林子的，但此时拦在这里……

"只怕不是巧合吧。"苏漓冷笑了一声，目光自三人面上一一扫过，问道，"三位师兄，可是特意在这里等我？"

三个修士对视一眼，笑了笑："苏师妹真是冰雪聪明，难怪深得容隽真人喜爱，赐下那么多珍宝。"

"原来你们打的是这个主意……"苏漓倒也不急不惧，好整以暇地看着三人道，"你们既然知道我深得容隽真人喜爱，还敢找我麻烦，难道不怕事后被我师尊报复吗？"

三人哈哈大笑："师妹说得是，我们好怕啊！可是……那也要你有机会告状，容隽真人有机会知道啊！琅嬛古地危机重重，师妹你不过炼气修为，容隽真人也真放心让你独自一人前来。别说后面的路危机更多，就是这片绮罗之森，师妹你修为浅，抵抗力差，也很可能因为抵受不住绮罗香的诱惑而被藤蔓绞杀，最后变成花肥。"

"哦，你们想借刀杀人，让我死在绮罗之森，还省去你们毁尸灭迹的麻烦了。"苏漓淡淡地说出了他们的计划。

"师妹何必说得这么直白？你放心，我们一刀一剑都不会伤你。听说绮罗之森的藤蔓在绞杀猎物时会分泌一种汁液麻痹神经，所以师妹也不必担心到时候太痛。"为首一个甚是高大还有几分英俊的修士满脸虚伪的笑容，若不是见到他的真面目，还真容易被他的外貌所骗。

"林敬师兄，师妹小小年纪就这么香消玉殒也实在可惜，也不知道容隽真人得手过没有，不如我们……"站在左侧的男修士略微矮胖一些，长着一张老实和气的脸，只可惜眼中的贪婪好色让人好感尽失，只觉得恶心。

林敬听那个胖子这么说，眉头微皱了一下："王洵，你还有心思想那种事，以你我的修为，以后离开蓬莱仙岛，到了俗世之中，什么公主千金不是唾手可得？不要因色坏事！"

王洵听了教训，面上闪过一丝畏惧之色，低下头说："师兄教训得是。"他心里却有些失望，俗世的公主千金跟女修士怎么能比？前者再美也不过是庸脂俗粉而已，女修士却是身怀灵力，与之结合还可以达到双修的目的，提升自身灵力。更何况这个苏漓长相也是极其出众，看着腰肢柔软，身姿曼妙，便是此时俏脸带霜的样子，也勾得他心痒痒的，尤其那双眼睛像一汪清泉一样，让他恨不得一头栽进去。

苏漓冷冷地看着三人丑陋的嘴脸，说道："真不知道你们当初是怎么通过入门测试的。"

"当然是靠实力。"林敬狞笑一声，向苏漓逼近了一步，道，"你是要自己主动交出宝物，还是要我们帮你？"

"什么宝物？"苏漓故作不解道，右手悄悄负于身后，一团气旋在掌心凝聚。

兽族的修行划分与人族相似而不相同，分为炼体境、化形境、神通境、结丹境，结丹之后有兽丹三变，三变之后才成为兽王，执掌一方天地。真龙一生下来便有龙珠，生来尊贵，不同于普通妖兽，而苏漓以人身降世，受真龙精血滋养十六年，又被怀苏以外力激发结成龙珠，一跃进入结丹境。

虽然苏漓修行龙族神通时日尚短，真实实力无法与同境界兽族相比，但人族神通境的修士，对她来说也算不上什么威胁。

林敬见苏漓面色不变，只当她是故作镇定，并不放在心上，说道："逐光剑，我要逐光剑。"林敬眼中闪过一抹贪婪，"以你的修为，拿着这样的灵剑实在是浪费，只怕灵剑还未能认主吧。"

"你就算得了逐光剑，也不能拿出来使用，否则被我师尊看到，岂非很难解释？"苏漓余光打量着另外两个修士，寻思着击退林敬容易，但是另外两个人合围上来，一时半会儿想要脱身倒是有些难度，除非把他们往树干上打。

"这就不劳师妹费心了，离开琅嬛古地后我便会外出历练，估计这辈子也不会回蓬莱了，容隽真人又如何知道我得了逐光剑呢？师妹手上除了逐光剑，应该还有不少宝贝吧。你修为进步如此之快，必然还有上乘的功法和仙丹。进入琅嬛古地，容隽真人为了你的安全定然还会给你不少防身的宝贝。你还是都乖乖交出来，省得临死还要受些皮肉之苦。你也听到了，我那个王洵师弟，对师妹你可是很有兴趣呢……"林敬说着，竟伸手要摸向苏漓的脸颊。

苏漓嫌恶地闪了一下，掌心蓄劲已足，而林敬也离得够近，她不再拖延废话，嫩白的小手向前一推。林敬只当她是强弩之末，不以为然地哈哈一笑，抬手一挡，登时发现不对，脸色剧变之下想要退开，却已经来不及。一股磅礴的灵力以如此近的距离当胸轰来，林敬只觉得胸口仿佛被炸开了一般。即便他反应迅速，凝聚灵力于胸口，也不过化去了三分之一的力道，仍是被打得倒飞出去，去势不止，眼看就要撞上树干，左右两个修士才反应过来，急忙将他接住。

林敬猛地呕出一大口鲜血，难以置信地望着苏漓道："你……不过是炼气期……你手上有什么法宝？"

本来看到林敬被打飞吓得发愣的两个修士，听到"法宝"两个字，顿时眼睛一亮，看向苏漓——没错，一定是因为有法宝，所以才有这样的力量，自己只要不轻敌，应该不至于受伤。

见他们误解，苏漓也不解释。林敬猝不及防之下受了她一掌，虽然吐了血，但其实伤势并不重，只要一刻钟的时间调息便能恢复作战能力，而她便是要在他恢复过来之前，突破另外两个修士的围攻，冲出绮罗之森。

两个修士此时不敢再小瞧苏漓，对她都是十二分防备，慢慢接近。

苏漓心想若要速战速决，只有祭出逐光剑了，于是右手伸向乾坤袋。

那两个修士见到苏漓手上的动作，顿时瞳孔一缩，王洵大喝一声："不能让她出剑！"说着两人同时扑向苏漓。

苏漓神色一凛，正要回击，却在这时，一道剑光自前方袭来，劈向王洵旁边那个修士，那修士背对着剑光毫无防备，顿时气息一散，口吐鲜血。王洵见状脸色大变，下意识地向旁边一滚，躲过了从背后剌来的一剑。

一个高大的身影落在苏漓身前，林敬三人看清了来人的面目，顿时惊叫出声："余长歌！你怎么在这里？"

苏漓愕然看着眼前的背影，蓄劲的右手悄悄松开。那三个修士，她是没打算留活口的，所以没有隐藏实力的打算，但是余长歌不同，她不能在他面前暴露了自己。

"我看到你们三个突然折返，就知道你们必有所图。"余长歌冷峻的面容上闪过一丝杀意，长剑横在胸前，冷冷的目光自三人面上扫过，"云霁山竟出了你们这样的败类。"

林敬死死盯着余长歌，眼中是毫不掩饰的杀意："你说我们，你自己又是什么良善之辈？呵呵，你知不知道别人怎么说你？像你这种丧心病狂的战斗狂魔，也不知道师父看上你什么了！如果不是你，我又怎么会选择离开蓬莱？如果不是你存在，我才是师父的亲传弟子！"

"痴心妄想。"余长歌脸色不变，显然林敬的话他并没有放在心上。

林敬深吸一口气道："既然你自己闯了进来，就不能怪师兄心狠手辣了，活该你今日丧命于此，好让师父知道，没成长起来的天才，什么都不是！别以为你能打赢薛统就了不起了，那废物连我十招都挡不住，今天就让你看看什么才叫力量！"

余长歌回头看了苏漓一眼，见苏漓没有受伤，便压低了声音说："我带你走，跟紧我！"

苏漓本来是不想跑的，但此刻她不能暴露实力，也只有走为上策了。

　　林敬三人向余长歌飞身扑来，这一回毫不留情，纷纷祭出了本命法宝，手中飞剑直指余长歌。余长歌右手在空中虚画一圈，便见一个火圈向前轰出，对上三把飞剑，将三人阻上片刻。余长歌便趁着这个机会，拉住苏漓的手腕向旁飞出，一边退一边用长剑划出道道赤红剑光，阻拦追击的三人。

　　苏漓在余长歌背后，眼神一沉，悄悄抬起右手，将一股灵力悄无声息地推出。那三个修士只盯着余长歌的剑芒，没有注意到这股暗劲，顿时一个个接连中招。余长歌不疑有他，见三人停下脚步，他便立刻转过身，揽住苏漓的腰，全力提速向前方飞奔而去。

　　不多时，两人便冲出了绮罗之森，眼前豁然一亮。但余长歌不敢放慢脚步，直到又跑出二十余里进入迷宫一般的丘陵地区，这才放下苏漓。

　　苏漓稍稍退了两步，和余长歌拉开了距离，这才轻声道："多谢救命之恩。"

　　余长歌扫了她一眼，仍是那副不冷不热的样子："这里本就不是你该来的地方，不过你既然来了，我答应过帮你，便不会见死不救。"

　　苏漓也不好辩解什么，便只有沉默地跟在余长歌身后走着，说道："那个……会不会太耽误你了？不然你先走吧，这里地形复杂，他们没那么容易找到我的。"

　　余长歌冷冷地扫了她一眼，没有回应，但那个眼神让苏漓知道，他不同意。苏漓心中暗暗叫苦，她一点都不想和余长歌走在一起。

　　这片丘陵地区沟壑交错，更可怕的是，这里的地形似乎是活的，一直在变化着，经常有人走着走着就绕回了起点，而御剑飞行的人同样会被视觉误导，始终飞不出这片区域，因此这里又被称为迷心原。迷心原中也有不少灵兽，这些灵兽都是灵力所化，没有血肉，只有一枚类似兽丹的灵丹。这种灵丹少则有十年功力，多的甚至有上千年。灵丹功力越高的灵兽也就越凶猛难对付，寻常弟子都只能绕道避让，转而去捕猎那些小型灵兽，炼化它们的灵丹来增加修为。

此时此刻，一些绕不出迷心原的修士索性留下来寻找低阶灵兽，因此迷心原上倒是散布了近两百个低阶修士，林敬三人即便要对苏漓和余长歌下手，也要谨慎行事了。

迷心原之后，琅嬛古地还有四个大区域，其中有岩浆中遍布莲花的火海，也有漫天雷力飞鱼的神奇雷域，越往后面，灵物越稀奇，更有可能发现琅嬛尊者留下来的宝物。但凡对自己的实力有信心的，都会加速往前，而最终目标，都是传说中琅嬛尊者的衣钵传承之地——琅嬛古地的核心区域，只不过一千多年来，始终没有人发现过。

人的思维都是固定的，只知道越往深处，宝物越多，那所谓的核心区域一定在最深处，可谁又能想到其实真正的核心区域，不在前方，而在脚下呢？

苏漓是那个唯一知道捷径的人，而且，她不想让第二个人知道。盯着眼前高大的背影，她内心十分复杂——人家好心救了她，她把他打晕的话，是不是不太厚道？

余长歌并不知道苏漓这些小心思，两人保持着不慢的速度前进着。苏漓还在寻思着脱身之法，抬头一看，忽然愣住了，因为她发现余长歌所选的路径，正是通往秘境核心的路。

是巧合吗？

苏漓惊疑不定地左顾右盼。

"那个……余长歌，你确定这条路对吗？"

余长歌淡淡地道："至少目前我们没有在走回头路。"

"我觉得前面可能会有危险……"

"为什么？"余长歌微挑了一下眉，问道。

"你看，我们走了这么长一段距离，居然一只灵兽也没有看到，那么有很大的可能性，就是我们正走在一只巨型灵兽的领域内，其他灵兽不敢入侵。"苏漓说出了一番合理的解释，同时偷偷打量余长歌的神色，"我推测，这只灵兽起码会有五百年的修为，以我们两个的实力，完全对付不了！"

余长歌听了，点头说："哦。"

苏漓眨了眨眼：这就完了？

"喂喂！"苏漓抢先两步，拦在他身前，急道，"你到底听进去了没有？我们还是绕道吧！或者……你先御剑，去前方探探路，等下再来接我！"

余长歌站住了，一双幽深的黑眸直直盯着苏漓，看得苏漓心底发毛。她虚着声问道："你干吗这样看我？"

"你是不是有什么事瞒着我？你似乎一直想摆脱我，为什么？"余长歌紧紧盯着苏漓的眼睛，看得苏漓一阵心虚。

"没有啊，是你的错觉吧。"苏漓干笑两声，道，"我的推测没有道理吗？"

"有道理。"余长歌淡淡点头，"不过，我是故意选这条路的。"

"什么？"苏漓一惊。

"来之前，我得到过几份迷心原的地图，虽然那些地图都不同，但有一个共同点，就是这里都指明了这片区域有巨型灵兽，必须避开。先前我已经探过这里了，这里确实有一只巨型灵兽，而且应该有一千岁以上。这片区域，所有人都绕着走，包括那些灵兽，所以我很好奇，我觉得这里一定藏着些什么……"余长歌的目光越过苏漓的肩头，看向远方。

苏漓被他敏锐的直觉吓到了。

"如果遇到凶险，我有办法可以全身而退，你如果害怕，我可以送你走其他路。"余长歌说。

苏漓硬着头皮说："还是算了，我跟着你吧……"

再往前十里，就真的踏进那个禁地了……

苏漓几乎是数着脚步走的，当倒数完毕的时候，一声凤鸣清音冲霄而起，几乎充斥了整片迷心原。此时此刻，迷心原上所有的灵兽都浑身一震，随即趴伏在地，不敢起身。

余长歌后退了半步，警惕地看着那悬停于半空的金翅凤凰。

传说中，凤凰乃神鸟祥瑞，擅长风与火之法，这只神鸟，与传说中的极为相似，浑身羽毛浓密光滑，金光闪烁，双翼张开时遮天蔽日，凤眸狭长，威严无比，高高在上地俯瞰着闯入禁地的两个渺小修士。

胆色稍差的人，此时被凤凰一看只怕吓得腿都软了，但余长歌浑然不惧，竟然还举起长剑想要一战。苏漓大吃一惊，以这金翅凤凰的修为，便是法相尊者来都未必能胜，更何况是余长歌——区区一个神通境修士。

"你疯了，你这样挑衅它！"苏漓一拉余长歌的袖子，想要阻止他冲动的行为。

没想到余长歌岿然不动，双目紧紧盯着金翅凤凰，握着灵剑的手一紧，剑上陡然发出刺目的红光。本就透露出威慑之意的金翅凤凰感应到剑上传来的杀意，顿时凤目一凛，仰天长啸，遮天双翼一振，向余长歌和苏漓俯冲而来。

余长歌面无惧色，灵剑脱手而出，在灵力驱使之下向金翅凤凰急速飞去。一道赤红火焰自剑尖处炸开，越燃越旺，灵剑宛若射日神箭，气势如虹，直取凤凰双眸！被激怒的凤凰发出一声尖啸，声波震得灵剑一颤，却不能阻止灵剑去势。余长歌双手捏诀，漆黑的瞳孔染上猩红之色，气势节节攀升，不断突破！

苏漓愕然地看着余长歌，这已经不是神通境修士所能拥有的力量了！没有谁比她更了解金翅凤凰，因为这是她一手创造出来的看门神兽，奉命守卫秘境核心的入口，以一抹凤凰血为本体，吸收了无数灵兽的力量成长到这般境界。在压制修士境界的琅嬛古地内，它几乎可以说是无敌的存在。但它也有命门，就在右边金色瞳孔的深处，有一点微不可见的红色印记。看到那把灵剑毫不迟疑地飞向凤凰右眼时，苏漓心中的震惊无以复加。

是巧合，还是有意？

感受到危机的金翅凤凰长颈一扬，口中忽然喷出烈火，将来势汹汹的灵剑挡在火墙之外。它双翼扇动，一阵飓风平地而起，将余长歌和苏漓吹得连退好几步，拼尽全力才稳住身形。灵剑力竭，余长歌右手一抬，将剑收回手中，然后足尖一点，提剑向那凤凰飞去。

金翅凤凰的羽翼继续扇动，翅尖处数十根白金色的翎羽化作精钢利剑射向余长歌，余长歌举剑抵挡，从缝隙中穿过，转眼便来到凤凰身前两丈处，与金翅凤凰缠斗起来。

这里的战斗无比激烈，早已惊动了不少迷心原上的修士，但那些人感受到凤凰身上强悍无匹的气势，一个个躲得远远的，没有一个人敢上前帮忙。而修为更强的修士，很多早已离开迷心原进入下一片区域了。

看着余长歌和金翅凤凰激烈交战着，苏漓心中也是挣扎不已，她不能眼看着余长歌丧命于凤凰手中，也不愿余长歌杀了金翅凤凰。眼下双方虽然胶着，但她深知凤凰的实力，凤凰乃不死之身，余长歌纵然借助秘法将实力提升到元婴境界，但短时间内无法打散凤凰的灵体，终究会丧命。其实她还有另一个办法可以降伏金翅凤凰，但此时凤凰被余长歌激怒，她不知道那个办法还能不能奏效。

苏漓咬着牙，见金翅凤凰此时无暇他顾，便拔足狂奔，片刻间便来到一片莲池边。这片莲池面积不小，少说也有十几亩，水面上漂动着数十朵金莲。这些金莲漂动起来似乎随机而无序，但苏漓知道，这其实暗藏阵法。这片莲池底下有两个入口，一个是生门，一个是死门，死门时时开着，任何人进入莲池之中，都会被一股吸力拉进池底的淤泥之中，被淤泥吞没，若非法相以上的修为，根本无法挣脱。而生门，每日里会有一刻钟开启的时间，只有当金莲漂移到一定的位置时，生门才会开启。

苏漓紧紧盯着莲池，她必须在降伏凤凰后立刻进入莲池，否则一旦那边战斗结束，她降伏了凤凰，余长歌必然会转身找她，然后发现这个生门入口。苏漓一边关注着莲池的动向，一边关注天上的战斗。四周的空气越来越灼热，无数次对冲与碰撞，散落出点点火星，落到草地上，燃起一簇簇的火苗。苏漓发现余长歌上身被凤凰的翎羽割出不少伤口，鲜血淋漓，气息也开始转弱，动作变慢，好几次险些被凤凰的真火吞没，而金莲生死阵算起来还有一刻钟才会到开启的时刻，只怕余长歌等不了那么久……

苏漓一咬牙，自乾坤袋中取出一支玉笛，深呼吸一口气，将玉笛置于唇下，蕴含着灵力的笛声冲霄响起，竟有龙吟之势。

激战中的金翅凤凰听到笛声便陡然一僵，猝不及防下被余长歌一剑砍中了左翼，登时从惊愕中回过神来，猛烈地扇动翅膀，将余长歌推出数十丈远。

苏漓不敢分神，双眼紧紧盯着金翅凤凰，吹奏着这曲《龙吟凤引》。

这首曲子时而高亢，时而婉转，旁人听不出门道，但苏漓身为龙族，熟知百兽语言，这首曲子暗含龙吟的威势，又以凤凰清音作为暗示，而她曾在金翅凤凰的神识中种下这首曲子，只要听到这支曲子，它便会听从奏曲之人的驱使，但实际上会吹奏这首曲子的，也只有苏漓一人。

这一切苏漓早在一千五百年前就已安排好了，但谁能知道一千五百年后，莫名闯进了一个余长歌，打乱了她的计划。

此时余长歌被金翅凤凰暂时击退，金翅凤凰自战斗中脱身，本想追击过去，但笛声入耳，它剧烈挣扎起来，片刻之后，转变了主意，俯身向苏漓冲去。

余长歌也听到了笛声，但他听不懂那是什么意思，此时见凤凰转向苏漓，以为苏漓是故意吹奏曲子帮他引开金翅凤凰，却让自身深陷险境。余长歌猩红瞳孔一缩，厉喝一声，竟以不输金翅凤凰的速度飞来，同时长剑脱手，直追凤凰身后。

杀气自背后袭来，金翅凤凰怎么可能没有感觉？它当下又停了下来，发起狠来，想要解决余长歌。

苏漓简直要气晕过去了！但是她能说什么？余长歌毕竟是想来救她的啊！身陷战斗之中的金翅凤凰根本不听笛声号令了！

苏漓放下玉笛，没有办法了，只能一同加入战斗，争取速战速决。

她收起玉笛，取出逐光剑，同时向莲池又看了一眼——只有不到半刻钟的时间了！

苏漓右手紧握着逐光剑，剑身顿时发出耀眼的白光，若是其他人在此看到，定然大吃一惊，因为这分明是宝物已经认主的标志，而一个炼气期的修士，无论如何是不可能让一把上品灵剑认主的。可苏漓不是寻常修士，在结成龙珠之时，她的修为就已经成功转化，神魂之力更是突飞猛进，轻而易举便和逐光剑完成了认主仪式。以她此时的修为，想要降伏金翅凤凰并不难，但要在半刻钟内解决的话……

苏漓一咬牙，右手握着长剑在左手食指上轻轻一割，几滴殷红的鲜血顿时落在了逐光剑之上，逐光剑亮度陡增，发出一声宛若龙吟般的铮鸣。以龙血之威加于灵剑之上，灵剑的气势顿时强盛一大截。苏漓双手捏诀，逐光剑冲天而起，银白色的灵剑竟像活了一般，化成一道巨龙飞扑金翅凤凰的后背。

金翅凤凰立刻感受到了那股与众不同的威压，它翎羽倒竖，尖啸一声，倒飞着躲避那把龙形灵剑。余长歌毫不迟疑地追了上去，金翅凤凰忙着躲避逐光剑，竟被余长歌一剑砍下半副左翼，登时惨叫一声，从空中跌落，正好被逐光剑当胸穿过，被轰出一个硕大的伤口，伤口处一道光芒爆裂，正是灵体消散的迹象。

苏漓松了口气，正想收回逐光剑，却见余长歌又挥着灵剑直取凤凰右眼。苏漓瞳孔一缩，来不及细想便右手一挥，驱使逐光剑飞向余长歌袭来的灵剑。一旦凤凰瞳孔中的真血被破，那它就会彻底消散，无法再复生了。这凤凰为苏漓守护秘境一千多年，她怎么能让余长歌将它打得魂飞魄散？

两把灵剑在空中剧烈地碰撞，一声刺耳的嗡鸣声炸开，响彻大半个迷心原。余长歌本已是强弩之末，本命飞剑被苏漓的逐光剑击中，他登时心口一震，喷出一口鲜血。苏漓大惊，急忙收回逐光剑，想要飞奔过去查看余长歌的伤势，但就在此时，莲池生门开了。

苏漓顿住了脚步，纠结着看了看身后的莲池，又看了看重伤落地的余长歌，就在她决定转身投入莲池的时候，几个熟悉的身影忽然远远飞来。苏漓一瞥之下，大惊失色，那几个人不正是林敬一伙？如果让身受重伤的余长歌落入他们手中……

苏漓气得一跺脚，停下了脚步，重新举起逐光剑，准备速战速决，杀了那几个败类。

林敬三人显然是看到了之前余长歌与金翅凤凰激战而重伤落败的景象，这时低空飞过，一刻不停地飞向余长歌。苏漓不假思索，逐光剑脱手而出，一剑劈向为首的林敬。

先前林敬三人也看到了半空中的龙形飞剑，但谁都没有将其和苏漓联想到一块。此时龙血之威已经消散，他们看是逐光剑，却也不敢轻视，一个个举剑抵挡。林敬口中大呼："苏师妹，你这是做什么？我们对你没有恶意！"

苏漓疑惑地皱了一下眉，以为这三人是在惺惺作态，因此并没有把他们的话放在心上，而是加强了进攻的力量。只是之前那滴龙血取自食指，却是连着心脉，让她实力有了损伤，因此不能一剑杀敌。

林敬三人被苏漓的逐光剑逼得险象环生，心中也是暗暗吃惊，对逐光剑更是眼馋不已，却迟迟没有下狠手。却在这时，三道半月形的猩红剑芒自苏漓身侧划过，狠狠撞向林敬三人的心口，林敬三人脸色一变，瞪大了眼睛，张着嘴，却什么都说不出来。

苏漓眨了一下眼，便看到一道血光自三人胸口爆炸开来，三个人尸骨无存！

苏漓震惊地看着眼前这一幕，逐光剑失了对象，掉转了方向回到主人手中。

是余长歌下的手？

她是想杀了那三个人，但是没想过用这么血腥残忍的手段。

苏漓脖子僵硬着，正想回头看余长歌，忽然间，一股带着森森寒意的剧痛袭上她的后背。苏漓遭受重击，猛地向前扑去，摔倒在莲池边上。

　　鲜血不断从后背涌出，很快染红了身下的草地，苏漓艰难地喘着气，回过头看向来人。

　　余长歌提着剑，一步一步向她走来，双眼猩红，充斥着暴戾残忍之气。

　　"余长歌……"苏漓哑着声音喊他的名字。后背处钻心的疼痛让她连呼吸时都在颤抖，话音刚落，她便又感觉到后背仿佛被炸开了一般剧痛，她眼前一黑，几乎晕过去。若是普通人族，此刻只怕早已像林敬三人一样爆体而亡了，但苏漓乃真龙之躯，根骨之强天下少有，因此这一击没有取了她性命，却也令她仅剩下一口气了。只怕她今日，是要葬身此处了……

　　"逐渊……是你吗……逐渊……"苏漓瞪大了眼，看着走到她眼前的余长歌。

　　余长歌没有反应，他低下头，看着落在地上的逐光剑。苏漓遭受重创，逐光剑上的光芒也黯淡了许多。这时察觉到危机，逐光剑轻轻一震，便要从地上飞起来，却被余长歌一脚踩住了。

　　"从看到你的第一眼，我就知道，报仇的时机到了……"余长歌的声音干哑而阴冷，他仿佛来自地狱的恶魔。

　　逐光剑在他脚下剧烈颤抖着，发出嗡鸣声，却无法撼动余长歌分毫。

　　余长歌缓缓举起手中剑，一双猩红的眼带着残忍的狞笑，看着苏漓道："原来，这就是命中注定……"

　　苏漓浑身一僵，眼睁睁地看着余长歌的剑向她刺来。

　　这一世……这一世是这样的吗……

　　这一刻，苏漓眼前闪过了许多画面，是怀苏，是容隽。怀苏不让她接近余长歌，她没有听，她又心软了，是她的错……怀苏师兄为她做了这么多，结果她就这么轻易死在这里了……

　　师兄如果知道了，会有多伤心啊……

　　还有容隽师尊……

苏漓苦笑着，闭上了眼。

预想中的疼痛却没有落下，一阵清风掠过耳边，像是有柔软的东西拂过她的脸颊。苏漓猛地睁开眼，看到一个熟悉的身影挡在了她面前。

两把灵剑发出剧烈的撞击声，余波震得水面荡开无数涟漪。

苏漓喊道："师尊！"

容隽回头看了她一眼，他没有看到她后背的伤口，却看到了满地的鲜血，还有苏漓苍白的脸色，他眼底闪过一丝心疼，转过头去时，那一丝心疼又化成了滔天的怒火与杀机。夷光剑剑势全开，如巨浪一般气势汹涌，连绵不绝，将余长歌劈头盖脸地吞没。余长歌神色一凛，急速向后一退，又拔地而起，飞到半空，向容隽俯冲下来。

苏漓惊愕地发现，经过先前那番激战，本已灵力耗尽的余长歌，此时竟像是又完全恢复了。容隽的灵力却被压制到了神通境圆满，一时之间竟无法将余长歌击败。余长歌也完全讨不到好，灵力虽然恢复了，但身上的伤毕竟还存在，十几个回合下来，便又落入下风。

两个身影在空中不断碰撞着，剑光如虹，让人难以直视。

双方都没有丝毫留手，容隽重创余长歌七处，自己右臂也被割裂了一道深深的伤口。正是拼着受这一处伤，容隽掌心蕴含着十成的功力，才重重印上余长歌的心口，磅礴的灵力几乎将余长歌的灵池震碎。顿时，余长歌灵力全散，整个人支撑不住，从空中落了下来，直直掉进莲池之中。

看着余长歌掉进莲池里，苏漓这才如梦初醒，瞪大了眼睛，喊道："不好！"

莲池此时开启的还是生门，那余长歌岂不是……

莲池生门转眼便要关闭，苏漓来不及细想，不知道哪里来的力气，纵身也跟着跳入莲池之中。

"阿漓！"容隽瞪大了眼，见苏漓落入水中，毫不犹豫也跟着跳了进去。

　　冰冷的水没过头顶，背心处的伤口不断溢出鲜血，钻心的疼痛让苏漓几乎失了力气，但她仍是咬紧了牙关向水下潜去，只见莲池中央大开着一个幽深的黑洞，余长歌双目紧闭，生死不知，正被吸进去。苏漓急忙向着黑洞的方向游去，稍微靠近黑洞，便感受到一股吸力，这下不用她怎么费劲，便整个人朝黑洞迅速漂去了。

　　一只手在这时拉住了她的手腕，另一只手扣着她的腰，将她拉进怀中，似乎要向上游去。苏漓抬头看到容隽的脸，知道他想救自己，但是自己真正的救命之处在水下啊！苏漓苦于无法解释，时间已经来不及了，她更加卖力地往黑洞方向游去，容隽不解地看着她。苏漓急疯了，猛地捧住了容隽的脸，在他唇上狠狠亲了一下。

　　容隽登时僵住。

　　苏漓趁机游向黑洞。

　　龙乃水中王者，哪怕她身受重伤也不影响在水中行动，因此没了容隽阻挠，她立刻如飞鱼一般游入了黑洞之中，只是没想到容隽很快回过了神，紧随其后，也没入黑洞。

　　而此时，生门关，死门启。

　　无边黑暗中，忽然亮起了一盏暗红色的灯，如幽冥鬼火一般，让人望之心神失守，如坠深渊。

　　苏漓愣怔地望着那点幽幽红光，似曾相识的感觉再次涌上心头，是什么时候见过……逐渊，一定跟逐渊有关……

　　她仿佛又看到了那个宽阔的后背，他背着她坚定地走在龟裂的大地上，走了那么久那么远，却始终到不了岸。

　　终于，在她濒临崩溃之前，看到一抹蓝色，她欢呼着从他背上飞离，跃入江水之中。他在岸上微笑看着，她畅游许久，才满足地自水中仰起头，看向岸上的人。他的嘴唇干裂着，双手粗糙，脚上伤痕累累，暗色的血迹是之前干了的，而崩裂的伤口处，仍有鲜红的液体渗出来。

　　"逐渊……"她眼眶微微湿了，轻轻吐出一口气，带着淡淡水汽与清香的灵气在逐渊身边缭绕着，治愈了他的伤口。

她不让他离开，因为村里的人都是很坏很坏的，她怕自己唯一的朋友受到伤害。

逐渊答应了，她雀跃地为自己的新邻居搭建新家，每日里为他送上鲜美的鱼虾，还有江底数不清的珍宝。她趴在岸边，双手支着下巴，龙尾轻轻拨动着江水，仔细倾听他讲人世间的故事——有真有假，有喜有悲，不像天界的神仙。神仙千百年来都是一个样，因活得太久而麻木，却不及一生须臾的人族那么鲜活。

有时候他说累了，她也给他讲兽族与神族的传说，但更多的是关于淮苏山那个温柔可靠的师兄，还有漫山遍野的温顺凶兽。传说中可止小儿夜啼的食人凶兽，在她口中便如小狗一般乖巧听话，而传说中凶残霸道的恶龙……也如二八年华的少女一般，天真无邪。

养好伤后，苏漓决定去村里报仇。逐渊苦苦求情之后，她才勉强答应，只抓罪魁祸首，也就是那个操纵着村民的黄衣道士。

干旱仍然持续着，道士的信徒更多了，一千多人齐聚祭坛，一千多双无神的眼望着祭坛上的石像，奉献出自己的血肉和灵魂。一个相貌清秀的少女被绑在祭坛上，拼命地扭动身子，求助的目光投向台下自己的亲人，但是亲人们都对她的求救视而不见。苏漓发现，那个少女正是逐渊的表妹。

"就是她，向恶龙与叛贼逐渊报信，她的灵魂已经成为恶龙的奴隶，我们必须献上她的身体与灵魂，来祈求江神的宽恕！"黄衣老道满口胡言，举着火把走向祭坛。

这一次，苏漓没有再以身涉险，她卷起狂风，吹灭火把，召来雷电，劈向那诡异的神像。巨响之下，神像竟然没有被炸成飞灰，仅仅是头顶裂开一丝缝隙。石像缓缓抬起头颅，眼瞳之中射出两道红光，直追苏漓而来。

一千多个村民，宛如提线木偶一般，僵硬着追向苏漓。

神像躲在人群之中，苏漓找不到目标，又不能伤了普通百姓，只得带上逐渊的表妹暂时离开。

　　后来苏漓和逐渊从表妹口中得知，附近几个村落的人都被那邪道士控制住了，逐渊的至亲——那个慈祥的老人和逐渊的族中兄弟柏渊，也沦为道士手中的傀儡，而她因为一直在外面寻找逐渊的下落，竟侥幸逃过一劫。这一次回家，她却被邪道士捉住，说要献祭于神，祈求宽恕。苏漓回忆那道士的献祭仪式，忽然有种熟悉的感觉，于是告别了逐渊二人，飞回淮苏山，在怀苏的藏书中找到了答案。

第十六章

心魔作乱

　　上古时期，有巫一族，因对天界生出逆反之心，催生出心魔，又以心魔为神，献祭于魔神，以获得力量，企图反攻天界，失败之后，巫族一脉被定为原罪之族，不得善终。

　　书中描述的魔神献祭之法，和黄衣道士所做的一模一样。他利用了村民对雨水的渴望，控制住他们的心神，强迫他们献祭。而要破解魔神的心神傀儡术，最为简单直接的就是给予傀儡心中最为迫切渴望的东西，将他们的灵魂从深渊迷雾之中拉扯回来。

　　他们心中最为迫切渴望的，不过是一场雨……

　　苏漓匆匆赶回了漓江，却发现逐渊早已不在江边小舍里。

　　她又飞到逐渊曾住过的村落，看到无数村民在四下搜寻，想要找到逐渊的下落。

　　她散开神识，终于捕捉到了逐渊的气息。

　　隐蔽的洞穴深处坐着四个人，其中两个人两眼无神，是柏渊和他的母亲。

　　"表哥……"少女眼中噙着泪，心疼又不忿地望着逐渊，"你为什么不让那个苏漓帮忙？她既然是龙神，救救村民们，不过是举手之劳而已啊。我看她对你……对你也是很好的，你如果求她，她一定不会不帮忙的！"

逐渊喘着气，由着少女为他包扎手臂上皮开肉绽的伤口，苦笑着摇了摇头："你不懂……神人有别，她不好插手人族之事，否则违反了天规，会给她招来祸患，我怎么能让她为帮我而受责罚？"

"表哥你好心为她着想，可她若也为你着想，便不会将你拘在漓江，任你的亲友在村里受苦。我知道表哥你最是心软重情，你日日陪着她欢笑，心里定然也是时刻担心着家人，可是你……你究竟是怕她，还是喜欢她？"

少女眼巴巴地看着逐渊，苏漓站在阴影处，紧捏着拳头，同样忐忑地等着他的回答。

"我……不过是一个凡人，我怎么想，无足轻重。"逐渊似是轻轻叹息一声，"表妹，今晚入夜之后，你就带着柏渊和婶母偷偷离开。"

"那你呢？"

"我会折回去，救姨父姨母。他们定然料不到我会在这个时候回去。"

"不行！是他们绑了我要烧死我的！他们已经被那个坏道士迷了心智了，见了你一定会对你不利。表哥你跟我一起走吧，你知道的，我一直……"

"柏渊喜欢你。"逐渊打断了她的话，"苏漓治好了他的病，只要离开这里，以后你们一定可以好好过日子。"

少女泪如雨下，泣不成声。

苏漓悄悄地离开了，正如她悄悄地来，没有人知道她曾经来过。

夜空中没有一丝云，连明月都带着一丝不该有的热意。月华在她美丽的龙鳞上流转，映射出耀眼的光辉，她扬起修长的脖颈，畅游于夜空之中。

很快，便有凡人发现了她的踪迹，无数人张大了嘴巴，瞠目结舌地仰着脑袋，口中喊着"龙龙龙"。

苏漓笑了笑，吹出一口灵气，一颗琉璃般通透的龙珠映着月华，在空中沉浮着，空气陡然变得湿润了起来，然后，滴滴答答，落起了雨。

那一夜，无数人在雨中狂奔着，欢笑着，哭泣着，苏漓微笑着垂下龙首，俯视人间。

——逐渊，这是我送你的一场雨。

——谢谢你，还有，对不起。

平静的水面忽然泛起了涟漪，鲜红的血液浮上水面，又在水面上晕开来，一具男人的身体浮上了水面，不多时，便又有一个身影破水而出。

苏漓昏昏沉沉的，任由着腰上那双手紧紧箍着。她被带着往水面浮去，不知道过了多久，她感到身体一轻，上半身终于浮出水面，清新的空气扑面而来。她无力地靠在容隽胸口，咳了几声，嘴角溢出丝丝鲜血。

容隽抱着苏漓极快地飞离冰冷的莲池，小心翼翼地将她侧放在池边草地上，她后背狰狞恐怖的伤口彻底暴露在眼前。容隽喘着气，眉头紧锁着，指尖刚碰到伤口，苏漓就发出一声疼痛难忍的呻吟，微微睁开了眼。

"逐渊……"模模糊糊间，苏漓看到了浮在水面上的人，看服饰正是余长歌，只是不知是死是活。

容隽听到苏漓的话，也顺着她的视线看去，顿时面色一沉，抬起右手就想给余长歌致命一击，可是苏漓猛地抓住了他的手。

"不要杀他……"苏漓气若游丝，却不知哪里生出的力气，紧紧拽着他的手腕，固执地说，"救……救他……"

容隽顿时一僵，低下头难以置信地看向苏漓，可是苏漓这时仿佛耗尽了力气，已经昏迷过去了。容隽蹙着眉看了看湖面上的余长歌，犹豫了半晌，终于还是出手将他捞了出来，随意地扔在旁边。余长歌倒是命大，竟还未气绝。容隽顺手探了一下他的内息，发现他体内的木灵力正在缓缓运转，修复着他体内的创伤。此地灵气不知为何十分浓郁，在这样的环境里，以余长歌的修为，就算容隽不出手，他多半也是死不了，完全恢复也不过是时间问题。反而是苏漓伤势极重，体内灵力失控般在经脉内乱窜，后背的伤口带着些许焦黑，那些灼烧过的痕迹阻挠着身体经脉自我修复，若不是容隽一直以自身灵力压制她的伤势，只怕此刻她已经香消玉殒了。

看着苏漓奄奄一息的样子，容隽杀了余长歌的心都有，可是苏漓让他救余长歌……容隽想起余长歌落水之时，苏漓几乎不假思索便跟着跳了下去，心里莫名地有些不舒服，苏漓和余长歌的交情是什么时候变得这么好的，他竟然不知道……

容隽不自觉地叹了口气，起身打量四周，发现不远处有一间石屋，便抱起苏漓向那石屋走去。

石屋十分简陋，里面仅有一张玉床。容隽将苏漓轻轻放在玉床上，让其后背向上，露出伤口，然后他从乾坤袋中取出伤药和匕首，小心翼翼地割开她的衣服，清理伤口。衣服早已黏着血肉，清理的时候撕扯到了伤口，苏漓昏迷中仍然感受到了钻心的疼痛，身子微微颤抖着，发出细碎的呻吟。

容隽掌心不断发出灵力，笼罩在苏漓的伤口处。清爽的灵力滋润着她破碎的血肉经脉，减轻了她的痛楚。只是这样一来，容隽的消耗也极大，加上之前他也受了些伤，不一会儿额上便渗出了细密的汗珠，脸色也苍白了起来。容隽担心动作太大会弄疼苏漓，又只能小心翼翼地清理着。花了整整一个时辰，容隽才将苏漓后背的伤口清理干净，又取出几粒生肌造化丸，以灵力碾碎成粉末，均匀地撒在伤口上。

生肌造化丸中含有麻痹草的成分，不多时药效发作，苏漓终于摆脱了疼痛的折磨，呼吸渐渐平缓起来，不再因为疼痛而眉心紧锁。

容隽跪坐在玉床边，打坐调息了一刻钟，气息稍稍平稳了，又执起苏漓的手腕，将灵力渡入她体内，为她疏导体内暴走的灵力。

这灵力不受控制的症状，竟和上次受伤有点像……

容隽皱起眉头，忽然想起来，上次苏漓受伤似乎也是因为余长歌。

难道症结在余长歌身上？一般修士受外伤，灵力会有衰竭阻滞的现象，而不是走火入魔一样在经脉内乱窜，而且这一次状况明显比上次更加严重，容隽费了很大劲才勉强暂时压制住。一是因为苏漓体内的灵力比上次强了许多，而他的灵力却被这里的环境压制了一个大境界；二是她伤势比之前更严重，如果说上次的伤势就如一粒火星落入干柴之中，那么这次的伤势，简直是在此基础上又泼了一盆热油。

容隽感觉到即将力竭，便撤回手，打坐调息起来。

从那片莲池跳下来之后，容隽紧跟在苏漓身后进入了池底的黑洞之中。他的意识是三人之中最为清醒的，因此清楚地记得他抱着昏昏沉沉的苏漓游过了一段黑暗无光的甬道，后来终于看到一丝光亮，便奋力向上游去，露出水面之后看到的，明显不是之前那方天地了。

容隽之前也来过一次琅嬛古地，甚至走到了最后一片区域，对琅嬛古地也算是有一定了解。

琅嬛古地虽然是一方小天地，但依然有日升月落，而这个空间却看不到太阳，天空仿佛被蒙了好几重纱布，有光线透了过来，却不是十分清晰，四周的草木都生得十分旺盛，此地灵气也远比他处更加浓郁。琅嬛古地开放一千多年，从来没有听说过这么一个地方，容隽隐隐有种感觉，这里就是无数人寻找的核心秘境。

因担心离开太久会发生意外，容隽也仅仅是在附近转了一圈，发现此地灵草极其丰富，随便一株放在外面都是世间难求的极品，能引得法相尊者大打出手，而在这里，灵草竟如野草一般随意生长着。容隽辨认了一下，有两株仙草有利于苏漓伤势的恢复，他便细心采摘下来，取出乾坤袋中的小丹鼎，稍稍炼化之后，喂苏漓服下。

他自己也采集了一株仙草，炼化服下之后，身体便也恢复了大半。在这种灵气浓郁的环境里，运功打坐都事半功倍，容隽便打坐半个时辰，然后为苏漓疏通经络。如此重复几回，苏漓体内躁动的灵力终于彻底稳定了下来。

秘境之内，似乎没有日夜之分，容隽掐着时辰，估计过去两天两夜了，苏漓在服用了大量的仙草之后，终于有了苏醒的迹象。

苏漓趴在床上，睫毛微颤着，缓缓睁开了眼，模糊的视线逐渐清晰了起来，看到容隽布满忧色的清俊脸庞。

"师、师尊……"苏漓的声音有些干哑，刚想起身便扯到了背上的伤口，疼得眉头紧紧皱了起来，发出"咝"的一声。

"别动，你背上的伤口刚刚开始结疤。"容隽忙按住了她的肩头。

苏漓艰难地扭了扭脖子，看不清自己背上的伤口，此时趴着不动，只感觉得到后背一大片肌肤火烧火燎的，但似乎因为敷过药，她又感受到了一丝凉意，这便极大地缓解了疼痛。

"师尊，你没事吧？"苏漓的目光落在容隽染血的衣袖上，说道，"我记得你好像中了一剑。"

容隽低头看了下右臂上被鲜血染红的衣服，淡淡道："没有什么大碍，过几日便可痊愈了，倒是你伤得很重。这里虽然遍地仙草，但你背上的伤有些古怪，要想完全恢复，只怕也要两三个月时间。"

说到背上的伤，苏漓这才猛地想起余长歌来，急忙追问道："师尊，逐……余长歌还活着吗？"

容隽面色有些复杂地扫了苏漓一眼，又看向门外："他还昏迷着，但性命应该无碍。"

苏漓这才松了一口气。

"他……他伤你这么深，你又何必挂念他的伤势？"容隽嘴角的线条有些僵硬，表情也不大自然，只是苏漓沉浸在自己的心事中，竟也没有察觉。

"我心里有许多疑惑，只有他才能解开。"苏漓惆怅地将脸枕在手背上，长长的睫毛掩住了琉璃般的双眼，她说道，"我以为自己就要死了，没想到又活了过来。我没有死在他手中，那他到底是不是逐渊呢……"

苏漓这一番话声音极低，倒像是自言自语，不过容隽听得极清楚。这已不是容隽第一次从苏漓口中听到逐渊这个名字了，上次苏漓昏迷的时候，包括这一次，她都在梦中喊了好几次逐渊的名字。容隽虽不知道逐渊是谁，但由此看来，想必那个逐渊在苏漓心目中是极其重要的人。

容隽说不清自己心里是什么感觉，但肯定说不上愉悦，甚至还有点不舒服，但他又不知该如何排解，只能微微沉着一张脸，沉默不语。

过了许久，苏漓才回过神来似的，抬起眼看向容隽，好奇地道："师尊，我忘了问了，你怎么在这里呢？"

容隽微别过脸，语气淡淡地道："我本就决定这次也要进古地，只不过比你们晚一步进来而已。"

"哦……"苏漓点了点头，一双美目凝视着容隽，"我还以为……师尊你生我的气，不肯见我了。先前我以为自己就要死了，再也见不到师尊了，而师尊还没原谅我，我心里难过得很。没想到师尊突然出现救了我，我心里很是欢喜。"

容隽垂下眼眸，虽没有转头看苏漓，但仍然可以感觉到她凝视着自己时那仿佛有温度的目光，他紧绷的心莫名地放松了下来，嘴角的线条也不自觉地柔和许多："我没有生气……我先前追寻你的气息，在绮罗之森里遇到林敬三人，听他们说余长歌挟持了你，这才赶往迷心原，没想到正好撞见那一幕。"

他终究还是迟了一步，让苏漓受了那么重的伤。容隽这两日看着苏漓昏迷后的脸，一直沉浸在自责之中。他早知道苏漓此行凶险，决定了要陪她走一趟，可就是因为心头那点难以言说的纠结，让他犹豫了，若不是最终还是打定了主意入内，只怕苏漓此刻……

"师尊，你被骗了！"苏漓气愤地说，"林敬那三人说谎，是他们想要抢我身上的宝贝，余长歌救了我！"

苏漓将绮罗之森里发生的事情简略说了一遍，容隽听得眉头大皱："余长歌救了你，那他为什么又要杀你？"

"这……我也不懂了……"苏漓回想了一下当时余长歌的异常，心头也渐渐生出几分疑惑来，"那时候，他好像变成另外一个人似的，给我的感觉很陌生。"

当时苏漓心绪大乱，没有细想，如今回想余长歌说过的话，很多地方便有些不合常理了。

余长歌为什么说报仇的时机到了？

他若是逐渊，与她又有什么仇？

苏漓记忆里的逐渊，是个极温和的人，总是处处为他人着想，虽然因她而受百鬼噬神，最终惨死，更轮回受劫九世，但每一世被杀的都是她吧，他跟她没有那么深的仇恨吧？记得有好几世，逐渊杀了她之后都痛不欲生，甚至自尽相随。苏漓相信，余长歌若是恢复了逐渊的记忆，定然不会对自己那么冷血无情。

但余长歌若不是逐渊，他跟她不就更无冤无仇了吗？

濒死之时，苏漓本已认定余长歌就是逐渊，但自己竟然逃过了生死之劫，没有死成，这是不是意味着余长歌很有可能并不是逐渊？还是说……

苏漓悄悄看了一眼容隽，容隽乃怀苏师兄转世，照理说是不在天道安排之中的，难道是容隽的出现扰乱了这一世的命盘？

"师尊，我能不能出去看一下余长歌？"苏漓说着便想从床上爬起来，覆在后背的衣衫因为这动作而滑落下来，碰到伤口处，让她疼得眉心一皱。

容隽轻轻按住了她的肩膀，脸色微微沉了下来："不必了，他死不了，你也救不了，看也无益。你自己身上伤比他严重许多，等你身体好些了再说吧。"

容隽说着俯身拾起落在地上的衣服，轻轻抖了几下，掀起一阵轻风。苏漓顿时觉得后背一阵凉意拂过，忍不住打了个寒战。

"怎么了？"容隽忙问道。

"没事没事。"苏漓摇了摇头，看着容隽手中的衣服，忽然愣了一下，神情有些古怪，看向容隽道，"师尊，你是拿自己的衣服给我盖的吗？"

容隽生性爱洁，最难忍受半点尘埃，如今穿着染血破损的衣服，竟也没有不自在。苏漓本来以为他给她盖的是乾坤袋中备用的衣服，可如今看容隽手中拿的，不正是他自己的衣裳？

"你昏迷之中，我无法取出你乾坤袋中的衣服，便自作主张拿了自己的衣服给你盖上，你若是在意，我便收起来。"容隽神色淡然，似乎心无芥蒂。

苏漓急忙摇头否认："不是不是，师尊别误会！"先前拒绝了容隽送的锢魂镜就被他冷落了大半个月，要是这次又嫌弃他的衣服，不知道是不是要断绝师徒关系了，为了挽回好不容易缓和的师徒关系，苏漓忙露出一个讨好的笑脸，"师尊对弟子的关怀，弟子铭感五内，这不是看师尊衣服破了脏了吗？师尊最重视外貌整洁，衣服给了我，你自己怎么办呢？"

"我无妨。"容隽说。

"呃……可是弟子于心不忍。"苏漓提了一下灵力，从乾坤袋中取出一套新衣，赔笑道，"你看，我自己也有衣服，师尊你还是快换上新衣吧。"

容隽提着衣服，上面还带着苏漓身上的药香与温度，他微挑了一下眉梢道："现在，换上？"

苏漓脸上一红，嗫嚅道："那……还是洗一洗吧……"

容隽似乎嘴角翘了一下，将衣服随意地扔在床尾处，又从苏漓手上取过衣服，轻轻一抖展开。

"师尊，等等，哎哟，好疼！"苏漓这一下猛地起身，顿时疼得龇牙咧嘴，眼前发黑，后背上的伤口又渗出血丝来。

容隽神色一凝，急忙按住她的肩头，另一只手运起灵力，抚过她背上的伤口。片刻之后，那种撕心裂肺的疼痛才有所缓解，苏漓的脸色也好看了一些，但是目光落到地上时，脸色又难看了起来。

容隽见伤口的血止住了，这才暗暗松了口气，低声斥责道："你伤口刚刚结疤，不可再轻举妄动！什么事让你这么紧张？"

苏漓红着脸，闷声说："我衣服掉地上了……"

容隽目光移到地上，顿时愣了一下，只见一件浅绿色的女子肚兜正大大方方地摊开着落在地上，似乎原来是裹在那摞衣服里，容隽本想将苏漓的衣服抖开为她披上，谁知道竟把肚兜抖出来了。

"嗯……师尊其实也不必介意……"作为一条活了几千年的老龙，她什么大风大浪没见过？她很快就从刚才的尴尬中缓和过来了，脸上的绯红也褪去了不少——不就是一件衣服吗……

"不就是一件衣服吗……苏漓心里这么想着，嘴上便也说了出来，"反正身上都被看过了。"

苏漓说的是后背的伤口，但容隽想到那个不可描述、想不起来的夜晚，白皙的俊脸顿时红了一片，按在苏漓肩膀上的手猛地一颤，像被烫到似的猛地缩回。

苏漓昏迷的这两天两夜，他几乎不眠不休地关注着她的伤势，因此才无心注意自身的整洁。彼时苏漓气息奄奄地趴在床上，他不敢有一刻疏忽。虽然苏漓后背近乎赤裸地展露在眼前，但他只看到狰狞的伤口，又哪有心思去注意其他旖旎之处？此时苏漓漫不经心地一提，他顿时手脚都不自在了，不知道该往哪儿放才是。

苏漓背对着容隽，看不到容隽窘迫的样子，只觉得柔软的衣服覆上后背，刚想说话，就见容隽一阵风似的飞了出去。苏漓张了张嘴，苦笑道："师尊，你好歹帮我把肚兜捡起来啊……"

苏漓百无聊赖地趴着，连个说话的人也没有，不多时便又昏昏沉沉睡过去了，待醒来时，容隽已经换好了衣服回来了，先前落在地上的肚兜不知何时被放到了玉床内侧。

"这里还有一枚生肌造化丸，你口服下去，对你的伤口愈合大有帮助。"容隽放了一枚丹药在苏漓手中，苏漓趴着，有些艰难地咽了下去。

抬头看了看容隽的神色，看对方神色没有异常，苏漓这才悄悄松了口气。只是察觉到容隽神色里的疲态，她心中又有些不忍和感动："师尊，我现在已没有大碍了，你也好好休息一下吧。"

"嗯，我便在门外守着，你若有事，便唤我。"容隽说着便转身要出门。

"师尊，你留在这里陪我吧，外面终究是脏了一些。"苏漓见容隽还有犹豫，便又道，"你陪我说会儿话吧，我一个人躺着，怪无聊的。"

听得这句，容隽才停下了脚步。只是这屋中只有一张窄窄的玉床，他无论如何也不可能和苏漓同床共枕。他看了看四周，便从乾坤袋中取出一段绳索，将两端深入墙壁之中固定住了，一个翻身上了绳索，便要以绳索为床了。

苏漓侧着脑袋看着容隽，外面的光线本就不清晰，石屋里就更暗淡了。悬于半空的容隽便如昏黄幕布上的一抹剪影，淡淡几笔，却清瘦飘逸，在她心头轻轻挠了一下，让她忍不住轻笑了一声。

"怎么了？"容隽问。

"我只是想到师尊是这一世，对我最好的人了。"苏漓轻声说。

容隽沉默了片刻，问道："你的家人呢？"

"我是庶女，生母很早就过世了，我小时候又痴痴傻傻的，父亲和主母也不待见我，后来脑子清醒了，主母就更提防着我了，也只有允凰待我好一些。"

容隽对苏漓的过去并不了解，他以为她和苏允凰同为贵族少女，应该有着一样无忧无虑的过去，谁能想到她的身世并不如意，甚至此时她说起来，也没有太多的伤心和怨愤，似乎那些遭遇她完全不放在心上。容隽不是个会说话的人，更不会说安慰的话，沉默了片刻，说："你很好。"

苏漓又低声笑了起来，而容隽以为自己说错了话，心头一紧。

"我才不好……"笑声渐渐息了，苏漓面上的笑容也渐渐淡去，眼底浮上一抹惆怅，"我总是拖累那些关心我爱护我的人。"

她连累逐渊遭受极刑，连累师兄以尊贵的古神之身落入红尘……

她觉得自己活了几千年，没干过几件好事。

"也许，他们心甘情愿。"容隽说。

"即便他们心甘情愿，我也不能心安理得。"苏漓垂着眼眸，抱着自己的双臂道，"我希望自己能有足够强大的力量，守护我在乎的人。师尊，你有在乎的人吗？你能理解我的心情吗？"

容隽没有回答。

"你应该会在乎宗主吧，我听望舒说，宗主非常关爱师尊，还收师尊为亲传弟子。"苏漓自顾自地说着，"我就能体会到那种感觉，以前有个人，也是那样对我的……"

容隽微微侧过脸，将苏漓的表情纳入视线中。她的眉梢眼角在温暖的光线里分外柔和，水润的双眸带着清浅的笑意，嘴巴张张合合："我那时候还小，不懂事，仗着他的喜欢，总是故意做一些事来想引他注意。谁让他那么忙，对谁又都是一般好，如果不试探一下，怎么知道他是不是真的在乎我？现在回想起来，我那样患得患失，不过是害怕而已，害怕他像我的父母那样，又把我丢一次。"

苏漓想起那一次，怀苏请来老龙王传授她龙族神通，她本是开开心心想学的，却不小心听到了白虎跟九尾狐的话。

白虎："太好了，苏漓很快就会离开淮苏山了！"

九尾狐："为什么这么说？"

白虎："你没看到吗？怀苏让龙王教她神通了，苏漓那家伙可是真龙血脉，以后肯定是要掌管一方水域的，怎么可能跟我们一样总是窝在淮苏山？怀苏如今上天宫去就是为了她的事吧，等她学会神通，渡劫成神，就会被天帝分派去当水神。到时候没有了她作威作福的淮苏山，就是我们的天下了，哈哈哈哈哈！"

九尾狐："我就不喜欢她整日霸占着怀苏不放，估计怀苏也是受不了她了，赶快成神去也好，省得老跟我抢怀苏。"

苏漓跳了出来，二话不说把那两只妖兽揍得三年下不了床，一扭头就躲在山谷深处。她本来是想着像小时候一样离家出走的，可是她又怕了，怀苏是不是真的厌了她了？如果这一次她走了，他却不来找，那她该怎么办啊？

于是她宁可那样龟缩着，不管老龙王怎么求，她就是不肯学神通。过几日，怀苏从天宫回来，老龙王立刻跑上前去告她的状。她蜷成一团，把自己塞进小小的洞穴里，困得脑袋一点一点地，隐约听到怀苏叹息的声音，很快怀苏便将她从洞穴中抱了出来。她揉了揉眼睛，看到怀苏温和的笑脸，吓得睡意全无，从他怀中挣脱，一溜烟又把脑袋塞进洞穴里去了，露出一个小屁股。她瑟瑟发抖地说："我不学神通！我不走！你不可以赶我走！"

怀苏好笑地扯了扯她的衣摆，拔萝卜似的将她拽了出来，紧紧按在怀里，右手捏着她的下巴，故意摆出一副严肃的表情，说："不许哭！"

苏漓抽抽噎噎地说："白虎说你不要我了！"

怀苏愣了一下。

苏漓眼眶通红，眼泪像珍珠似的哗哗地往下掉，道："我学成了神通，封了水神，你就把我赶出淮苏山，不要我了，是不是？"

怀苏温暖的指尖拭去她脸颊上的泪，却止不住她泪水又汹涌地流出来。

"不是……"怀苏轻轻叹息，搂着她的手臂又紧了几分，说道，"阿漓别哭，师兄不会不要你。只不过，你长大了，总是要学会神通的，否则以后怎么在这乱世中立身？"

"我一辈子待在淮苏山，不出去。"苏漓紧紧揪着怀苏的衣襟说。

"你待不住的。"怀苏温柔地撩起她耳边的碎发别在耳后，说道，"没有哪一条龙会甘心一辈子困在一座山上。"

苏漓讨好地蹭了蹭他的肩窝，带着重重的鼻音说："阿漓甘心的，只要山上有师兄，阿漓就待一辈子！"

怀苏身子微微一震，低下头，静静凝视着她泪痕未干的脸，半晌，苦笑了一下。

"你还小，所以会说这样的话，你不知道一辈子有多长。"不待苏漓反驳，他又说，"即便你愿意一辈子不离开，我却未必能陪你那么久，如果有一天我不在了，你怎么办呢？"

苏漓慌了："你为什么不在了？你不是说不会不要阿漓吗？"

"因为，神也有天人五衰，也会老去的。"怀苏的指尖描绘着她尚显稚嫩的眉眼，说道，"祖神也会寂灭，更何况是我呢？我比阿漓大了几万岁，总有一天，我也会衰老，不再拥有保护你的能力。也许那个时候，我还需要阿漓来保护我呢，就算是为了我，阿漓愿不愿意学神通？"

"愿意愿意！"苏漓用力地点头，"我也想保护师兄，可是、可是……"苏漓鼻子一酸，眼眶又湿润了，"师兄，你可不可以不要那么快衰老？你等等阿漓，我们一起变老。"

怀苏轻声一笑，捏了下她通红的鼻尖，眼中仿佛有波光潋滟，让她看得一时失神。

他说："好，我和阿漓一起老。"

苏漓又后悔了，怀苏那么好看的人，才不可以老呢！

苏漓不知道什么时候睡去的，看着她唇畔的那抹笑意，容隽却怎么也睡不着。

那个被苏漓心心念念着的人，是谁？

他想问，却又始终不知道如何开口，只能任由那股挥之不去的酸涩在心间蔓延。

余长歌是在两日后苏醒的，他受的伤本就不如苏漓严重，虽不像苏漓那般有容隽悉心照料，但有赖秘境中充沛的灵气，身体竟也极快地恢复起来，在苏漓苏醒后不久，他便也恢复了意识。

余长歌右手支撑着身体，艰难地从地上坐了起来，身上的衣服早已经干了，皱巴巴地半挂在身上。他皱着眉头将上半身的衣服扯了下来，露出精壮的肌肉线条，手臂和胸口各有几处剑伤，但都开始愈合，只是行动起来仍然会带来丝丝疼痛。余长歌盘膝坐好，调理内息，体内经络虽有些许阻滞，但没有大碍，恢复只是时间问题而已。只是胸腹之间受了容隽全力击出的一掌，肺腑之间受伤颇重，让他呼吸间都觉得五内灼痛难当，只怕还需要一些灵药辅助治疗。

他抬头张望四周，第一眼看到了不远处的石屋，便是在这时，容隽扶着苏漓走出了门。

"你醒了？"苏漓微有些愕然，她记得余长歌受了容隽一掌，还以为他伤势极重，没想到竟恢复得挺快。这是她几日来第一次被获准出门，没想到一出门就看到余长歌醒来，倒也十分有缘。

余长歌静静回视着苏漓，落水前发生过的一幕幕在他脑海中回放，让他前额一阵阵刺痛起来。自己当时是怎么了……余长歌眉心紧锁，用力地晃了晃头，却只引来更加剧烈的疼痛。那些事是他做的，但此时回忆起来，却并不连贯，只有零碎的一幕幕画面，好像拼图一样，少了最为关键的几块，让他看不清全貌，想不起来由。

"我……"余长歌一开口，才发现自己的声音嘶哑得刺耳，喉咙也像被火烧过一样灼痛，"抱歉……"

苏漓缓缓走到余长歌身前道："你还记得发生过的事吧？"

余长歌沉默着点了点头："大概。"

他只记得自己砍了苏漓一剑，还有容隽对自己的追杀。

"为什么？"苏漓神情肃然，凝视着他问，"为什么想要杀我？我和你，有仇吗？"

余长歌像犯了错的孩子一样，低垂着眼，不敢直视苏漓，说："我不知道。"

"你还记得你说过的话吗？"苏漓说，"你拿剑指着我，说'报仇的时机到了'，还说这是'命中注定'，这是什么意思？"

余长歌有些疑惑地皱了一下眉头，半晌才答道："我……那不是我说的……"

苏漓眉心紧蹙："不是你？"

余长歌觉得口中有些苦涩，那发生过的一切在他的记忆里无声无息，他就像一个心不在焉的旁观者，木然看着发生的一切。

容隽冷冷地看着余长歌，忽然伸出手掐住了他手上的命门，一股霸道的灵力喷薄而出，侵入余长歌体内。余长歌一惊，下意识地运功抵抗，但他此时如何是容隽的对手？他很快便败下阵来，脸色发白，吐出一口鲜血。

苏漓紧张地按住容隽的手臂，低呼道："师尊，先别伤了他！"

容隽瞥了苏漓一眼，见她面上毫不掩饰的忧色，他不禁心中生出一阵烦闷，很快便松了手，淡淡道："我不是想伤他，而是探一下他的伤势，还有，我怀疑他的灵力很古怪。"

余长歌抬手擦拭了一下嘴角的鲜血，面色不善地盯着容隽，听容隽说他的灵力很古怪时，面上极快地闪过一抹心虚引起的紧张。

苏漓没有注意到余长歌的异常，一双眼睛紧盯着容隽："师尊，你是不是有什么发现？"

"据我所知，余长歌身具火灵根与木灵根，但当时他与我过招之时，所用灵力，却明显不属于这两种属性。"容隽审视的目光落在余长歌身上，说道，"我不知道你之前遇到过什么机缘，但我必须提醒你一句，那份机缘对你来说未必有好处，你所运行的灵力戾气极重，未伤人先伤己，而且这种灵力很可能会剥夺你的神志，改变你的心性，让你变成嗜血残忍之人。"

听着容隽的话，余长歌脸色越来越白，似乎是被说中了心事。苏漓想起余长歌平日里的为人，再对比他与人决斗时的表现，确实判若两人……平时的余长歌虽然也沉默寡言，但并非嗜血残忍之人，而这段时间以来，随着他越来越频繁地动用灵力与人争斗，虽然进步神速，但整个人的气质越发阴冷起来，让人不敢接近。

苏漓沉思片刻，便扭头看向余长歌，正色道："你伤我，我不怪你，如果你能信任我们，能不能把实情说出来？也许我们能想办法帮你。"

余长歌低下了头，久久不言语。

知道他一时半刻只怕不能信任自己说出秘密，苏漓也没有强求，暗自叹了口气："你如果现在不能做决定，那便等你想通了再说吧。我们进入琅嬛古地至今已有四五天了，古地入口还有两天便会关闭，当务之急，是先离开此处。不过在此之前，我还有一个疑问。"苏漓顿了一下，疑惑地看着余长歌道，"你……是不是知道些什么？为什么当时你执意要进入金翅凤凰的领域，甚至不遗余力想要击杀它？"

余长歌沉默了许久，就在苏漓以为他不会再开口的时候，他说："我有种直觉，这个地方一定有我要找的东西。"

苏漓倒吸了一口凉气，问道："直觉？能具体说说吗？你还察觉到了什么？"

余长歌正要说什么，忽然顿了一下，抬起头来看向苏漓，神色有些古怪，问道："你似乎也知道些什么？"

苏漓噎了一下，竟无言以对。

余长歌盯着苏漓，思路忽然清晰起来，说道："击杀金翅凤凰的那一剑，远远超出你的修为境界，即便是上品灵剑，若剑主没有匹配的实力，也不可能发挥出那样的力量。还有，你吹奏那首曲子后，为什么金翅凤凰会放弃攻击我而飞向你？当时我以为它是要攻击你，可是现在回想起来，并不像，它对你没有杀气。"

苏漓僵着脖子，看着他傻笑："呵呵……是啊，好奇怪啊，我也不太清楚……"

之前发生的事，容隽没有亲眼看到，因此并不清楚，此时听余长歌说起来，又看苏漓的反应，容隽猜也知道苏漓身上的秘密只怕不会比余长歌少。而这两个人现在在这里互相试探着，都想知道对方的底细，却不肯泄露自己的秘密，唯有容隽自己，像个局外人似的被抛在一边，对所有内情一无所知。

容隽心中莫名泛起一股酸味，抓住了苏漓的手臂，轻轻一用力，将她往自己的方向带了带，淡淡道："你身体伤重未愈，不宜多思虑别人的事，还是好好休养为佳。"

苏漓正巴不得有个借口脱离当前的窘境，听容隽这么一说，立刻配合着脑袋一歪，靠在容隽身上，眯着眼说："是啊是啊，我突然觉得身体不太舒服，还是要回屋多躺一下。"

容隽和余长歌瞥了她一眼，默默想：这演技也太敷衍了。

一回屋，苏漓便收起那副故作虚弱的模样，正色问容隽："师尊，你是不是看出余长歌身上的古怪了？"

"只是猜测而已。"容隽略一犹疑，说道，"他的状况似乎不像是单纯的走火入魔，若是走火入魔，灵力不会发生这样的变化，看这情况，倒有些像是古籍所说的附魔。"

苏漓也算读书无数了，对于附魔自然也有所耳闻，只是之前竟从未往这方面想。附魔之说，由来已久，最早可追溯到上古时期。传说上古生民因对天界心生怨怼，而催生出了心魔。创世之初，世间仅有人族、神族、兽族三族，而心魔不在三族之中。无形无质，长生不死，因脱胎于人心，只要世间之人仍然心生怨念，心魔便能长存于世。上古末期的那尊心魔乃传说以来最为强大的一尊，甚至有能力强化人族的体质，煽动大批魔化的人族反攻天界，导致神、人、兽三族发生混战，死伤无数，险些颠覆了三界。

苏漓最早接触过的心魔，便是结识逐渊之时操纵了黄衣道士与村民的那尊魔神。无数人族因大旱而饱受灾厄，面临生离死别，强烈的怨念成了心魔滋生的土壤。那时的心魔应该还不够强大，因此需要借助黄衣道士的煽动，利用村民内心对雨水的渴望，让村民自愿献祭灵魂血肉于他，来壮大自身力量。

苏漓曾经翻遍古籍也没有找到彻底杀死心魔的方法，因此权宜之下，选择了降下一场救命雨来切断心魔对村民的操控。容隽口中所说的附魔，却与村民当时的情况有所不同。村民被心魔操控，那种操控之力来自外部，以欺骗的方式迷惑人的心智，想要切断联系不难。而附魔，却是在明确心魔身份的情况下，自愿请心魔附身，与心魔结成契约，利用心魔的力量来壮大自身。苏漓怀疑，曾经的那个黄衣道士很有可能便是附于余长歌身上的心魔。

"被附魔之后，确实会力量大增，但那力量并不属于自身，而是心魔的力量……"苏漓低着头喃喃自语，好像有什么重要的东西自脑海中一闪而过，她说道，"余长歌力战金翅凤凰之后，本该力竭，却突然又力量大增，结合他当时的状况，如果说是附魔，倒是一种极为合理的解释，等等……附魔……行书哥哥！"苏漓瞳孔一缩，整个人仿佛遭受重击一般，脸色发白，难以置信地晃了晃脑袋，"难道他也是……"

这是容隽第二次从苏漓口中听到"行书哥哥"四个字，不同的是，这一次她是清醒着的。他不禁问道："行书，是谁？"

"是一个我亏欠良多的人……"苏漓失神地看向门外，口中喃喃道，"我早该想到的，若非如此，他怎么可能性情大变，又怎么可能获得那么强大的力量？一定是心魔利用了他心中的渴望，可是他又是怎么接触到心魔的——昆仑血玉！"

余长歌和傅行书之间的共同点，便是都拥有昆仑血玉！

仿佛一道光照进了迷雾，将苏漓所有的疑惑都解开了。